BASTEI
LÜBBE

Von Michaela Möller sind bei Bastei Lübbe Taschenbücher lieferbar:

15734 Beziehungsweise blond
15860 Mehrwegmänner

*Über die Autorin:*

**Michaela Möller,** geboren 1980, studierte Modejournalsimus und Medienkommunikation in Hamburg und München. Zurzeit lebt sie in der Nähe von Köln, wo sie sich dem Studium der Psychologie widmet.

Michaela Möller

# Champagner*will*ich

Roman

BASTEI
LÜBBE

BASTEI LÜBBE TASCHENBUCH
Band 26897

Vollständige Taschenbuchausgabe

Bastei Lübbe Taschenbücher in der Verlagsgruppe Lübbe

Originalausgabe

Lektorat: Karin Schmidt
Umschlaggestaltung: Gisela Kullowatz
Titelbild: © getty-images / Greg Paprocki
Satz: hanseatenSatz-bremen, Bremen
Druck und Verarbeitung: Nørhaven Paperback
Printed in Denmark, September 2008
ISBN 978-3-404-26897-9

Sie finden uns im Internet unter
www.luebbe.de
Bitte beachten Sie auch: www.lesejury.de

Der Preis dieses Bandes versteht sich einschließlich
der gesetzlichen Mehrwertsteuer.

*Für Anne,*
*die mir zeigte, wie man richtig Champagner trinkt.*

*Für Katharina,*
*die mir erklärte, wie man seinem eigenen Stern folgt.*

*Und für Spartaküsschen,*
*der mir beibrachte, dass man nicht immer auf einen Mann hören sollte.*

Man sagt, die wahre Liebe gibt es nur in
unseren Träumen.
Sie existiert ausschließlich in Kinofilmen, in
Romanen und in der Musik. In der Realität stirbt sie
jedoch spätestens mit der Entwicklung von Erfahrung
und Verstand.

Wenn das wirklich wahr ist, dann rate ich Ihnen,
schauen Sie Kinofilme, lesen Sie Romane, hören Sie Musik.
Und benutzen Sie niemals und unter
keinen Umständen die Treppe,
wenn es einen Aufzug gibt.

# 1

## DIE TANGUY-DIÄT ODER WELCHE FARBE SOLLTE MEIN SARG HABEN?

*Sie haben keine tief greifenden Störungen, die in irgendeiner Weise bedenklich wären!«*

*»Hab ich nicht?« Ich bin enttäuscht. Keine tief greifenden psychischen Probleme? Keine manischen Depressionen? Wenigstens vielleicht ein klitzekleiner therapeutisch bedenklicher Tick? Also für die erstaunliche Diagnose »Völlig normal« komme ich mir erstaunlich verrückt vor! Und dafür gehe ich zum Psychiater! Ich hätte für die 112 Euro pro Sitzung und die Zerstörung meiner Illusionen doch lieber das fliederfarbene Chiffontop von Prada kaufen sollen.*

*»Bis auf …«*

*Na bitte. Ich hab's ja gewusst. In höchster Zufriedenheit sinke ich zurück auf die Couch und fühle mich schlagartig wieder krank. Schwer krank! Bedenklich gestört! Am Rande des Wahnsinns!*

*»Bis auf Ihre ausgeprägten externalen Kontrollüberzeugungen, Ihre durchaus problematische Persönlichkeitstheorie und Ihre, mir etwas unerklärliche, Abneigung gegen alles Chinesische!«*

*Externale Kontrollüberzeugungen! Das klingt gut. Ob ich damit meine überhöhte Affinität zu Kaufrauschaktionen bei gleich bleibend nicht verfügbaren Ersparnissen entschuldigen kann?*

*»Sie neigen dazu, dem Schicksal eine zu große Bedeutung beizumessen. Wissen Sie, nicht jede Gewinnspielreklame, die in Ihrem Briefkasten landet, ist ein schicksalhaftes Zeichen dafür, dass Sie am Wochenende sechs Richtige tippen werden!«*

*Hmmm. Das könnte vielleicht stimmen. Ich werde ab jetzt nur noch an Gewinnspielen teilnehmen, bei denen die Zahl 2 angeboten wird. Ich meine, 2 ist meine Glückszahl. Wer will da schon an Zufall glauben?*

*»Auch die Tatsache, dass George Clooneys letzte Filmpartnerin den gleichen Vornamen hatte wie Sie, ist kein eindeutiges Zeichen dafür, dass Sie ihn eines Tages heiraten werden.«*

*»Nein? Das ist aber schade. Dabei würden wir uns wirklich gut ergänzen. Er ist sozusagen der Mann meiner Träume!«*

*»Ich verstehe. Und dabei wären wir schon bei Ihrem nächsten Problem.«*

*»Meine Träume?«*

*»Nein, Ihre Männer.«*

*Etwas irritiert streiche ich mir einen imaginären Fussel vom Kaschmirrock und lausche hinter mir dem kratzenden Füller meines Psychiaters, der hektisch über das Papier fährt.*

*»Ich will ja nicht respektlos erscheinen … Aber meinen Sie nicht, es ist etwas realitätsfern, Dinge zu einem Problem zu machen, die in meinem Leben überhaupt nicht existieren?« Allmählich wird mir Herr Schnüttge suspekt. Hat er überhaupt ein Diplom? Kritisch beginne ich, die weißen Wände nach eingerahmten Universitätsabschlüssen abzusuchen.*

*»Sie suchen doch wohl jetzt nicht etwa die Wände nach Universitätsabschlüssen ab?«*

*Psychiater! Was sind das nur für eigenartige Wesen?*

*»Was? Nein! Ich doch nicht! Ich bewundere nur Ihre wun-*

*derschöne Ein-Strich-Zeichnung von Pablo Picasso mit diesem doch sehr klangvollen Namen.«*

*»Sausage Dog, ja, ein herrliches Meisterwerk, nicht wahr. Ach, übrigens, mein Diplom hängt draußen im Flur über dem Kaffeespender.«*

*»Selbstverständlich.«*

*»Mögen Sie abstrakte Kunst?«*

*»Nein, aber mein Bruder, Gott hab ihn selig, mochte Pablo Picasso, bis er seine Vorliebe für naturalistische Erotik-Fotografie entdeckte.«*

*»Ihr Bruder ist gestorben?«*

*Mit grüblerischem Blick drehe ich mich zu Herrn Schnüttge um.*

*»Nein, bis jetzt noch nicht! Er erfreut sich erstaunlicher Gesundheit.«*

*Sollte ich mir Sorgen um das linke, nervös zuckende Auge meines Therapeuten machen? Aha. Ich verstehe. Das ist bestimmt einer dieser psychologischen Tricks, um meine Reaktion zu testen. Und dieses schwermütige Schweigen soll wahrscheinlich auf das tiefste Innere meiner Seele wirken. Gibt es hier eigentlich irgendwo noch ein Kissen?*

*»Ist es Ihnen schon mal in den Sinn gekommen, dass Sie Ihre Persönlichkeit über die Anwesenheit beziehungsweise die Abwesenheit eines Mannes in Ihrem Leben definieren?«*

*»ICH?« Meine Güte, ich? Reden wir hier gerade von mir?*

*»Ist der Gedanke so abwegig?«*

*»Absolut.«*

*»Nun gut. Lassen Sie uns doch kurz einen Test machen.«*

*Bitte, wenn er meint. Ich mag ja auf meine psychischen Störungen bestehen, aber die haben definitiv nichts mit dem anderen Geschlecht zu tun. Als ob man nicht schon genug Ärger mit Männern hätte. Nein, jetzt mischen sie sich auch noch in meine psychischen Probleme ein. Sollte mir vielleicht erste überzeugende Therapie-Abbruch-Argumente zurechtlegen!*

*»Frau Schöneberg, ich nenne Ihnen ein paar Reizwörter, und Sie sagen spontan, was Ihnen dazu einfällt.«*

*»Okay!«*

*»Gut, fangen wir an. Das erste Wort ist Respektlosigkeit.«*

*»Ehevertrag!«*

*»Bäcker?«*

*»Hochzeitstorte!«*

*»Urlaub?«*

*»Flitterwochen!«*

*»Kirche?«*

*»Gucci-Pumps!«*

*Das Kratzen des Füllfederhalters bricht urplötzlich ab.*

*»Oh, ich habe letzte Woche für taubenblaue Riemchenpumps aus zartem Veloursleder in meiner Größe gebetet. Wissen Sie, einen Schuh in Größe 36 zu ergattern ist wirklich eine absolute Seltenheit!«*

*»Verstehe. Machen wir weiter. Einsamkeit?«*

*»Zweisamkeit!«*

*»Kaffee?«*

*»Der perfekte Mann als solches! Stark, heiß, süß und braun gebrannt«, antworte ich und drehe mich mit einem Lächeln zu meinem Psychiater um.*

*Sorgfältig legt er das Klemmbrett auf seinen Knien ab und faltet die Hände darüber zusammen.*

*»Frau Schöneberg, fällt Ihnen nicht etwas auf bei all den Antworten, die Sie mir geben?«*

*»Tja. Nein, Ihnen?«*

*»Könnte es sein, dass Sie ein klein wenig von der Idee ergriffen sind, so schnell wie möglich den Mann fürs Leben zu finden?«*

*Jetzt bin ich aber wirklich erstaunt. Protestierend drehe ich mich zu Herrn Schnüttge um.*

*»Nein. Da liegen Sie wirklich falsch. Ich habe so wenig mit einer Männer suchenden Frau zu tun wie die Miss Universum mit dem Weltfrieden.«*

*»Ich verstehe. Wie auch immer. Wir werden auf das Problem in den nächsten Sitzungen genauer eingehen. Machen Sie sich keine Sorgen.« Herr Schnüttge blickt auf die Uhr an seinem Handgelenk und geht noch einmal seine Notizen durch. »Nur Ihre aufbäumende Ablehnung gegen chinesische Dinge ist mir äußerst unerklärlich. Aber auch das werde ich hoffentlich in einigen Wochen zu deuten wissen.«*

*Schön. Ich weiß es jetzt schon.*

*Aber dieser Diagnose bedarf es sicher keines Psychologiestudiums mit Abschluss in Yale, wie ich beim Verlassen der Praxis mit einem prüfenden Blick auf die Wand über dem Kaffeespender feststellen konnte.*

Ich trage nichts aus China, ich benutze keine Hi-Fi-Produkte aus China, ich sehe keine chinesischen TV-Sendungen, und ich esse nie, nie, niemals chinesisches Essen!

Im Gegenteil, ich hasse dieses Zeug! Aber das ist auch kein Wunder. Ich kenne zwar nur einen Chinesen, aber der reicht völlig aus, um mir meinen sonst so durchsetzungsfähigen Appetit zu verderben. Bei dem Gedanken an Tanguy fällt mir sogar das Stück Schokolade, das ich mir auf dem Nachhauseweg willensschwach in den Mund schieben will, aus der Hand.

Hmmm. Sollte vielleicht über eine Diät in dieser Richtung nachdenken!

Tanguy, das ist ein 29 Jahre alter, erfolgreicher, gut aussehender, dynamischer Geschäftsmann, der einen Porsche

Boxter fährt und Urlaub mit seiner Frau auf den Malediven macht. Das hört sich alles ganz gut an, bis auf die Tatsache, dass ich nicht seine FRAU, sondern seine SCHWESTER bin.

Meine Eltern haben den kleinen süßen Chinesen adoptiert, als er zwei Jahre alt war, und seitdem habe ich einen gleichaltrigen Bruder und meinen größten Konkurrenten auf einen Schlag.

Ich sage es ja immer, Eltern können so grausam sein!

Die Realität zeigte mir schon in jungen Jahren ihre glazialen Seiten, als Tanguy hauptsächlich damit beschäftigt war, mich unbemerkt mit Unmengen an Speisesalz zu füttern, mir seine kaputten Spielsachen unter die Finger zu schieben und meinen Puppen die Haare abzuschneiden. Diese Taten blieben natürlich weitestgehend unbemerkt. Und flogen sie doch einmal auf, so belächelte man den liebenswerten Lausbub Tanguy, während ich vor den Verwandten meistens mit einem entschuldigenden Blick als unwirsches Schreikind bezeichnet wurde.

Tanguy konnte schon mit vier Jahren seine Schuhe zuknoten, die Fische füttern und die Einkaufszettel meiner Mutter lesen. Ich trug Schuhe mit Klettverschluss, glotzte die Fische an und kannte lediglich den Anfangsbuchstaben meines Namens. Zumindest manchmal.

Mein Bruder übersprang die erste Klasse, ich kam in den Vorschulkindergarten.

Er machte Werbung für eine Kinderzahnbürste, ich bekam eine Zahnspange.

Heute bin ich Angestellte in einer PR-Agentur, und Tanguy hat Angestellte. In *seiner* PR-Agentur.

Ich habe es irgendwann aufgegeben, nur ein einziges Mal in dem gleichen magischen Glanz wie mein eloquenter Bruder zu erstrahlen. Darum arbeite ich jetzt verstärkt an meiner Fakebildung. Das ist wie mit einer Tasche von Louis

Vuitton, die gar nicht von Louis Vuitton ist, aber dafür nur die Hälfte kostet und das Original in mancherlei Hinsicht noch um Längen übertrifft.

Im Grunde ist eine fundierte Fakebildung das Beste, was man in einer Zeit voller explosionsartiger Informationsvermehrung tun kann. Zudem unterstreicht ein gut gewählter Idiolekt die eigene Persönlichkeit. Während andere Leute morgens die Zeitung lesen (viel zu unübersichtlich, zu dick für einen Tag und wundersamerweise immer mit einem Geruch behaftet, der mich stark an das Fell meines Nachbarhundes erinnert!), vertiefe ich mich beim Verzehr eines Croissants in das *Lexikon der Fremdwörter*. Ich meine, haben Sie schon mal versucht, die Unwissenheit über ein politisches Geschehen mit den Worten *»Meine Lethargie sprach mir heute Morgen die Absorbierung der globalen Lektüre ab!«* zu erklären, anstatt zu gestehen, dass man wieder einmal viel zu müde war, um vor der Arbeit noch die Zeitung zu lesen? Ich sage es immer wieder, man muss die Gebildeten mit ihren eigenen Waffen schlagen. Und wenn sie einen nicht verstehen, sind es dann nicht auch nur Fakegebildete?

Ich hatte also die ganze Im-Schatten-meines-Bruders-Steherei ertragen, bis zu dem Tag, als ich wie immer in meinen himmelblauen Frotteepuschen und meinem pinkfarbenen Bademantel mit einem Schokofleck am Kragen – verräterische Spuren von einem kleinen Mitternachtssnack – die sechs knarrenden Stockwerke des renovierungsbedürftigen Wohnhauses zum Briefkasten sprintete, aus Angst, die Nachbarn könnten mich so sehen. Nervös fischte ich die Post aus dem Briefkasten, um daraufhin sofort den Rückwärtssprint anzutreten.

Von so viel Morgensport geschwächt, hoffe ich inständig, nicht mit irgendwelchen Rechnungen belastet zu werden, aber wie gern hätte ich an diesem Tag eine Telefon-

oder Kreditkartenabrechnung anstatt dieses vexierenden, champagnerfarbenen Umschlages in den Händen gehalten. Ich riss das Kuvert auf, zog die darin liegende Karte heraus und überlegte mir im nächsten Moment, welche Farbe mein Sarg haben sollte. Das Konfetti rieselte durch meine Finger, die Goldschrift blendete meine Augen, und der Inhalt verhalf meinem Psychiater zu einer neuen Badezimmerbekachelung.

*Ein Team für immer*
*Wir heiraten!*

*Tanguy Schöneberg und Indira Bodde*

All seinen Charme, seine Spontaneität, seinen Perfektionismus und sogar die Tatsache, dass seine Fingernägel zumeist besser manikürt sind als meine, hatte ich ertragen, aber nun war mein Bruder einen Schritt zu weit gegangen. Tanguy heiratete VOR MIR! Und ich konnte es ihm noch nicht einmal verübeln in Anbetracht der TATSACHE, dass ich seit über zwei Jahren, drei Monaten und vierundzwanzig Tagen Single war. Nicht, dass ich das dauernd nachrechnen würde.

Das tut meine Mutter schon für mich.

Ach, von dem chinesischen Hochzeitsdinner habe ich keinen Bissen gegessen! Gewisse Vorurteile dienen der Psyche als Selbstschutz und sichern das Überleben des Individuums, würde Herr Schnüttge jetzt wohl sagen!

*Gelernte Wörter: glazial = eiszeitlich;*
*Idiolekt = individuelle Ausdrucksweise;*
*vexierend = quälend.*

# 2

## FÜR REALITÄTSBETRACHTUNGEN EMPFIEHLT SICH EINE SONNENBRILLE

*Herr Schnüttge.«*

*»Frau Schöneberg.«*

*»Meinen Sie, es ist gestattet, aufgrund von gravierenden psychologischen Langzeitfolgen seinen Bruder zur Adoption freizugeben?«*

*»Ich habe den Verdacht, dass da ein schwerwiegender Komplex in Ihrem Unterbewusstsein verankert ist, der eindeutige Impulse sendet. Sie sollten vielleicht nicht immer nur auf die Stärken Ihres Bruders sehen. Stattdessen würde ich vorschlagen, Sie konzentrieren sich auf eine Sache, die Sie besser können als Tanguy.«*

*»Kennen Sie die Nummer des Adoptionsamts?«*

*»Selbst wenn ich sie wüsste, ich würde Sie Ihnen zu Ihrem eigenen Schutz nicht verraten.«*

*»Verstehe.«*

Ich bin in Schwierigkeiten! Selbstverschuldet! Dummerweise! Das ist ja an sich noch nichts Besonderes, zumal ich so meine Erfahrungen mit selbstverschuldeten Schwierigkeiten habe.

Aber dabei war ich noch niemals nackt! Dabei fällt mir ein, es gibt doch eine Sache, in der ich meinen Bruder geradezu gravitätisch schlage. Ich bin wirklich immer besser angezogen als er, und das, obwohl mein Kontostand weitaus überschaubarer ist als seiner und Tanguy zu den Männern gehört, die mehr Zeit im Badezimmer als auf dem Fußballplatz verbringen.

Man könnte meinen, dass die Mode wohl eher unter Leidenschaft als unter Leistung fällt, aber bei meinen finanziellen Mitteln braucht man nicht nur einen Hang zur Ästhetik, sondern auch einen ausgereiften Fashionbeschaffungsplan. Nach zweieinhalb Jahren intensiver Arbeit kann ich sagen, dass mein Münchner-Mode-Management die Spitze der Vollkommenheit erreicht hat.

Alles beginnt mit dem Kauf der aktuellen *Vogue*. Mit der umfassenden Recherche der Fotostrecken und Werbekampagnen von Prada, Dolce & Gabbana, Gucci und Co. erhält man einen ersten ergreifenden Eindruck von der aktuellen Fashionwelt. Natürlich muss das Ganze gefiltert werden, da es sich hierbei doch eher um Kunst als um Konsum handelt. Dafür eignet sich wirklich nichts besser, als die Münchner Maximilianstraße entlangzuflanieren. Männer lieben diese Straße, weil sich hier unter grünen Kastanienbäumen der Maserati an den Ferrari und an den Maybach reiht. Frauen lieben diese Straße, weil man trotz 9-Zentimeter-Manolo-Blahniks bei Armani, Dior und Versace gleichzeitig reinschauen kann. Und Touristen lieben diese Straße, weil man hier, während der Fremdenführer von italienischer Architektur mit Elementen der englischen Gotik philosophiert, Fotos von staunenden Männern und stöckelnden Frauen machen kann.

Unter sonnengelben Arkaden und südländischen Fassaden zeigen ein paar Blicke in die glitzernden Schaufenster schnell, welche Trends auch tatsächlich auf ihr Verkaufsrecht bestehen. Nach dreieinhalb Stunden ist der Fashionkilometer abgelaufen, und man lässt sich erschöpft im Tambosi am Hofgarten auf einen Stuhl sinken, um sich bei einem Cappuccino ein Bild von der Mode am Menschen zu machen. Es ist immer wieder erstaunlich, wie Gucci und Dior in Kombination mit dem ein oder anderen manierierten Münchner Schickeriamitglied an Glamour und Sexappeal verlieren können! Tsisisis. Wie dem auch sei. Jetzt heißt es konzentrieren. Der nächste Schritt im Münchner-Mode-Management ist der schwierigste von allen:

FINDE DEINEN EIGENEN STIL!

Hmmm. Eine böse Falle und zugleich die einzige Chance, die dir die Mode gibt. Hier sind schon die ganz Großen gescheitert, zumal man immer bedenken sollte, dass es bei weitem nicht darum geht, dass sich das Label gut sichtbar AUF der Kleidung, sondern vielmehr, dass sich der modische Gedanke IN der Kleidung befindet. Und darum darf man, an diesem Punkt angelangt, auch ruhig die Maximilianstraße wieder verlassen und in der Innenstadt H&M, Zara und meinen in München glücklicherweise hoch frequentierten Lieblingssecondhandladen Macy's ansteuern, um hier nach *»High-fashion-and-low-price«*-Produkten zu fahnden. Secondhandläden bieten nicht nur den Vorteil, dass dort alles unglaublich günstig ist, sondern auch, dass man das ganze Zeug spätestens nach einer Saison wieder an denselben Laden verkaufen kann. An diesem Punkt schließt sich der Fashionkreis, und man kommt am Ende mit geschickter strategischer Planung bei null raus.

Perfekt.

Gut.

Zugegeben.

Das ist der Idealfall.

Trotz gut durchdachter Shoppingstrategie kommt man manchmal einfach nicht umhin, das eine oder andere Kleidungsstück doch tatsächlich bei Dior oder Prada kaufen zu MÜSSEN. Hierbei sind zwei Dinge zu beachten: immer das Preisschild dranlassen und niemals die Rückgabefrist verstreichen lassen.

Na bitte! So einfach. Und da sage noch einmal jemand, Mode sei kompliziert!

In Wahrheit gibt es nur eine Designerware, die dem Wiederverkauf in Secondhandläden und dem Umtausch in Designershops trotzt.

Unterwäsche!

Und damit wäre ich wieder bei meinem Problem. Selbstverschuldet. Dummerweise. Ich stehe nämlich nicht nur nackt in einer Umkleidekabine von Versace, um einen pinken Seidenslip anzuprobieren! Nein, ungünstigerweise hängt auch noch direkt vor meiner Nase ein Spiegel, der stadionähnlich angestrahlt wird. Zwei Dinge, die nie grundlos miteinander kombiniert werden sollten! Unter Ausschaltung meines Verstandes komme ich auf die unglaubliche Idee, meinen Körper in dieser verfänglichen Situation etwas genauer zu betrachten. Ich kann nur sagen, von entblößten Blicken in den Spiegel ist abzuraten, wenn man mit sich befreundet bleiben möchte.

Diese Erkenntnis kommt für mich jedoch leider zu spät!

Ich habe sie schon erspäht, die kleinen, schrumpeligen Dellen auf der Außenseite meiner Oberschenkel, die lustig hin und her springen, wenn ich meine reliktartige Beinmuskulatur anspanne. Meine wohlgeformten Hüften, die die Schwerkraft, wider jedem physischen Gesetz, in die Horizontale zu ziehen scheint. Und zu guter Letzt mein wohlgepolsterter Po, der meinem Gesamtkörper die geometrische Form eines gleichschenkligen Dreiecks verleiht. Ich weiß, dass die Natur dem weiblichen Wesen mit der großzügigen Anreicherung von Fettdepots für Zeiten, in denen Hungersnöte oder anstrengende Schwangerschaften zu bewältigen sind, nur entgegenkommen wollte. Aber was soll ich mit einem Fette deponierenden Körper, wenn ich einen 24-Stunden-Supermarkt vor der Tür habe und eine Mehrlingsschwangerschaft aus mangelnder Beteiligung am Projekt nicht infrage kommt?

Und darum kaufe ich nie neue Dessous. Weil es mich depressiv macht! Weil ich mich danach dem fernöstlichen Trepang sehr nahe fühle! Und weil man Unterwäsche nicht umtauschen kann! Ich werde mich in meine 3-Zimmer-Wohnung in Haidhausen mit knarrendem, verkratztem Parkett und abblätterndem Stuck an den Decken zurückschleichen, denn eigentlich habe ich heute wirklich Wichtigeres vor, als Reizwäsche anzuprobieren, die unter dem Aspekt der Stoffverarbeitungsmenge eher als Geizwäsche verkauft werden sollte!

Man sagt, wichtige Dinge sollte man sofort erledigen. Das stimmt. Aber für ganz wichtige Dinge bedarf es immer erst einmal einer kreativen Pause. Und Bewerbungsbriefe zählen eindeutig zur Kategorie »extrem ganz wichtige Dinge«. Also sollte ich mich wohl erst mal stärken. Ich schlurfe in die Küche und stecke meinen Kopf ins Kühlfach. 150 Gramm roher Blattspinat lachen mir entgegen.

Igitt! Angewidert halte ich mir die Nase zu. Bilde ich mir das nur ein, oder stinkt roher Blattspinat wirklich so entsetzlich?

Ich probier's lieber mit dem Kühlschrank.

Mal sehen: eine Tube Senf, ein Glas Essiggurken, ein halb volles Marmeladenglas und ein ranziges Stück Käse. Kann man daraus etwas Leckeres zaubern? Für eine dieser gewandten Superhausfrauen vom Shoppingkanal 32 wäre das wahrscheinlich alles eine Frage der richtigen Bratpfanne. Dummerweise bin ich keine gewandte Superhausfrau und mir noch nicht einmal sicher, ob ich überhaupt eine Bratpfanne habe. Hmmm. Probleme soll man ja bekanntermaßen niemals mit seinen Schwächen lösen, sondern kompetent und stilsicher mit seinen Stärken zu einem Abschluss bringen. Bestelle also eine Pizza und gehe auf die Suche nach einer Flasche Rotwein. Telefonieren und entkorken gehören eindeutig zu meinen Stärken!

Ups. Mir ist schlecht, und ich habe einen klitzekleinen Schwipsieee. Habe doch tatsächlich AUS-VER-SE-HEN eine Familienpizza bestellt – und angebrochene Flaschen Rotwein muss man austrinken. Das bringt sonst Unglück. Habe ich mal gelesen. Glaube ich. Nach der Pizza fühlte ich mich so beladen, dass ich mir erst mal ein Bad eingelassen habe. Muss dann wohl in der Wanne eingenickt sein. Ich bin total eingeschrumpelt. Hoffentlich bleiben da keine Dellen zurück.

So, jetzt kann es aber endlich losgehen. Oder sollte ich vielleicht doch noch vorher meine Fußnägel lackieren? Nein, Jil! Such jetzt endlich deinen Füller und leg los.

Unglaublich, ich kann ja richtig dominant sein.

*Sehr geehrter Mister Right,*
*hiermit bewerbe ich mich bei Ihnen um die Stelle als Partnerin in Ihrem Leben. Ich brauche diesen Job wirklich DRINGEND!!! Ich habe von Ihrer großen Anlehneschul-*

*ter und Ihrer Kreditkarte gehört und denke, dass ich mich um beides kümmern könnte. Außerdem kann ich Ihren wunderschönen starken Armen und Ihren atemberaubenden Augen kaum widerstehen.*
*Ich bin äußerst flexibel in Bezug auf ausgedehnte Geschäftsessen und spontane Geschäftsreisen und habe großes Verständnis für die eine oder andere Nachtschicht.*
*Früher oder später sollten wir über eine Firmenexpansion nachdenken.*
*Ich freue mich auf ein aufregendes Aufeinandertreffen.*

*In Liebe Ihre Jil Schöneberg*

Sehr gut! Jetzt brauche ich nur noch die Adresse. Aber ich weiß leider nicht, wie mein werter Mister Right heißt, wo er wohnt und ob er überhaupt irgendwo lebt. Wenn ich meiner Mutter glauben soll – »Dein Ehemann muss wohl erst noch geboren werden« –, bekomme ich ernsthafte Probleme mit meiner biologischen Uhr.

Knurrt mein Magen schon wieder, oder was ist das für ein Geräusch? Ach nein, ich habe ja gerade erst gegessen.

»Hi, Süße!« O Gott, das ist Luisa, meine Mitbewohnerin. Was macht sie denn schon hier? Sie betreut samstags doch immer die Seniorinnen-Fitnessgruppe. Eigentlich ist Luisa Synchronsprecherin, aber abgesehen von ihrer letzten Rolle als vegetarische Grundschullehrerin, die sich in einen Metzger verliebte, oder der Minirolle als Kellnerin, die die vier magischen Worte »Haben Sie schon gewählt?« sagen durfte, laufen die Geschäfte nicht sonderlich gut. Darum kann man bei Luisa nie wissen, womit sie als Nächstes ihr Geld verdient.

Ich muss sofort den Brief verschwinden lassen, schießt es mir durch den Kopf, und meine Wangen beginnen vor Aufregung zu glühen. Aber wohin?

Bücherregal.
Schublade.
Mülleimer.
Blumenvase.
Schuhkarton.
Blumenvase!

Der letzte Mann, der mir Blumen geschenkt hat, hieß, ähm, wie hieß er noch, Maxi, glaube ich, und er besaß ein Federmäppchen, das aus dem gleichen Stoff war wie sein Turnbeutel.

Zeitgleich mit Luisas Erscheinen im Türrahmen verschwindet der Brief in der Vase. Ich mache ein unauffälliges Gesicht. Sehe dabei jedoch anscheinend so unschuldig aus wie ein kleines Mädchen, das gerade heimlich den Schokoladenpudding seines Bruders vernascht hat.

»Was guckst du denn so komisch? Steht Gwen Stefani hinter mir? Und wieso sitzt du um halb sieben im Bademantel rum? Schwing dich in eins deiner René-Lezard-Kleider. Wir gehen heute Abend zu Rebecca«, bestimmt Luisa in einem Ton, der mich unweigerlich an meine Mutter erinnert.

»Wieso soll ich mit zu Rebecca kommen und mir ansehen, wie du den ganzen Abend mit ihr rumturtelst?« Ich lasse mich demonstrativ auf mein Bett plumpsen und fische zwischen den samtigen Zebrakissen nach der Fernbedienung.

»Und was willst du stattdessen machen?« Luisa stemmt die Hände in ihre schmale Taille und wirft mir einen Blick zu, der schärfer ist als das beste Chiligericht und bösartiger als Regen an deinem Hochzeitstag. »Den ganzen Abend vor dem Fernseher sitzen und auf die Glatze eines Fernsehkommissars starren? Außerdem wird das keine Frauenparty. Es kommen auch ein paar Männer aus Rebeccas Kanzlei.«

Männer aus Rebeccas Kanzlei! Ich mache einen Strecksprung aus dem Bett, der meiner Sportlehrerin aus der vierten Klasse vor Bewunderung ihre Stoppuhr aus der Hand geschleudert hätte. Aber natürlich nur, um mich gleich wieder zu beruhigen. Männer. Männer. Wen kümmern schon Männer?

»Na und? Was interessiert mich das?«

»Ach, Jil. Nun komm schon. Eigentlich würdest du doch viel lieber mit mir auf diese Party gehen, ein paar Cocktails trinken, ein paar Sushihäppchen essen und ein paar kühle Anwälte zum Kochen bringen, anstatt den ganzen Abend zu Hause zu bleiben.«

Hmmm. Eigentlich hat Luisa Recht. Aber ich gehe trotzdem nicht mit.

»Nein. Ich bleibe hier und esse Popcorn. Oder Schokolade. Oder beides.«

»Hemm?«

»Weißt du, Luisa, zur Unterhaltung einer Party trägt niemand so viel bei wie diejenigen, die gar nicht da sind!«

»Von wem hast du denn den Quatsch?«

»AU-DREY HEP-BURN!« Ich mache ein Gesicht, als hätte ich ihr gerade die physikalische Formel für die Erdanziehungskraft geliefert.

»O nein. Den Blick kenne ich doch.« Luisa lächelt. »Sag mir jetzt nicht, du kommst nicht mit wegen deiner Haare!«

Ich werfe ihr einen unschuldigen Blick zu.

»Na los, Jil. Hol die Heizwickler. Zack, zack! Haare sind wirklich der schlechteste Grund von euch Heteromädels, das Leben nicht zu genießen!«

Nach zwei Stunden und siebenundvierzig Minuten blicke ich in den Spiegel und komme zu einer tief greifenden Erkenntnis: Mal sehe ich schlechter aus, und mal sehen die anderen besser aus!

Und: Heizwickler haben keinen nachweislichen Einfluss auf die Formgebung langer, fusseliger, splissiger Haare.

»Bist du dir sicher, dass ich so mitkommen kann?« Luisa guckt mich schief an und dreht einen ihrer kurzen, blondierten Fransenhaarbüschel um ihren Zeigefinger.

»Weißt du, diese braunen Locken sind gar nicht so schlecht, wie du denkst!«

Kritisch blicke ich auf meine Haare und überlege, ob ich dem Spiegel oder einer Frau, die kein persönliches Gebrauchsargument für Kamm und Bürste nennen könnte, mehr trauen soll.

»Das ist eine Katastrophe!«

»Ach was, Jil. Du weißt doch, es lebe die Natürlichkeit!«

»Richtig. Es lebe die Natürlichkeit.« Mein Gott, wenn Sarkasmus nicht zu einer meiner ganz großen Stärken gehören würde, wäre die geschlossene Anstalt wahrscheinlich schon längst mein erstes Zuhause.

Während ich diesem Gedanken noch etwas nachhänge, setzt Luisa mir ihren hellblauen Sonnenhut auf, reißt mich vom Spiegel weg und lässt die Wohnungstür hinter uns ins Schloss fallen. Ich konzentriere mich auf einen Pfützenslalom die Straße entlang und wünsche, ich hätte mich in Bezug auf mein Abendprogramm doch bloß für das Popcorn und die Kommissarsglatze entschieden, während Luisa mit giftgrünen Gummistiefeln durch die Pfützen platscht und mir »Hey, Puppe! *Stop believing your mirror!*« zwischen meine flatternden Locken säuselt.

*Gelernte Wörter: gravitätisch = würdevoll;*
*manieriert = gekünstelt;*
*Trepang = getrocknete Seegurke.*

# 3

# WO BITTE GEHT'S ZUR TOILETTE?

*»Herr Schnüttge.«*

*»Frau Schöneberg.«*

*»Ich hoffe, ich störe Sie nicht an Ihrem Samstagabend, aber ich dachte, da Sie mir Ihre Handynummer für Notfälle gegeben haben …«*

*»Ein Notfall? Was für ein Notfall? Wo sind Sie? Geht es Ihnen nicht gut? Haben Sie einen Schock? Einen psychischen Zusammenbruch? Erste depressive Symptome?«*

*»Hmmm, also ich denke, ich nehme den psychischen Zusammenbruch.«*

*»Schön. Eine gute Wahl. Sie befinden sich nicht zufällig gerade in der Nähe einer Brücke?«*

*»Ich bin gerade auf dem Weg zu einer Party, meine sauerkrautähnlichen Haare stecken unter einem Sonnenhut, und ich stehe mit einem Stiletto in einer Matschpfütze. Wissen Sie, da habe ich mich gefragt, ob gutes Aussehen immer etwas mit stilvoller Kleidung zu tun hat oder ob ich unter gegebenen Umständen verstärkt an einer inneren Ausstrahlung arbeiten könnte?«*

*»Hmmm. Was tragen Sie sonst noch, Frau Schöneberg?«*

*»Ein langes Hemdblusenkleid.«*

*»Gut. Schieben Sie den Sonnenhut in den Nacken, heben Sie den Schuh aus der Pfütze, und knöpfen Sie Ihr Kleid*

*oben und unten um mindestens zehn Zentimeter weiter auf. Dann wird Sie garantiert jeder Mann wegen Ihrer inneren Ausstrahlung lieben.«*

*»Verstehe.«*

Warum wohnt Rebecca in einem Haus im siebten Stock, in dem es keinen Fahrstuhl gibt? Ich stöhne jetzt schon, und Luisa sagt mir, wir wären erst in der Eingangshalle. Zum Glück habe ich mein Freshness-Control-Deo aufgelegt. Ich verfluche bei jeder Stufe meine 200-Euro-Stilettos (vom Umtausch ausgeschlossen – manche Dinge braucht man einfach ganz für sich!) und stelle fest, dass Schuhe im Grunde wie Männer sind: Die aufregenden sind unbequem, und die Wohlfühllatschen sehen meist beschissen aus.

Aber jetzt ist keine Zeit für Lebensweisheiten. Ich muss mich auf die richtige Atmung konzentrieren, um bei Rebecca nicht wie ein keuchender roter Hummer im Kochwasser anzukommen.

Bemühungen sind anscheinend jedoch vergebens!

Luisa hat den Finger bereits auf der Klingel, als ich mich noch die letzten sechs Stufen an einem verschnörkelten Geländer hochziehe.

Geschafft! Bis die Tür aufgeht, stehe ich mit vereinzelten Haarsträhnen, die sich irgendwie in meinem Mund verfangen haben, neben meiner Freundin und fächere mir Frischluft zu. Im nächsten Moment begrüßt uns Rebecca.

»Ahhh!« Ich schreie auf.

»Was?« Rebecca ist sichtlich irritiert.

»Rebecca!« Luisa anscheinend auch.

»He?«

»Du leihst Rebecca mein Roberto-Cavalli-Kleid?« Also, manchmal verstehe ich Luisa einfach nicht.

»I-i-i-ich?« Luisa fängt an zu stottern.

»Die Locken stehen dir aber fantastisch!«, wirft Rebecca ein.

»Danke.« Ich fühle mich schlagartig besser.

»Sie ist betrunken!« Luisa hat ihren Scharfsinn wieder.

»Du leihst Rebecca mein Roberto-Cavalli-Kleid, OHNE ihr die rote Stola dazu zu geben?«

Ich bin wirklich entsetzt.

»Was ist eine Stola?«, fragt Luisa.

»Ach, das macht doch nichts. Rot steht mir sowieso nicht.« Mit diesen Worten schließt Rebecca mich in ihre Arme.

Luisa lächelt frech und dankbar zugleich.

Tja, so stehen wir nun da und umarmen uns.

Und umarmen uns.

Und umarmen uns.

So, das reicht dann wohl an Umarmung.

Hallo?

Moment.

Liegt da etwa Rebeccas Hand auf meinem Po? Mein Sportschweiß wird von Angstschweiß abgelöst. Herrje, die menschliche Sudation findet auch immer Mittel und Wege! Werde meinen Freshness-Control-Deo-Verbrauch bei Gelegenheit noch mal überprüfen müssen. Aber der Blick über ihre Schulter lässt mich einige attraktive, starke Männer erspähen, was mich durchaus besänftigt.

Ich löse mich aus der, ich sage mal, herzlichen Umarmung und steuere die Objekte MEINER Begierde an.

Nun gilt es, sich möglichst sexy durch die Menschenmenge im Flur zu schieben. Ich verheddere mich jedoch leider mit einem Fuß im Telefonkabel (wer hat heute eigentlich noch Telefonkabel?) und reiße fast Rebeccas Espressomaschine mit mir in die Tiefe! Aber solche Schicksalsschläge können mich nicht mehr aus dem Takt bringen, wenn mein Körper erst einmal zu gravitieren begonnen hat. Ich steuere also erneut das Ende des Flurs an. Immer mit dem Ziel vor Augen.

Habe mich zu einer Männerrunde vorgekämpft. So, jetzt heißt es souverän bleiben und sich einfach mit einem coolen Spruch ins Gespräch bringen.

»Äh, hi …?!?«

»Tja, äh, hi?!?«, sagen zwei der drei Männer im Chor.

»Emm. Wisst ihr eigentlich, wo die Toilette ist?«

Wer war das? Wer hat das gesagt? ICH? *Wisst ihr eigentlich, wo die Toilette ist?* Wie komme ich nur immer auf solche geistig völlig abwesenden Äußerungen? Ich sollte dringend die Akkus von meinem Verstand wechseln! Fehlt nur noch, dass ich die nächste Männerrunde mit dem Victory-Zeichen begrüße.

Bin also auf dem Weg zur Toilette und schiebe mich wieder durch den Flur. Na, wenigstens steige ich diesmal grazil über das Telefonkabel.

Nach guten zehn Minuten habe ich die Tür zum Badezimmer erreicht und muss zu meinem Entsetzen feststellen, dass dort mindestens schon sechs weitere Gäste warten.

Nicht nur, dass ich mich Ewigkeiten durch diesen Wohnungsflur quetsche, jetzt stehe ich auch noch Stunden vor dem Klo!

Und das alles, obwohl ich noch nicht einmal muss!

Mein Gott, wenn ich mich nicht besser kennen würde, würde ich ernsthafte Persönlichkeitsprobleme diagnostizieren. Vielleicht sollte ich die Therapiestunden bei Herrn Schnüttge doch auf zwei Sitzungen die Woche aufstocken?

Ich reihe mich von der Ironie des Schicksals geschlagen in die Schlange ein und starre resigniert auf zwei große, breite Schultern.

Moment mal. Große, breite Schultern?

In diesem Augenblick dreht sich der Mann vor mir um und lächelt mich an, wie ich es nur aus Zahnpastawerbespots kenne.

Herrje. Nein. Stopp. Nicht mit der Hand durchs Haar fahren. Mein Gott, wie lange ist es eigentlich her, dass ich Sex hatte?

Tage. Monate. Jahre.

Langsam fallen ihm seine seidigen Haare über die Stirn, während er mich fragend ansieht.

»Hallo. Ich bin Nathan.«

Wahrscheinlich trägt er edle Unterwäsche und benutzt teureren Hairconditioner als ich. Ich könnte mir vielleicht beides bei Gelegenheit mal ausleihen. Puh. Muss feststellen, dass ich im suszipierenden Zustand starken Hang zu ausgeprägten Tagträumen entwickle.

»Ich heiße Jil.«

»Schön, dich kennen zu lernen, Jil.« Nathan streckt mir seine Hand entgegen und umschließt meine mit leichtem Druck. Dieses Händeschütteln ist erotischer als der Sex mit meinem Ex.

»Ja. Nathan, und du heißt also Nathan.«

»Richtig.« Etwas verunsichert lächelt er mich an. Dieses Gespräch läuft ja wirklich toll. Meinem Sprachzentrum scheint das Wort SOUVERÄN nur in der Theorie bekannt zu sein. Na, wenigstens weiß ich, wie man es schreibt.

»Bist du eine Freundin von Rebecca?« Oh. Jetzt bloß keinen falschen Verdacht aufkommen lassen. Nicht, dass es da ein Missverständnis gibt. Obwohl ich erst kürzlich gelesen habe, dass Bisexualität im Moment ja stark im Kommen ist.

Das ist ja auch kein Wunder. Warum soll man sich auf etwas festlegen, mit dem man unwillkürlich die dunkelsten Kapitel seines Lebens in Verbindung bringt? Und trotzdem, ich schwimme ungern. Erst recht zum anderen Ufer.

»Rebecca, nein! Wer ist Rebecca? Weißt du, ich bin dauernd in irgendwelchen Clubs oder auf Partys. Da verliert man schon mal den Überblick.«

»Ah, du bist anscheinend eine dieser Partyladys. Ich wohne erst seit ein paar Wochen in München und weiß noch gar nicht, wo man am besten hingeht. Wo bist du denn am liebsten?«

Also, ehrlich gesagt bin ich alles andere als eine Partylady. Und bei dem Blick in Nathans Augen fällt mir spontan kein einziger Club ein. Mein Gott, wie heißen diese Dinger noch? Nachtwerk Lounge? Atomic Club? Mandarin Café? So ein Mist. Wieso verlaufen diese Gespräche immer in die falsche Richtung?

»Ach du, ich bin mal hier und mal da und eigentlich überall. Zum Beispiel liebe ich das P2.«

»Du meinst das P1?«

»Äh, ja genau. Und der Kunstpark Ost ist auch ganz große Klasse.«

Seine Stirn legt sich in Puls hochpeitschend erotische Falten.

Ich liebe meinen treffsicheren Spürsinn für Peinlichkeiten.

»Hat der nicht vor Ewigkeiten zugemacht?«

Treffer – versenkt!

Im nächsten Moment geht die Toilettentür auf und rettet mich vor weiteren Verstrickungen. Erleichtert plumpse ich auf den Klodeckel, nachdem Nathan mir sichtlich verwirrt den Vortritt gelassen hat.

Ich atme tief durch und bereue das im nächsten Moment. Partytoiletten sind einfach kein Ort zum Durchatmen. Ich zähle von zehn rückwärts, ziehe die Klospülung und drehe den Wasserhahn auf. Habe im Vortäuschen von Toilettengängen Übung, da ich mich öfter dorthin zurückziehe, wenn mein Chef mich sucht.

Ich lache mein Spiegelbild an, ziehe den Lipgloss nach, werfe mir ein nervöses Lächeln zu und nehme mir siegessicher vor, damit Nathan gleich irgendwie zu beeindrucken. Doch als ich die Tür aufschiebe, ist er verschwunden.

Brauche jetzt dringend ein Gläschen Champagner. Oder ein Fläschchen!

Anonym bin ich ja schon. Jetzt werde ich Alkoholiker!

Ich weiß, ich weiß. Alkohol ist auch keine Lösung, aber man vergisst dadurch auf so wundersame Weise das Problem. Wer geht schon auf Partys, um Männer kennen zu lernen?

»Ach Süße, es bringt doch nichts auszugehen, um krampfhaft nach dem Richtigen zu suchen!«, belehren einen immer wieder die VERGEBENEN!!! Freundinnen.

Luisa meinte zu mir, nachdem wir an einem einsamen Sonntagabend *Harry und Sally* gesehen hatten und ich zutiefst befürchtete, dass ich wahrscheinlich auch nur noch vorgetäuschte ekstatische Erlebnisse in Fastfoodketten haben würde: »Du triffst deinen Traummann wahrscheinlich mal montagmorgens um zehn Uhr in der Schlange vorm Bäcker.«

Seitdem stehe ich montagmorgens um zehn Uhr in der Schlange vorm Bäcker.

Nach dem dritten Glas Champagner habe ich mich in die Männergruppe eingefunden, die mir vorhin so nett den Weg zur Toilette gewiesen hat. Meine Ohren folgen langweiligen Gesprächen über Anwaltsgeplänkel und Männerprobleme der Marke: Warum gibt es keine scharfen Alufelgen für meine Winterreifen? Mein Blick wandert über Männerwangen, die vergeblich auf den ersten dichten Bartwuchs warten, über Hemden mit akkuraten Bügelfalten und über goldene Ringe an diversen Händen. Im Augenwinkel erspähe ich Luisa und Rebecca, die sich zärtlich küssen, und frage mich, ob ich das vielleicht doch auch mal ausprobieren sollte. Immerhin würde das die Chancen, den Partner fürs Leben zu finden, auf einen Schlag verdoppeln. Andererseits sollte man solche Entscheidungen nicht vorschnell übers Knie brechen. Ich trinke lieber noch einen Schluck Champagner.

Während ich gedankenverloren über mein Champagnerglas hinweg dem einen oder anderen in seinem Monolog zunicke, entdecke ich keine zehn Meter von mir entfernt einen Mann, der gedankenverloren über sein Champagnerglas hinweg der einen oder anderen in ihrem Monolog zunickt. Ich muss lächeln, als ich ihn dabei beobachte, wie er hilflos seine Brauen in die Höhe zieht und sichtlich bemüht ist, den umschweifenden Gesten und dem rasenden Redetempo der rothaarigen Frau vor sich zu folgen. Höflich nickt er ihr zu und nimmt einen Schluck Champagner, als unsere Blicke sich treffen.

Einskommadreisiebenfünf Sekunden darf ein Blick dauern, um ihn als flüchtig einzustufen. Die Zeit ist leider überschritten. Weit überschritten. Aber ich kann meinen Blick nicht von ihm lösen. Auf einmal lächelt er mich sanft an und kommt auf mich zu. Was für ein … HILFE! Er kommt auf mich zu!

Er. Kommt. Auf. Mich. Zu.

»Hi.«

Mein Gott. Er spricht zu mir. Sag was, Jil. Irgendetwas, was dir einfällt. Es muss ja nicht wahnsinnig geistreich sein, aber signalisiere diesem Mann doch einfach, dass du mit ihm reden willst.

»Hi.« Puh. Das wäre geschafft.

»Ich bin Ben.«

Ben. Ben. Ben. Was für ein unglaublicher Ben, äh, Mann. Du musst ihm antworten, Jil! Nicht anstarren. Antworten.

»Ich heiße ...« Ich heiße, ich heiße, Gott, wie heiße ich noch mal?

»Jil. Da bist du ja.« Aus dem Nichts steht Nathan vor mir und zieht mich sanft zu sich heran. Ich spüre seinen warmen Atem auf meinem Hals und seine Lippen, wie sie zart meine Haut streifen. Leise flüstert er mir ins Ohr:

»Kommst du mit mir in die Theatinerstraße? Da habe ich mein Penthouse.«

*Gelernte Wörter: Sudation = Schweißabsonderung;*
*gravitieren = sich zu etwas hingezogen fühlen;*
*suszipierend = Reize aufnehmend.*

4

## NUR EIN SCHERZ!

*Herr Schnüttge.«*

*»Frau Schöneberg.«*

*»Wenn Luxus eine Frau anspricht, ist sie dann zwangsläufig oberflächlich?«*

*»Also, wenn es so wäre, müsste es nur oberflächliche Frauen geben. Luxus ist eine süße Droge, die meist von denen verurteilt wird, die nicht in ihren Besitz kommen.«*

*»Sie sind ein wahnsinnig guter Therapeut!«*

*»Wissen Sie, selbst Marcel Reich-Ranicki hat einmal gesagt: Es heult sich besser in einem Taxi als in der Straßenbahn.«*

*»Verstehe.«*

Ich kann es nicht glauben! Ich sitze in einem Porsche Turbo und bin auf dem Weg in Nathans PENTHOUSE. Mitten in der Stadt in der Theatinerstraße. Ich war geradezu machtlos. Noch ehe ich Ben antworten konnte, nickte er verständnisvoll und verschwand in der Menge, worauf Nathan mich aus Rebeccas Wohnung zog. Bin mittlerweile sogar der festen Überzeugung, dass ich mir Ben im Alkoholrausch nur eingebildet habe. Wunschvorstellungen kann ich zuweilen wirklich sehr realistisch ausleben. Moment mal. Ich sitze doch gerade wirklich neben Nathan in einem Porsche Turbo? Meine Hände gleiten prüfend über die Ledersitze, und mein Blick wandert zur Seite.

Nathan schwingt das Lederlenkrad mit einer Hand passend zu einer Rechtskurve, und mit der anderen Hand streift er beim Hochschalten flüchtig meinen Oberschenkel, was mich zur Frage bringt: Hat mein BH eigentlich die gleiche Farbe wie mein Slip?

Aber wahrscheinlich wird es gar nicht zu einem Striptease meinerseits kommen in Anbetracht der Tatsache, dass Nathans Penthouse doch tatsächlich exakt drei Stockwerke über dem Münchner Modemekka Teresa liegt, was bei mir eine mittelschwere orgasmische Reaktion auslöst. Das Teresa ist einer der Läden, in denen sich der Sergio-Rossi-Pumps mit der Prada-Tasche zu einem Rendezvous mit einem Valentino-Kleid trifft. Hmmm. Was für ein Tag. Ich folge willensschwach Nathans visuellen Reizen in den Aufzug. Mein Gott, ist das ein Mann!

MEIN GOTT, IST DAS ENG HIER!

Nathans berauschendes Lächeln und seine eindringlichen Blicke haben mich doch tatsächlich meine ausgeprägten klaustrophobischen Neigungen komplett verdrängen lassen. Aber meine Platzangst hilft meiner Vergesslichkeit umgehend auf die Sprünge!

Schlagartig bekomme ich Panik. Meine Beine zittern, meine Hände glühen. HILFE! Ich muss Ruhe bewahren. Hhhhe. Ich hyperventiliere. Hhhhe. Ich ersticke. Hhhhe. Ich zucke. KONTROLLE! Hhhhe. Ich brauche Kontrolle. Ich kann jetzt unmöglich vor diesem potenziellen Traummann einen klaustrophoben Anfall bekommen. Als ich das letzte Mal in einem Aufzug mit Spiegel gefangen war, konnte ich nur zu gut beobachten, wie sich meine Augen eigenartig aus dem Kopf schoben, wie mein Körper unkontrolliert zuckte und meine Knie albern hin und her wackelten. Irritiert von meiner keuchenden Atmung dreht sich Nathan langsam zu mir um.

»Ist alles in Ordnung?«

Meine Finger krallen sich in seinen Arm.

»Aber sicher. Hhhhe. Was soll denn nicht in Ordnung sein. Ich bin nur so berauscht von …«

»… von was?«

»Von deinen … von deinen … von deinen wunderschönen Haaren. Hhhhe, ich meine, hhherrje, das sind wirklich wunderbar weiche Haare.«

Nathan betrachtet mich skeptisch und fährt sich mit einer Hand prüfend über sein Haupt.

»Tja. Danke. Na, wenn du willst, leihe ich dir mal mein Shampoo.«

»Shampoo? Was für – hhhhe – Shampoo?«

Ich verliere die Kontrolle. Meine Knie knicken ein, und ich stürze in Nathans Arme.

»Jil?«

»Oh. Nathan. Du bist … du bist … wirklich wahnsinnig anziehend. Hhhhe.«

»Ich …«

Nathan fehlen die Worte.

Mir fehlt der Atem.

Schweigend blicken wir uns an, während seine Augen nach Romantik und meine nach dem Ende dieser Fahrt suchen. Im nächsten Moment zieht Nathan mich zu sich heran und küsst mich. Das ist mein Ende. Gleich. Werde. Ich. In. Ohnmacht. Fallen. Mit weit aufgerissenen Augen und zitternden Beinen versuche ich krampfhaft, meine Zuckungen zu kontrollieren, während Nathan seine Lippen auf meine drückt. Vor meinen Augen verschwimmt die Decke des Aufzugs, und mein Herz klopft protestierend.

BLING!

Die Fahrstuhltüren öffnen sich.

Das ist meine Chance. Arbeite verstärkt an mentaler Motivation und körperlichen Kontrollmaßnahmen, um Nathan und mich mit letzter Kraft auf den Flur zu schieben.

Phu! Geschafft!

Ich ringe nach Atem und puste mir die Haare aus dem Gesicht.

»Wir sollten in deine Wohnung gehen.«

»Sicher«, antwortet Nathan. Er lächelt mich an und streicht mir meine Haare aus dem Gesicht.

»Besser?«

»Ja. Viel besser.«

Während Nathan seinen Haustürschlüssel sucht, stehe ich hinter ihm und fächere mir unauffällig Luft zu.

Habe nach einigen Minuten die vollständige Kontrolle über meinen Körper wiedererlangt und schreite nun mit absolutem Selbstbewusstsein und einem Höchstmaß an Souveränität in Nathans Wohnung. Muss jetzt wohl verstärkt an einem guten Eindruck arbeiten, denke ich und blicke fasziniert auf Nathans Flachbildfernseher, der wie ein Exponat über dem schneeweißen Kamin hängt. Vor einer weißen Ledercouch steht ein kleiner Glastisch mit einer weißen Vase, in der weiße Lilien stecken. Und in einem weißen überdimensionalen Bücherregal stehen nur weiße Bücher. Etwas weiß hier vielleicht, aber ich bin keine Innenarchitektin. Vom Wohnzimmer geht es in die Edelstahl-Multifunktionsküche. Das sind diese Dinger, die selbstständig einkaufen, kochen und abwaschen.

Kategorischer Blick in den Kühlschrank: frische Erdbeeren, kleine grüne Oliven, ein Stückchen Camembert und französischer Orangensaft.

Hier werde ich bei meiner Inspektion von einem Ruf von der Dachterrasse unterbrochen.

»Jil, kommst du? Der Champagner wird warm. Und zieh bitte deine komischen Schuhe aus. Du machst mir sonst lauter Kratzer in das neue Parkett! Du kannst dir nicht vorstellen, was Handwerker heutzutage für Reparaturarbeiten verlangen.«

Hmmm?!? Komische Schuhe?

Ja nee, ist klar. Ich schmeiße meine Stilettos im hohen Bogen auf die weiße Couch. (Nachdem ich erst noch mal schnell mit ihnen drei Runden über das Parkett gehüpft bin. Wenn es um die Ehre von Sergio Rossi geht, liegt mir jegliche Art des guten Gerierens fern!)

Oh, mein Gott! Als ich auf der Terrasse ankomme, ahne ich, dass ich dem Himmel sehr nah sein muss. Hier stehen Palmen, die von kleinen Strahlern beleuchtet werden, und Tropenholzstühle mit weißen Bezügen. Links von mir liegt ein Pool, und bei dem Blick nach rechts müssen sich meine zugegeben extrem kurzsichtigen Augen anstrengen, um das Ende der Dachterrasse zu erkennen. Ich gehöre leider zu den Menschen, die starke Berührungsängste mit Kontaktlinsen haben und mit einer Brille aussehen wie Harry Potter. Und glauben Sie nicht Ihrem Optiker. Es ist KEINE Frage des richtigen Modells! Durch meine Kurzsichtigkeit verpasse ich ungefähr so oft Autobahnabfahrten, wie Kettenraucher ihr Feuerzeug betätigen oder Omas ihren Enkeln mit Spucke Flecken wegwischen. Aber man lernt immer wieder neue Stadtteile kennen.

Vorsichtig lehne ich mich über die Brüstung und bin erstaunt. Von hier oben kann man doch tatsächlich die Türme der Frauenkirche sehen. Das Münchner Rathaus schiebt seine Spitze in den sternklaren Himmel, und der Marienplatz im Herzen der Innenstadt ist von den Lichtern der Geschäfte in ein warmes Gelb getaucht. Beeindruckt drehe ich mich um und sehe Nathan zu mir herüberwinken. In ungefähr drei Kilometer Entfernung. Er sieht wahnsinnig sexy aus, wie er mit seiner rechten, äußerst knackigen Pobacke auf der Liege sitzt, mit einer Hand den Champagner köpft und dabei langsam von unten zu mir hoch schaut. Diese Art von Blick trifft zielsicher den G-Punkt jeder Frau. Stars wie Brad Pitt oder George Clooney arbeiten wahrscheinlich jahrelang mit einem Personal Coach für diese ultimative G-Punkt-Geste.

»Du bist eine sehr interessante und wundersame Frau, Jil.« Für einen Moment sieht mich Nathan schweigend an. »Wie wär's, wollen wir den Champagner im Pool trinken?«

»Äh ja, natürlich.« Moment. Ich soll in den Pool springen – nackt – bei dieser Beleuchtung? Vor meinem inneren Auge türmen sich Berge von Fleischklopsen auf.

»Du hast nicht zufällig frische Erdbeeren da?« Der Blick in fremde Kühlschränke lohnt sich fast immer!

»Doch. Warte einen Moment. Ich hole dir welche.«

Sehr gut. Ich habe ungefähr vier Minuten Zeit, bis Nathan den Weg von Pool über Wohnzimmer über Flur bis zur Multifunktionsküche und wieder zu mir zurückgelegt hat. Bis dahin muss ich grazil im Wasser planschen, da ich unmöglich einen Striptease vor diesem *Men's Health-Erste-Seite-Model* machen kann. Mit dem Anblick meiner elefantösen Hüften und meines massiven Problems direkt unter der Wirbelsäule raube ich ihm wahrscheinlich auf ganz andere Weise den Atem. Das ist einer dieser Momente, in denen ich mich in meiner Oberschenkelhaut einfach nicht wohl fühle. Vor Süchtigkeiten-, äh, Süßigkeitenregalen in Supermärkten verliert dieses Gefühl jedoch komischerweise immer wieder stark an Wirkung.

In Panik streife ich alle Klamotten ab und werfe sie über eine Liege. Dabei fällt mir auf, dass mein BH schwarz und mein Slip türkis ist. Ich spüre, wie meine Wangen anfangen zu glühen und mein Herz laut pocht. Mit drei Schritten bin ich am Pool und stecke meine dicke Zehe ins Wasser.

Noch zweieinhalb Minuten.

Brrrrrr. Eiskalt. Wie auch sonst.

Überlege, ob ich mich vielleicht doch lieber wieder anziehen soll und Nathan sagen, dass ich eine Chlorallergie habe.

Noch eine Minute und dreißig Sekunden.

Ich suche nervös nach meinem Slip. Mein Herz schlägt lauter! Ich stehe nackt auf einer Luxusdachterrasse, die einem der attraktivsten Junggesellen Münchens gehört, der mich, Jil Schöneberg, atemberaubend findet, und suche nach meiner türkisfarbenen Unterwäsche, um ihm von einer Chlorallergie zu erzählen. An dieser Sache mit dem guten Eindruck sollte ich wirklich noch arbeiten.

Noch dreißig Sekunden.

Allerhöchstens.

Stecke höchst infaust mit einem Fuß in gefundener Unterhose, als ich Schritte auf der Treppe höre.

Meine Pulsstärke ist mittlerweile außerhalb des messbaren Bereiches!

So ein Mist! Ich hüpfe auf einem Bein rüber zum Pool, während ich den Slip vom anderen streife und zu Boden fallen lasse. Ich hebe ihn aber noch schnell vom Beckenrand auf und versuche, ihn so weit wie möglich fortzuschleudern. Im nächsten Moment mache ich den zweiten Strecksprung für heute.

Diesmal aber ins EISKALTE Nass.

Noch drei, zwei, eins.

Ich lehne möglichst sexy am Beckenrand und versuche, meinen Körper den Schüttelfrostanfällen trotzend ruhig zu halten.

Klappt leider nur bedingt.

Nathan steht vor mir. Mit Augen so groß wie der Erdbeerteller in seiner Hand starrt er mich an.

»Was – was um Gottes willen machst du da, Jil?«

Berechtigte Frage. Hätte ich mir auch stellen sollen.

»Das mit dem Champagner im Pool war doch nur ein Scherz.«

Nur ein Scherz?

»Das Wasser hat keine zehn Grad. Einen Pool das ganze Jahr über zu beheizen ist wirklich reine Geldverschwendung. Frierst du denn nicht?«

»Wwawawawasasasass, iiiiiiiiiiiichhhhh, nnnneieieieieinnn, wiwiwiwiesssoso?«

Ich bringe nicht mehr heraus, da mir die Kälte den Atem abschnürt und mein Puls beim Sprung in den Pool anscheinend eine Vollbremsung gemacht hat.

Nathan kann sich ein kleines Lächeln nicht verkneifen, als er mich so betrachtet. Vor ihm sitzt ein zitterndes Frotteehandtuch mit blauen Zehen an einem Ende und gefrorenen Haarspitzen am anderen.

Ich versuche zurückzulächeln, aber das eigenwillige Geklapper meines Kiefers hindert mich daran. Wortlos blickt Nathan mir in die Augen, und ich merke, wie meine Körpertemperatur wieder steigt. Das Handtuch rutscht mir herunter, aber ich bin unfähig, etwas dagegen zu tun. Nathan greift danach und legt es mir behutsam um die Schultern. Unsere Hände berühren sich. Unsere Blicke treffen sich. Wir schweigen und sagen dem anderen mehr, als er wissen sollte. Ich spüre, wie meine Lippen beben und mein Körper zu kribbeln beginnt. Nathan beugt sich langsam zu mir herunter, streicht mir meine nassen Haare aus dem Gesicht und gibt mir einen Kuss auf die Stirn.

»Na komm, Süße. Ich bringe dich ins Warme.«

Mit diesen Worten trägt er mich ins Schlafzimmer, und ich fühle mich wie eine frierende, aber überglückliche frisch Vermählte in meinem weißen Frotteehandtuch.

Drei Uhr nachts. Die Wohnung ist dunkel. Der Champagner ist leer.

Ich schleiche die Bettdecke hinter mir herschleifend ins Wohnzimmer.

Da steht er. In voller Größe. Doppelt so breit wie hoch, aber dafür schön flach. Ich muss ihn anmachen.

Aber wo ist die Fernbedienung?

Sofaritzen, Zeitungsstapel oder unordentliche Couchtischablagerungen kommen in dieser Wohnung als Fundorte eher nicht infrage.

Ups, da ist sie. Hab mich doch tatsächlich draufgesetzt. Ich knipse den Fernseher an und lehne mich auf der Couch zurück. Der Bildschirm erwacht zum Leben, und mir lacht ein elektronischer Ulrich Wickert entgegen.

»Guten Tag bei *Future Home Entertainment*. Mein Name ist Bob, und ich führe Sie durch Ihr Lieblingsprogramm.«

Ich bin entzückt. Ich finde nie das richtige TV-Programm, obwohl ich sechs Fernsehzeitschriften abonniert habe. Zugegeben, das sind womöglich zu viele, aber ich brauchte Prämie Nummer vier: den hygienischen Handstaubsauger, und Prämie Nummer zwölf: die multifunktionale Mikrowelle. Und die pflegeleichte Fritteuse, den praktischen Aluminium-Pasta-Topf, die zerstreute Salz- und Pfeffermühle und das einladende Kaffee- und Tafelgeschirr auch.

Bob fragt mich, welchen Sender ich sehen möchte, und zieht seine geblümte Krawatte zurecht.

»Phu, ich glaube, ich möchte RTL sehen.«

Der elektronische Herr zieht seine linke Augenbraue hoch.

»Bitte sprechen Sie laut und deutlich.«

»Ich möchte RTL sehen.«

»Ich habe Sie nicht verstanden! Bitte wiederholen Sie Ihren Programmwunsch!«, sagt Bob und zieht seine geblümte Krawatte zurecht.

»Ich wähle den Sender RTL«, knurre ich.

»Bitte sprechen Sie akzentfrei.«

Jetzt ziehe ICH meine linke Augenbraue hoch.

»R. T. L.«

»Dieser Sender steht nicht in unserem Verzeichnis.«

Bob zieht noch einmal seine geblümte Krawatte zurecht und macht eine bedeutungsschwere Pause.

»Guten Tag bei *Future Home Entertainment*. Mein Name ist Bob, und ich führe Sie durch Ihr Lieblingsprogramm. Welchen Sender möchten Sie sehen?«

Mannomannomann. Ich komme zu der bitteren Erkenntnis, dass ich mich noch nicht einmal gegen einen virtuellen Mann durchsetzen kann.

»RTL, bitte.«

Bobs rechte Braue zuckt.

»Bitte sprechen Sie laut und deutlich.«

»Grrrrrr.«

»Ich habe Sie nicht verstanden. Bitte wiederholen Sie Ihren Programmwunsch!«

»Ich spreche laut, deutlich und akzentfrei. Und ich habe dieses Theater jetzt langsam satt.«

»Sie möchten Sat1 sehen?«

»Oh! Ja, meinetwegen.«

Bob zieht seine rechte Braue hoch.

»Dieser Sender steht nicht in unserem Verzeichnis.«

»Jetzt hör mir mal gut zu, du elektronischer kleiner Mann.

Ich möchte nichts als fernsehen. Und wenn keine Sender in deinem Verzeichnis stehen, dann lass dich gefälligst neu programmieren. Ach und ganz nebenbei, deine Krawatte sieht ziemlich albern aus.«

Mein Gott, ich stehe mitten in der Nacht in einer fremden Wohnung mit nichts bekleidet als einer weißen Bettdecke und schreie einen Flachbildfernseher an.

In diesem Moment steht Nathan in der Tür.

»Was machst du denn da? Komm zurück ins Bett, und ich zeige dir ein neues Kapitel meiner Verführungskünste.«

Es ist fünf Uhr nachts. Ich schrecke hoch. Wo bin ich? Wer bin ich? Und warum gibt mir Bob meine Fernsehzeitschrift nicht zurück? O Gott, die Nyktophobie hat mich ergriffen! Meine Erinnerungen kommen langsam wieder. Ich betrachte Nathans schlafenden Körper und schmiege mich an ihn. Ich muss noch einmal an seine Verführungskünste denken, und plötzlich fällt mir Prämie Nummer zwölf ein: die multifunktionale Mikrowelle. Die wird schnell heiß und ist nach dreißig Sekunden fertig!

*Gelernte Wörter: gerieren = benehmen;*
*infaust = ungeschickt;*
*Nyktophobie = Nachtangst.*

5

# EMOTIONALE MISCHFORMEN

*Herr Schnüttge.«*

*»Frau Schöneberg.«*

*»Sehen Sie irgendeine Möglichkeit, meinen Hang zu ausgeprägt unsouveränen Aktivitäten medikamentös zu behandeln?«*

*»Ich denke nicht.«*

*»Verstehe.«*

Es ist Sonntagmorgen. Zehn Uhr. Und ich stehe nicht in der Schlange vorm Bäcker. Ich liege im Bett, betrachte Nathan und mache mir ernsthafte Gedanken darüber, nach welchen Kriterien sich der One-Night-Stand von einer Affäre und eine Affäre von einer Beziehung unterscheiden lassen. Ich meine, wenn man mit einem Mann schläft, heißt das noch lange nicht, dass man mit ihm zusammen ist. Geschweige denn, dass man ihn liebt. Andererseits lässt kein Sex niemals auf keine Liebe zurückschließen, jedoch immer auf keine Beziehung. Und als ob das nicht schon kompliziert genug wäre, kommen dann noch die emotionalen Mischformen wie die heimliche Geliebte, die betrogene Offizielle, die vorübergehende sexuelle Muse und die Dauerfreundin ohne weitere emotionale Ansprüche hinzu. Wo sind eigentlich die Ratgeberseiten der Frauenzeitschriften, wenn man sie wirklich braucht?

Als Kind hatte man für solche Probleme durchaus kompetente Lösungen. In der Schule gab es für solche Fälle Zettel, auf denen man mit einem Kreuzchen an der richtigen Stelle bestätigen konnte, ob man nun mit Paddy, Oli oder Uli ging. Damit war die Sache geklärt, und die Klasse inklusive dem Lehrer wusste von der frohen Botschaft meist noch vor dem Adressat.

Und heute. Muss der Mann erst wissen, welches dein Lieblingsjoghurt ist oder dir den Schlüssel seines Sportwagens überlassen, oder müssen seine Socken in deiner Waschmaschine schwimmen, damit du endlich weißt, welchen Titel er dir inoffiziell verliehen hat?

INOFFIZIELL!

Und damit sind wir schon beim Kern jeglicher Verwirrungen. Der Mann an sich ist so ein verschwiegenes Wesen, dass er sich das Inoffizielle scheinbar zur Berufung gemacht hat. Darum werden sie ja auch CIA-Mitarbeiter, Spionageexperten oder Geheimagenten. Zudem könnte ich mir gut vorstellen, dass viele Männer Arzt, Therapeut oder Pfarrer nur wegen der gesetzlich abgesicherten Schweigepflicht werden.

Misstrauisch blicke ich auf das langsam aufwachende, fremde Paket neben mir. Was war Nathan doch gleich von Beruf, Jurist? Gab es in Rechtsangelegenheiten nicht auch irgendeine strategisch wertvolle Schweigeklausel?

Ich meine, es ist ein gutes Zeichen, dass Nathan mich mit zu sich nach Hause genommen hat, obwohl meine Haare aussahen wie zu lange gekochtes Sauerkraut.

Aber in mir kommen Zweifel auf, ob er weiterhin so versöhnlich ist, wenn er erfährt, dass ich Therapiegespräche mit meiner Handtasche führe und dass ich mich manchmal krank melde, wenn ich nichts Passendes zum Anziehen finde, und dass ich jedes Mal, wenn ich meinen Bruder besuche, heimlich seine Zahnbürste vom Nachbarhund abschlecken lasse.

Die ersten Worte nach der ersten gemeinsamen Nacht sind immer die entscheidenden. Das weiß jede Frau. Ich sitze also gespannt im Bett und warte.

»Hi.«

*Hi? – Hi* ist gut, oder? Ich meine, er hätte auch *»Ach du meine Güte!«* oder *»Was machen Sie denn hier?«* sagen können.

Na gut. *Hi* ist nicht wirklich gut. *Hi* ist allenfalls neutral. Also sitze ich aufrecht im Bett, starre Nathan mit großen Augen an und warte.

»Frühstück?«

Hmmm. Der Mann als solches ist ein verschwiegenes UND monosyllabisches Wesen.

»Warum nicht. Was gibt's denn?« Ich blicke Nathan erwartungsvoll an und frage mich, warum Männer kurz nach dem Aufwachen immer so niedlich aussehen – wie kleine Jungs nach einer Kissenschlacht.

»Na, dich!« Nathan wirft sich auf mich, sodass ich laut aufschreie und wir samt den Kissen aus dem Bett purzeln.

»Ich bin aber ungenießbar!«, sage ich und robbe mich auf Nathans Bauch.

»Das ist die unglaublichste Lüge, die ich je gehört habe!«

»Das zeigt nur, wie schlecht du mich kennst!«

Nathan sieht mich mit großen Augen an. Er streicht sanft mit seiner Hand über meine Wange, tippt mit dem Finger an mein Kinn und hebt es leicht an.

»Ja, aber das würde ich sehr gerne. Dass ich dich nicht früher kennen gelernt habe, ist die bedauerlichste Zeitverschwendung meines Lebens.«

»Weißt du was? Ich denke, jetzt wäre ein guter Zeitpunkt fürs Frühstück ...«

Zwei Stunden später ruft Nathan im Exclusive an und lässt uns Frühstück kommen. Das Exclusive ist eines der Restaurants, bei denen man die Streichholzschachteln mitnimmt, um sie auf ewig neben den Kerzenständern aus Sterlingsilber zu platzieren, obwohl man die Kerzen dann doch lieber mit dem Tankstellenfeuerzeug anzündet.

»Das *Exclusive*?«, frage ich mit hochgezogenen Brauen.

»Für meine Prinzessin ist mir nichts zu teuer.«

Ich küsse Nathan liebevoll auf die Wange und streiche ihm einige seiner zerzausten Haare glatt. Nathan greift erschrocken nach meiner Hand.

»Meine Güte, meine Haare sind ja ganz durcheinander. Warte, ich verschwinde mal kurz ins Bad.«

Während Nathan aus dem Zimmer huscht, kuschle ich mich überglücklich in die weißen Baumwollkissen. Mmmm. Das Leben ist doch wunderbar. Ein weiches Bett, ein bezaubernder Mann und Frühstück vom Exclusive. Kann dieser Tag noch besser werden? Während ich so daliege, werde ich langsam von dem Gefühl beschlichen, mich in einer Folge von *Versteckte Kamera* zu befinden, und befürchte, jeden Moment könnte ein Kamerateam samt albernem Moderator in Nathans Schlafzimmer stürzen, der mir ein Mikrofon unter die ungeschminkte Nase hält und fragt, ob ich Spaß verstehe. Plötzlich klingelt es. Ich schrecke hoch und hauche ein möglichst erotisches »Nathan« in Richtung Badezimmer.

Nichts.

»Nathan?«

Keine Reaktion aus dem Badezimmer, dafür klingelt es erneut an der Tür.

»NATHAN.« Ich streife ein Hemd von ihm über und knöpfe es schief zu, während ich zum Badezimmer tapse. Ich klopfe und lege neugierig mein Ohr an die Tür.

»Ach, Jil. Das ist bestimmt das Exclusive. Könntest du bitte aufmachen!«

»Natürlich«, antworte ich und flitze durch die Wohnung. Als ich an der Eingangstür ankomme, schaue ich aufgeregt durch den Spion. Die Foodcoordinator vom Exclusive haben angeblich die breitesten Schultern und knackigsten Hintern der ganzen Stadt. Unerklärlicherweise rutscht Nathans Hemd von meiner linken Schulter, als ich die Türe öffne.

»Hallo. Mein Name ist Lars. Ich bin Ihr Foodcoordinator vom Exclusive.«

»Hallo.« Ich bin entzückt.

Langsam blickt Lars an mir hinunter und wieder hinauf.

»Sie tragen aber wirklich wunderschöne Brüste, ähm, Bluse. Eine wirklich wunderschöne Bluse, wollte ich sagen! Hier ist Ihr Frühstück.« Zwinkernd reicht Lars mir eine pinkfarbene Box, welche in silbernen schwungvollen Lettern die Aufschrift »Beim Frühstück fängt der Luxus an« ziert.

Mit glänzenden Augen nehme ich die Box entgegen.

»Das macht dann 139,98 Euro.«

»Ja. Sicher. Einen kleinen Moment.« Verlegen drehe ich mich um und werfe einen suchenden Blick in den weitläufigen Flur. Kein Nathan.

Meine Handtasche! Mist! Wo ist meine Handtasche? Mal überlegen! Ich hatte sie gestern noch, als ich vergeblich versuchte, verrutschte Make-up-Reste in meinem Gesicht, die mich erstaunlicherweise stark an Frankensteins Tochter erinnerten, mit einem Taschentuch zu entfernen. Ich kann nur sagen, von solchen Aktivitäten ist grundsätzlich abzuraten. Solch dramatische Züge nahm mein Gesicht das letzte Mal an, als Leonardo di Caprio mitsamt der Titanic in den

Tiefen der Meere verschwand. Also, wenn diese rothaarige Kate Winslet damals nur ein kleines bisschen Platz für Leonardo auf ihrem im Meer schwimmendem Wrackteil gemacht hätte, dann hätte es gar nicht so weit kommen müssen! Grübelnd stehe ich im Türrahmen.

Auf einmal blickt Lars mich an wie ein zerknautschtes Kissen. Jetzt fällt es mir wieder ein, die Handtasche liegt neben dem Kissen im Schlafzimmer. Mit einem entschuldigenden Blick lasse ich den Foodcoordinator an der Türe stehen, stelle die Box vorerst in der Küche auf dem Tisch ab und sprinte zu meiner Handtasche. Habe ich überhaupt Geld dabei? Mein Gott, wie peinlich. Hektisch krame ich nach meinem Portmonee, klappe es auf und ziehe die Scheine heraus. 150 Euro. Perfekt. Ich laufe also absolut entspannt zurück zur Tür. Geld. Geld. Natürlich habe ich genug Geld, um das Frühstück zu bezahlen. Nicht, dass hier der Eindruck entsteht, ICH wäre nicht liquide.

»Stimmt so!«, sage ich und drücke dem Foodcoordinator die Scheine in die Hand. Bevor ich die Eingangstür wieder schließe, zögere ich einen kleinen Moment. Ich kann einfach nicht widerstehen.

»Hmmm. Sie haben nicht zufällig eine Gratispackung Streichhölzer dabei?«

»Aber sicher.« Zwinkernd zieht Lars eine Schachtel aus seiner Hosentasche, verabschiedet sich lächelnd und läuft mit lässigem Schritt zu seinem Wagen.

Ja! Da gibt es keinen Zweifel. Foodcoordinator vom Exclusive haben tatsächlich die knackigsten Hintern der Stadt.

Ach ja. Wie herrlich. Hochzufrieden betrachte ich die kleine 139,98 Euro teure Streichholzschachtel in meiner Hand und spiele mit dem Gedanken, mir echte Sterlingsilberkerzenständer zuzulegen, als ich ein verräterisches Geräusch aus der Küche höre. Im nächsten Augenblick betrachte ich ungläubig Nathan, der höchst konzentriert Johannisbeermarmelade auf einer Scheibe Toastbrot verstreicht – eine einheitliche Höhe von drei Millimetern in der Mitte der Scheibe bei einem Randabstand von fünf Millimetern. Neben ihm liegt die aufgerissene Box vom Exclusive.

»Ganz köstlich, liebe Jil. Das solltest du probieren.«

Ich bin perplex.

»Ach, du hast auch eine Packung Streichhölzer bekommen. Wie nett. Leg sie doch neben den Kronleuchter im Wohnzimmer.«

Ich bin schockiert.

»Weißt du, dass du die spannendste Frau bist, die mir je begegnet ist? Dich kennen zu lernen ist wohl für jeden Mann eine Ehre.«

Okay. Okay. Wer braucht schon Streichhölzer? Ich bin besänftigt.

»So? Du möchtest mich also besser kennen lernen. Was möchtest du denn von mir wissen?«, frage ich und beginne genüsslich, mir ein Croissant in den Mund zu schieben.

»Zum Beispiel würde ich gerne wissen, womit du das Geld für deine Sergio-Rossi-Pumps verdienst?«

»Ich arbeite in einer PR-Agentur.«

»Was fährst du für einen Wagen?«

»Smart.«

»Aha. Du kannst wohl nicht einparken!«

Das ist doch mal wieder ein typisches Männervorurteil. Dummerweise hat er Recht. Es glaubt mir eh keiner, dass ich einen Smart wegen des tollen Verdeckes fahre oder aufgrund des Metallic-Silber-Lacks, der so gut zu meiner Gucci-Tasche passt. Gut, ich kann nicht einparken.

»Richtig.«

»Und wenn Frankreich gegen Holland spielt, wem drückst du dann die Daumen?«

»Hmmm. Frankreich.«

»Schön! Mehr muss ich nicht wissen!«

»Das reicht?«

»Ja. Außerdem weiß ich ja auch schon, dass du nachts gerne in fremde Pools springst, dass du auf Stilettos nicht gehen kannst und dass du Bob nicht magst. Und dass du gut zum Frühstück schmeckst.«

»Macho!« Aber ein Macho mit Grübchen, die sich beim Lachen sanft in seine Wangen graben. Wie kommst es, dass man Männern mit Grübchen viel mehr durchgehen lässt als Männern ohne Grübchen? Gedankenverloren greife ich zu meiner Cappuccinotasse und atme den Duft frisch gemahlener Kaffeebohnen ein.

Hmmm. Soll ich Nathan fragen, ob wir den Tag zusammen verbringen? Nein, lieber nicht. Ich meine, was mache ich, wenn er sagt: *»Tut mir Leid, Jil, aber ich muss heute noch arbeiten«* oder *»... meiner Mutter den Rasen mähen«* oder *»... meinen Porsche auf 280 Stundenkilometer bringen.«*

Auf einmal reißt mich Nathan immediat mit einem hysterischen Schrei beim Blick auf seine Rolex aus meinen Gedanken und beginnt, seine Füße in weiße Seidenslipper zu fummeln. Nach dieser Nacht weiß sogar ich, dass Rolex die Abkürzung für **R**eiche-**O**rdinäre-**L**ebens-**EX**istenz ist. Aber das ist doch kein Grund, so laut zu schreien.

»O mein Gott, Jil. Es ist ja schon so spät. Ich habe noch einen Termin mit meinem Steuerberater.«

Steuerberater?

Sonntags?

Da wäre mir Rasen mähen bei Mutti lieber gewesen.

Mein Denkzentrum schaltet sich aus. Mein Reflexzentrum springt an.

»Ach, ja klar. Ich muss auch dringend weg. Auf mich wartet noch eine Menge Arbeit. Wahrscheinlich bin ich den ganzen Sonntag beschäftigt.« Arbeiten? Arbeiten? Was mache ich noch gleich von Beruf?

Nathan rauscht aus dem Zimmer und lässt mich mit einem Berg von Kaffee, Kaviar und Konfitüre sitzen. Ich muss mit meiner Enttäuschung kämpfen.

Keine zwei Minuten später stürmt er in einem cognacfarbenen Armani-Anzug mit hellblauem Button-Down-Hemd in die Küche zurück. Darf mir jetzt bloß nichts anmerken lassen! Ich bin eine erfolgreiche und unheimlich beschäftigte PR-Frau. Selbst wenn meine Kontoauszüge etwas anderes sagen. Ich habe natürlich keine Zeit, den ganzen Sonntag mit diesem lebensgroßen Freund von Barbie zu verschwenden.

Mir bleibt jedoch nicht eine Minute für eine überzeugende Argumentation in diese Richtung. Mit einem Kuss und den Worten »Lass mir deine Adresse da!« verabschiedet sich Nathan und verlässt die Wohnung.

Da sitze ich nun. Allein. Umnebelt von seinem Boss Emotion Duft, vernebelt wegen seiner kleinen Grübchen und benebelt wegen seines Steuerberaters. Ich komme mir so residual wie noch nie in meinem Leben vor. Männer lassen einem einfach keine Ruhe, wenn sie da sind, und erst recht keine, wenn sie nicht da sind.

Tja, jetzt werde ich wohl erst mal den ganzen Kaviar allein aufessen müssen. Und danach sollte ich heimlich ein paar Schubladen öffnen. (Schnüffeln ist ein weibliches Grundrecht. Außerdem führt Fahrlässigkeit des Opfers immer zur Freisprechung des Angeklagten.) Und zum Schluss werde ich meine Adresse geradezu erotisch mit rotem Lippenstift an den Badezimmerspiegel schreiben. Ein ganz toller Plan!

Mist, warum ist meine Adresse auch so lang? Stelle fest, dass der Plan leider reichlich beschissen ist. Ich rutsche dauernd ab. Beim »ö« von »Schöneberg« bricht mir sogar der Lippenstift ab, und der Straßenname passt nicht ganz auf den Spiegel. Ich betrachte mein Kunstwerk und muss mir eingestehen: Das ist alles andere als erotisch.

Die Schmiererei muss irgendwie wieder runter.

Ich kann nur Klopapier finden.

Nach einer Dreiviertelstunde schließe ich die Tür eines Penthouses, in dem ich in einen eiskalten Pool gesprungen bin, mich mit einem Fernseher gestritten habe, einen Badezimmerspiegel geschrubbt und mich ein kleines bisschen verliebt habe.

Und das Einzige, was bleibt, ist eine Adresse auf dem Küchentisch, eine Packung exklusive Streichhölzer neben dem Kronleuchter und mein Slip in einer Yuccapalme auf dem Dach. Aber den habe ich dort leider ganz vergessen.

*Gelernte Wörter: monosyllabisch = einsilbig;*
*immediat = ohne Ankündigung;*
*residual = zurückbleibend.*

# 6

# DER SONNTAG DANACH ODER ESSEN BEI MUTTI!

*Herr Schnüttge.«*

*»Frau Schöneberg.«*

*»Arbeitet Ihr Steuerberater eigentlich auch sonntags?«*

*»Falls Sie das fragen, weil irgendein Mann deswegen den Sonntag nicht mit Ihnen verbringt, antworte ich mit ja. Andernfalls verweigere ich die Aussage.«*

*»Verstehe.«*

»Du hast mit meinem Freund geschlafen. Das werde ich dir nie verzeihen, du elende Schlampe.«

Ich werfe die Haustür zu, streife die Schuhe von meinen Füßen und trotte in die Küche. Luisa stapft mit einer Flasche Bier in der einen und einem Textbogen in der anderen Hand durch den Raum und blitzt den Kühlschrank mit bösen Blicken an.

»Jeder andere hätte mit ihm schlafen können, aber du! Ich habe dir vertraut. Über Jahre habe ich dir vertraut. Ich habe dir bei deiner Brustverkleinerung zur Seite gestanden und bei deiner Affäre mit dem Elektrotechniker. Wie kannst du jetzt nur so kühl sein?«

»Luisa, lass den Kühlschrank in Ruhe.«

»Nein! Der Kühlschrank bekommt, was er verdient hat! …

Und, nette Nacht gehabt?« In einer ausschweifenden Geste lässt Luisa den Textbogen auf den Boden flattern. Sie setzt sich auf die Kante vom Küchentisch, nimmt einen großen Schluck aus der Bierflasche und sieht mich gespannt an.

»Hmmm.«

»Hey, Puppe. Ich habe dich um Mitternacht das letzte Mal gesehen. Was haben Sie die letzten vierzehn Stunden getrieben, Frau Schöneberg.«

»Ich habe mich verliebt!«

Luisa blickt mich mit ihren großen blauen Augen an und streicht sich durchs Haar.

»Bedeutet das etwa, du hast dein Singleleben beendet?«

»Es könnte sein. Weißt du, dieser Mann ist wirklich wahnsinnig aufregend. Lass uns alle dick machenden Lebensmittel in dieser Wohnung vernichten. Ich muss einen ganz neuen, hüftschlanken Abschnitt in meinem Leben beginnen.«

»Okay. Ich mache dir vielleicht erst mal einen Martini, und dann erzählst du mir, was du letzte Nacht angestellt hast.«

»Wo sind die Chips?«

»Chips sind alle.«

»Sehr gut.« Luisa stellt eine Packung Schokoladenflocken, ein Glas Honig, eine Flasche Vanillesoße und eine Dose Sprühsahne auf den Küchentisch und lässt deren Inhalt der Reihe nach über einen halben Apfelkuchen laufen, während ich zufrieden die leere Chipspackung in den Mülleimer stopfe. Wir würden es nie übers Herz bringen, Schokoladenkekse, Gummibärchen, geröstete Erdnüsse oder frischen Marmorkuchen unangetastet in den Müll zu werfen, was uns dazu nötigt, die Lebensmittel leider alle aufessen zu MÜSSEN. Diese Art der weiblichen Hypermetropie ist absolut legitim und damit nur zu unterstützen. Das ist im Grunde nichts anderes als die Befreiung von sündhaften Altlasten aus der Vergangenheit, die in meinem neuen disziplinierten Leben nun wirklich nicht mehr gebraucht werden! Und mein neues Leben beginnt gleich nach dem Termin mit einem Steuerberater. – Ob ich nicht sicherheitshalber auch noch die Eiscremevorräte aufessen sollte? Ich meine, nicht dass ich in meinem neuen Lebensabschnitt unrealistischerweise noch einen Moment der Schwäche verspüre und mich dann an die American Cookie Chocolate Icecream erinnere!

Hmmm?

Ich mache mich mal auf den Weg zum Gefrierfach.

Nachdem ich Luisa zwischen Schokolade und Champagner von Nathan und seinem Penthouse und meinen Erlebnissen im Pool und von Bob und den Absätzen auf dem Parkett und dem Termin mit dem Steuerberater berichtet habe, fange ich schon langsam an zu lallen. Mittlerweile ist es vier Uhr, ich bin angeschickert und voll gegessen, als mir plötzlich einfällt, dass ich tatsächlich heute noch arbeiten muss! Bis zur morgigen Chefbesprechung muss ich ein bahnbrechendes, revolutionäres oder wenigstens ganz nettes PR-Konzept zu Papier gebracht haben. Ich sehe schon meinen Boss, Eckhard P. Besörski, »PR vom anderen Stern«, auf mich zustapfen, mit seiner Schuhgröße 52 und einem Bauch, als stecke er im sechzehnten Monat einer Zwillingsschwangerschaft fest. Werde wohl oder übel eine Nachtschicht einlegen müssen.

Tüdülüdülü. Dingdong.

Hicks.

Tüdülüdülü. Dingdong.

Das Telefon und die Türklingel machen sich abwechselnd

bemerkbar. Wie immer in meinem Leben. Entweder es passiert gar nichts oder alles gleichzeitig. Bei meinem ersten Date hatte ich Herpes. Beim Abschlussball ein gebrochenes Bein, und am Morgen meines ersten Vorstellungsgesprächs streikte der öffentliche Nahverkehr wegen einer Lohnkürzung von 0,0000002 Prozent!

Während Luisa sich auf den Weg zur Tür macht, gehe ich auf die Suche nach dem Telefon. Diese Dinger sind heutzutage so klein, leicht und flach, dass ich das Telefon einmal aus Versehen mit ins Altpapier geschmissen habe. Später klingelte die Mülltonne, als unser Nachbar Oskar davor stand. Und es rief kein Geringerer an als mein Chef.

»Hören sää mal, Herr Besörski, sää kommen ja gerade aus der Mülltonne. Äi echt geil äi.«

Oskar war noch tagelang begeistert, dass eine Altpapiertonne einen Telefonanschluss haben kann. Ich war noch wochenlang damit beschäftigt, meinem Chef zu versichern, dass ich Oskar nicht kenne.

Tüdülüdülü.

Ja, ja ... Ist ja schon gut. Ich mach ja schon.

Tüdülüdülü.

Ah, da ist es. Ich finde das Telefon unter meinem parfümierten Prada-Timer (ich bin auch nur eine Frau) auf der Couch.

»Hallalalo. Hier spricht Jil, hicks, Schöneberg.« Uijuijui. Bin wohl schon ganz schön angeschickert.

»Hallo Jillilein!«

O Gott, meine Mutter. Werde schlagartig nüchtern!

»Hi Mum. Wie geht es dir? Was gibt es denn?« Wenn man mit meiner Mutter telefoniert, muss man zur Informationsgewinnung immer mindestens zwei Fragen auf einmal stellen, denn wenn man den richtigen Moment erst mal verpasst hat, wird man es nicht einmal mehr schaffen, auch nur ein

Wort zu sagen. Ich weiß noch, als meine Mutter einmal fünf Minuten am Stück geschwiegen hat, hat mein Vater keine Sekunde gezögert und umgehend mit Wiederbelebungsmaßnahmen begonnen.

»Ich rufe nur mal schnell an, weil ich dachte, du könntest … na ja, weißt du, dein Vater wollte doch den Spargel für heute Abend besorgen, aber dann war er bei Herrn Nicholson, das ist doch unser neuer Nachbar, der aus Amerika. Die haben doch tatsächlich eine amerikanische Flagge im Vorgarten. Also, ich finde das ja etwas zu pathetisch. Na ja, also dein Vater wollte wissen, ob dieser Herr Nicholson vielleicht mit Jack Nicholson, du weißt schon, dieser bemerkenswerte Schauspieler …«

Meine Mutter, Marlene Schöneberg, geborene Maisberg, ist die beste Mutter der Welt. Die beste Mutter der Welt mit drei Eigenschaften, die selbst bei liebenden Töchtern nervöse Zuckungen in den Fingerspitzen auslösen können:

Erstens ihr wachsamer Pessimismus (»Das geht nie gut, Kindchen!«).

Zweitens ihre hellseherischen Fähigkeiten (»Das hätte ich dir gleich sagen können, dass das nicht gut geht, Kindchen!«).

Und drittens ihr begnadetes Redetalent mit Endlosschleife.

»Mum!«

»… ja, also ich wollte es auch nicht glauben, aber die Frau Tschuschke sagt immer …«

Hatte ich hier nicht noch irgendwo eine Tafel Lindt-Schokolade versteckt?

»… und dann hat dein Vater doch tatsächlich mit Herrn Nicholson …«

Nehme lieber noch ein Glas Martini. Wie viele Kalorien hat eigentlich ein Glas Martini?

»... mich würde es nicht wundern, wenn dein Vater morgen einen Hund kauft und ihn Jack Nicholson nennt, nur um Frau Tschuschke ...«

Ach, du jemine. Wie sehen denn meine Fingernägel aus! Die brauchen dringend einen neuen Anstrich. Wo ist denn bloß der Nagellack?

»... und deswegen dachte ich, du könntest heute Abend zu unserem Spargelessen eine halbe Stunde früher kommen?«

Waaas? In Anbetracht dieser bevorstehenden Kalamität fällt mir die Flasche Nagellack aus der Hand über meinen hellblauen – den wollte ich noch umtauschen – Rock direkt auf den weißen Flokati. Das hatte ich ja total vergessen. Unser alljährliches Familienspargelessen! Diese Veranstaltung ist leider genauso schlimm, wie sie sich anhört.

»Das Familienspargelessen! Kein Problem, Mum.«

»Ach schön, Jillilein. Tanguy und Indira haben auch schon zugesagt.«

Na bravo.

»Das ist ja wunderbar.«

»Ja, Jillilein. Und lackier dir die Fingernägel nicht wieder so dunkelrot. Das sieht so billig aus, und du weißt, dass die Nachbarn dann wieder Gott weiß was denken.«

Es ist nicht zu fassen. Schade, dass mein schöner, dunkelroter Dior-Nagellack auf meinem Rock und nicht auf meinen Fingernägeln klebt.

»Bis später, Mum ... ja ... ich freue mich ... alles klar ... okay ... ähä ... ich denk dran ... bis spä... bis spä... bis später dann!«

Ich sitze also in meinem Smart und bin auf dem Weg zu einem »Na-Jillilein-was-macht-die-Zukunft?«-Spargelessen bei meiner Familie am Starnberger See. In meinem Rückspiegel verschwindet die Spitze des Olympiaturms, während ich vor meinem inneren Auge schon die Idylle der Alpen sehe. Habe noch keine Zeile für mein PR-Konzept geschrieben, aber die Unterlagen liegen auf dem Beifahrersitz. Scheint noch ein Relikt aus der Schulzeit zu sein, dass man sich besser fühlt, wenn man seine Arbeitsmaterialien einfach überallhin mitschleppt. Obwohl man dann natürlich doch nicht dazukommt, aber man könnte, wenn man wollte. Daneben sitzt eine meiner besten Freundinnen.

Meine Krokotasche.

Sie ist so wunderbar anhänglich und belastbar. Egal, wo ich mit ihr hingehe, sie sieht immer gut aus. Und sie nörgelt nie an meinen Macken herum. Zudem trägt sie unzählige Schätze in sich und verrät keine Geheimnisse. Jede Frau muss einfach mindestens EINE beste Freundin haben. Und ich bin eine Frau, die gern in Gesellschaft lebt.

Zum Glück habe ich vorhin nicht bis zur Fahrunfähigkeit getrunken, sonst hätte ich womöglich noch Tanguy fragen müssen, ob er mich abholt. Ich kann nicht sagen, ob ich das Familienspargelessen mit meinem Bruder ohne bleibenden Schaden überstehe, da sollte man es nicht noch auf eine gemeinsame Anfahrt ankommen lassen. Zumal mein Bruder wie ein italienischer Macho fährt, dessen liebster Grund, um jemandem abzusagen, lautet: »Äi, echt sorry. Aber ich brauche schon wieder neue Scheibenbremsen für meinen Porsche.«

Zwei Stunden später flitzt mein kleiner Smart um die letzte Kurve. Vor meinem Elternhaus spielt sich gerade *Die Höhle des Schreckens Teil 1* ab. Meine Eltern begrüßen den schnieken Tanguy und seine bezaubernde Frau, indem sie wild die Arme durch die Luft wirbeln und Küsse verteilen. Indira hat kurze braune Haare, stahlblaue Augen und ein besänftigendes Lächeln. Ihr weißes Sommerkleid umspielt ihren fettfreien Körper wie textiles Wasser, und sie ist so charmant, dass einem das Leben in ihrer Nähe vorkommt wie süßer Schokoladenpudding mit heißer Karamellsoße. Dummerweise habe ich sie sehr gern, was ein ungewohnt positives und damit strikt zu vermeidendes Licht auf meinen Bruder wirft.

»Ach, Jillilein. Da bist du ja endlich.« Meine Mutter hat mich entdeckt und stürzt mit der ganzen Mischpoke auf mein Auto zu. O Gott, bitte mach, dass sie meinem Smart nichts antun. Ich habe ernsthafte Bedenken, dass sie ihn einfach umrennen und dabei in den Starnberger See stürzen. Habe ich eigentlich die Versicherungsbeiträge regelmäßig bezahlt?

»Du bist wohl nicht zeitig losgefahren?«

»Es tut mir Leid, aber ...« Aber Luisa konnte ihren dunkelroten Nagellack nicht schneller finden.

»Mein Gott, Jil. Dass deine Pappschachtel auf vier Rädern es bis an den Starnberger See geschafft hat, ist wirklich ein Wunder.« Tanguy blickt selbstverliebt über Indira hinweg zu seinem Porsche.

»Und du siehst schrecklich aus, Kind. Wahrscheinlich arbeitest du zu viel.«

Schön wär's.

»Ach Marlene. Jetzt lass das Kind doch erst mal aussteigen.« Mein Vater, Richard Schöneberg, hat Erbarmen mit mir. Erstaunlich, dass er sich mit dem Alter kein bisschen verändert, obwohl er schon auf die 60 zugeht. Wahrscheinlich liegt es daran, dass er in hohem Maße sorgfältig und in höchstem Maße anspruchsvoll ist. Zwei Eigenschaften, die scheinbar der Vererbung trotzen. Sonntagmorgens benutzt er heimlich die Nachtcreme meiner Mutter, sitzt in Anzug und Krawatte beim Frühstück und streift nach jedem Umblättern liebevoll mit seiner Hand über den mittleren Knick in der Zeitung.

Er hat das größte Herz der Welt.

Vor allem für mich.

Wenn wir uns streiten, tut es mir meist, noch bevor mein Vater wütend aus dem Zimmer stapft, Leid, weil ich weiß, dass er sich immer nur bemüht, das Richtige zu tun. Probleme macht einzig die Definition von »das Richtige«.

Kaum sitzen wir am vier Meter langen Kieferntisch im Esszimmer meiner Eltern, welches einer Werbekampagne von Laura Ashley täuschend nahe kommt, und reichen uns Spargel und Kartoffeln, befinde ich mich in *Die Höhle des Schreckens Teil 2*. Habe ungeschickterweise einen Spargel und zwei Kartoffeln so auf meinem Teller platziert, dass man, na ja, wie automatisch an fulminante Männlichkeit denken muss. Tanguys Blick wandert auf meinen Teller. Er lacht sich tot. Scheint noch nicht über die Pubertät hinweg zu sein. Mein Bruder zwinkert mir zu, wie es nur Idioten tun, und konstatiert: »Weißt du, Jil. Unerfüllte Fantasien machen sich oft unbewusst bemerkbar.«

Danke, Doktor Freud.

Jetzt starren alle auf meinen Teller.

Mein Vater tupft sich nervös mit einer Serviette über den sauberen Mund, und meine Mutter ergreift energisch meine Partei: »Ach Tanguy, jetzt hör auf. Wir müssen Jil nicht immer vorhalten, dass sie mit 29 Jahren immer noch nicht verheiratet ist. Dafür macht sie eine tolle Karriere. Wie heißt noch mal die Firma, bei der du arbeitest?«

Leider kann ich nicht antworten, weil ich gerade den Kopf vom Spargel abbeiße, was Tanguy in körperliche Verkrümmungen versetzt.

Später gibt es dann noch Eis mit Eitelkeiten über Jils Lebensweise.

Käse mit Kritik an Jils Wohngemeinschaft.

Fotoalben mit Frivolem über Jils Kindheit.

Gartenbetrachtung mit Genugtuung über das polierte Leben der anderen Familienmitglieder.

Und dann noch mal Kaffee mit Klatsch über Jils lustigste Missgeschicke.

»Ich glaube, wir müssen jetzt langsam mal aufbrechen.«

Ja, danke!

Wie hypnotisiert hänge ich an Indiras Lippen und kann es kaum glauben, dass tatsächlich jemand den erlösenden Satz ausgesprochen hat, nachdem ich die letzten dreieinhalb Stunden damit verbracht habe, aus dem Fenster auf meinen Smart zu starren und mir vorzustellen, wie unglaublich es sein wird, wenn ich endlich wieder in mein Leben zurückfahren kann.

23 Uhr. Meine Wohnung. Ein Strauß weißer Rosen.

Moment mal.

Ein Strauß weißer Rosen? Ist das auch wirklich meine Wohnung? Ach ja, hier liegt ja mein Lieblingsbuch. *Abnehmen leicht gemacht.* Direkt neben *Meine Traumfigur in 10 Tagen, Schmalzeiten statt Mahlzeiten* und *In 10 Tagen leicht abnehmen.* Ich habe diese Bücher, um mir die Fotos von den vielen schlanken Frauen darin anzuschauen. Danach verfalle ich in tiefe Depressionen, blättere weiter zu den Rezepten, bekomme Hunger und schlendere wie fremdgesteuert zum Kühlschrank. Also, Diätbücher sind wirklich gesundheitlich bedenklich!

Ich werfe verächtlich einige der Bücher hinter mein Bett und betrachte neugierig die kleine Karte in den Rosen.

*Entschuldigung wegen des Termins mit dem Steuerberater. Ich rufe dich an.*
*Nathan.*

Uuuuhhhiiii. Ich bin gerührt. Ich kann nichts dafür. Die weiblichen Gene sagen einem einfach bei leichten bis mittelschweren männlichen Vergehen mit anschließender Entschuldigung in floraler Form: Jetzt gerührt sein!

Nachdem ich den Blumenstrauß die anschließende halbe Stunde immer wieder neu verschoben und drapiert habe, um dann in kritischem Abstand von zwei Metern zu beurteilen, ob die Blumen dort auch wirklich gut zur Geltung kommen, fällt mir plötzlich mein ungeschriebenes PR-Konzept wieder ein.

Es ist mittlerweile nach Mitternacht, und das weiße Blatt vor mir streckt mir hämisch die Zunge raus. Hmmm. Ich versuche, einen klaren Gedanken zu fassen. Alkohol macht kreativ. In der Hoffnung, dass das irgendwann einmal ein schlauer Mann wie Mozart, Einstein oder Schopenhauer gesagt hat, mache ich mich auf den Weg in die Küche.

Liege im Delirium und versuche, meiner Stehlampe ein Gespräch aufzuzwingen. Aber die Bohnenstange ziert sich. Scheint ein bisschen einsilbig zu sein. Wahrscheinlich ist sie blond oder ein Mann. Na, wenigstens trägt sie ein Namensschild. Sie heißt IKEA. Das erklärt einiges. Sie spricht meine Sprache nicht.

Habe gerade im Flur eine Verrückte getroffen, die ein großes Problem mir ihren Haaren zu haben scheint und deren Lipgloss ganz verschmiert war. Hätte gern mal das Vaporimeter an ihr getestet! Als ich sie angesprochen habe, hat sie nur stumm meine Mimik nachgeäfft. Also, Leute gibt's.

Habe später dann noch IKEA zu einem Tänzchen überredet. Ihr Tanzstil war mir dann aber doch etwas zu passiv. Bin dann irgendwie mit ihr im Bett gelandet. Aber ich schwöre, wir sind auf der Stelle eingeschlafen.

*Gelernte Wörter: Hypermetropie = Weitsichtigkeit;*
*Kalamität = schlimme Situation;*
*Vaporimeter = Alkoholgehaltbestimmungsgerät.*

7

## HÖCHST UNRATSAM!

*Herr Schnüttge.«*

*»Frau Schöneberg.«*

*»Sagen Sie, kommen Ihnen von zu viel Champagner auch immer überaus verbotene Gedanken in den Kopf?«*

*»Das ist eine sehr interessante Frage. Dennoch muss ich Ihnen die Antwort schuldig bleiben, da ich als Therapeut unter keinen Umständen eine professionelle Ebene mit einer persönlichen Antwort verlassen darf. Aber es wäre äußerst hilfreich für Ihre Therapie, wenn Sie mir mehr über Ihre Gedanken erzählen. Wenn es Ihnen hilft, biete ich Ihnen auch gerne ein Gläschen Champagner dazu an.«*

*»Verstehe.«*

»Einen wunderschönen guten Morgen, Frau Schöneberg.«

So ein Mist! Ich bin erledigt! Ich bin so was von erledigt!

»Was machen Sie denn da unten, Frau Schöneberg?«

Ah. Ja. Was mache ich hier eigentlich? Ich suche nach einer Antwort, aber mein Kopf dröhnt dermaßen, dass ihn das Fallen eines Post-its zum Platzen bringen würde. Wenn Herr Besörski erfährt, dass sich meine weitere Karriere auf nichts als einem leeren Blatt Papier stützt … Ich krieche unter dem Schreibtisch hervor, nicht ohne einen Berg von Akten an meinen Laetitia-Casta-Busen (die flache Variante) zu drücken.

»Ah. Herr Besörski. Also, mir waren meine Unterlagen unter den Tisch gerutscht.« Vielleicht hätte ich mich doch lieber in den Toilettenräumen oder im Kopierraum verstecken sollen ... »Der Chef brennt darauf, Ihr innovatives PR-Konzept zu sehen«, höre ich noch einmal Pamela Berger, die Chefsekretärin, zur Begrüßung sagen, während Besörski mich fragend anblickt. Umständlich hangele ich mich zurück auf meinen Stuhl und setze mein »Ich bin eine kompetente PR-Frau«-Gesicht auf. »Aber hier bin ich wieder! Und nun wollen Sie bestimmt mein PR-Konzept sehen ...«

»Vergessen Sie dieses lächerliche PR-Konzept. Das ist doch nun wirklich Kindergartenarbeit für eine Frau von Ihrem Format.«

Emm, ja genau. Das habe ich mir auch schon gedacht. Bekanntermaßen führt ja jede Art von Unterforderung zu Schlendertum.

»Und deswegen bekommen Sie ab heute unseren größten Kunden zugeteilt: FußBett.«

Wer um alles in der Welt ist *FußBett*?

»Sie werden sich jetzt wahrscheinlich fragen, wer um alles in der Welt ist *FußBett*? Tja, ich muss Ihnen sagen, das weiß ich auch nicht. Ich weiß nur, dass die Summe, die diese Firma uns zahlt, wenn wir ihr neues Produkt der Öffentlichkeit vorstellen, äußerst potent ist.«

Potente Summe? Sollte meinen Kontostand bei Gelegenheit vielleicht mal mit Viagra hochpäppeln.

»Frau Schöneberg, ab heute arbeiten Sie für Eckhard P. Besörski, PR vom anderen Stern, in einer ganz neue Liga. Hier ist die Akte FußBett. Arbeiten Sie sich schon mal ein. Um 16 Uhr ist dann Vorstandsbesprechung, in der Sie den neuen Kunden sicher vorstellen können. Nichts Besonderes. Nur ein paar Folien, Fakten, Fundamente. Sie wissen ja, wie immer.«

Ja klar, und Frikadellen-Käse-Spießchen bringe ich auch noch mit. Herr Besörski lädt einen Papierberg auf meinem Schreibtisch ab, der eher an die Entleerung einer Altpapiertonne erinnert als an verwertbare Unterlagen.

Er setzt zum Abgang an und verabschiedet sich mit den Worten: »Ach, und um 12 Uhr kommt Ihr Praktikant.«

Mein eigener Praktikant! Bin gerade auf einen Schlag zwei Zentimeter gewachsen. Überlege kurz, ob ich alle meine Freundinnen anrufen und ihnen erzählen soll, dass ich jetzt meinen eigenen Praktikanten habe. Lasse aber in Anbetracht von Folien, Fakten, Fundamenten den Hörer doch wieder fallen und widme mich den unangenehmen Pflichten einer Karrierefrau.

Der Arbeit.

»Guten Morgen, schöne Frau.«

Huch! Was ist das? Vor mir steht ein marineblauer Viskoseanzug mit rosa Hemd, Hubschraubermotivkrawatte und weißen Socken, in dem eine Mischung aus Guido Westerwelle und Charlie Brown steckt. Man mag über humoristische Krawatten streiten und ob Marineblau noch in Mode ist, aber eines steht fest, mit seinen weißen aufgerauten Baumwollsocken hat Charlie Westerwelle die visuelle Schmerzschwelle deutlich überschritten. Ich wünsche mir, ich würde irgendwann einmal einen Journalisten treffen, der in den 20-Uhr-Nachrichten der Nation erklärt, dass Männer nie, nie, niemals weiße Socken tragen dürfen. Es sei denn, sie haben weiße Hosen an oder treiben Sport. Aber mal ehrlich, Männer, wie oft tragt ihr weiße Hosen oder treibt Sport?

»Gestatten, mein Name ist Vinzenz Schrammbaum. Ich bin Ihr neuer Praktikant.«

13 Uhr. Mittagspause. Meine zwei Stolzzentimeter sind in Anbetracht der Tatsache, dass hinter dem Auftrag FußBett die PR für einen Ökoschuh namens Softilette steckt, und der Erkenntnis, dass mein Praktikant ganz offensichtlich zu viele dieser Motivationshormone produziert, wieder weggeschmolzen.

Mein Leben scheint ein Gerechtigkeitsdefizit zu haben. Ich bin wirklich schrecklich deprimiert. Daran ändert der Salat à la Kantine, der vor mir steht, auch nichts. Charlie Westerwelle sitzt mir mit seinem Schnitzel gegenüber und erklärt, dass das System Ehe tot sei. Und dabei hatte ich gerade begonnen, ihn nett zu finden. Auf diese Diskussion muss ich mich nun wirklich nicht einlassen. Außerdem ist es mir lieber, wenn Vinzenz spricht, als wenn er isst. Er gehört nämlich eindeutig zur Gruppe der SALKs. SALKs, das sind die Stark-Akustische-Lebensmittel-Konsumenten. Die meisten SALKs können ja gar nichts dafür, aber wenn mich eines so erschauern lässt, dass ich fast selbst vomieren könnte, dann ist es das Geräusch, das beim Zermalmen von zähem Fleisch oder knackigem Gemüse entsteht, das Schmatzen und die freie Sicht auf die verschiedenen Stufen der menschlichen Nahrungsverwertung, das Klappern von Besteck, wenn es gegen die Zähne stößt, und zum Schluss das Schlecken der Zunge über die obere Zahnreihe, um diese von Essensresten zu befreien. Vinzenz beherrscht diese Disziplinen. Bei allem nötigen Respekt. Aber das ist nun wirklich zu viel. Ich trete vorübergehend die Flucht zur Toilette an und nehme mir fest vor, einige Passagen aus dem Knigge in meine Praktikantenverpflichtungen mit aufzunehmen.

Meine Güte, ich muss diesen Vinzenz irgendwie mögen, da ich mir zuvor noch nie die Umerziehung eines SALKs zur Aufgabe gemacht habe.

Kaum habe ich die Klotür verriegelt, höre ich die Stimme von Pamela Berger. Sie ist eine der Frauen, die Röcke geschlitzt bis nirgendwo tragen und die ihren Kleiderschrank nur mit Stoffen in Regenbogenfarben füttern. Und sie gehört zu den Frauen, die von Arbeit während der Arbeitszeiten nicht viel halten. Darum quatscht sie gerade wohl mal wieder mit Babsi Neuhaus.

»Hast du die Klitschma gesehen? Von Maniküre hat die anscheinend noch nie gehört. Und die Augenringe. Wahrscheinlich arbeitet die Tag und Nacht, nur um Karriere zu machen. Der müsste man mal stecken, dass sie erst an ihrem dicken Hintern und dann nachts mit dem Chef zusammen arbeiten sollte, wenn sie weiterkommen will.«

»Ach, die Klitschma kann sich ihre Karriere doch wirklich abschminken. Die ist genauso dämlich wie die Langenkamp. Apropos. Die Langenkamp ist von ihrem Mann verlassen worden. Ist aber auch eine dämliche Kuh!«

»WAAAS? Is die Langenkamp jetzt Single?«

»Na klar, die ist sogar für eine Beziehung zu beschränkt.«

»Richtig, Schätzchen. Das Einzige, was die kann, ist Sauerstoff in Kohlendioxid verwandeln!«

»Aber jetzt kommt das Schärfste. Die Schöneberg hat ab heute einen Praktikanten, weil der Chef glaubt, dass sie alleine zu dumm ist für das neue PR-Konzept. Und die ganze Firma weiß es. Ist das nicht peinlich?«

Oh! ... Ich? ... Zu DUMM? Und die ganze Firma weiß es? Ich sacke auf dem Toilettendeckel in mich zusammen.

»Ich glaub's nicht!« Babsi quietscht vor Entzückung.

Mein Herz erreicht den Gefrierpunkt.

»Doch, doch. Und um 16 Uhr muss sie dem Vorstand eine Präsentation über den neuen Kunden FußBett halten, was sie aber nicht schaffen wird, da Herr Besörski ihr heute Morgen erst den Berg von Akten zum Projekt gegeben hat.«

Tränen steigen in mir auf.

»Und der Clou ist, dass Herr Besörski die komplette Präsentation schon auf seinem Computer abgespeichert hat, um vor dem Vorstand zu glänzen, wenn die Schöneberg die Sache versaut.«

Mit diesem Satz gefriert das Blut in meinen Adern.

»Also, wirklich!«

»Hihihi. Wunderbar, nicht?«

Meine Damen, jeder weiß, dass öffentliche Toiletten mit Abstand der ungünstigste Ort zum Lästern sind. Schaut ihr denn keine Filme? Ich wische mir die Tränen von den Wangen und warte geduldig auf meinem Klodeckel, bis Pamela und Babsi mit ihrer Gesichtsrestauration fertig sind (dauert so ungefähr 20 Minuten). Danach schleiche ich mich aus der Toilette und überlege mir einen Schlachtplan. Dieser Herr Besörski soll mich kennen lernen!

Wow, fühle mich auf einmal wie eines dieser gefährlichen Bond-Girls, nur ohne Pierce Brosnan und glatte, goldbraun glänzende Haut im knappen Bikini. Ich sehe mich durch die Gänge schleichen, vom oberen Stock in Besörskis Büro abseilen, mich wie eine geschmeidige Katze in meinem schwarzen Lackanzug zum Computer herantasten. Natürlich nicht ohne dabei meinen Körper grazil zu verbiegen, um den Infrarotstrahlen der Alarmanlage auszuweichen. Meine behandschuhten Finger laufen über die Tastatur des Computers.

Ich gebe das Kennwort ein, das mir Igor X, mein Komplize aus Russland, zugespielt hat, und brenne die Daten auf einen Mikrochip. Warum dauert das nur so lange? Ich kontrolliere zum wiederholten Male meine Frisur, schnappe mir dann endlich den Mikrochip, mache einen Salto zur Tür und löse damit den Alarm aus.

Es folgt der Show-down!

Ich renne 38 Stockwerke in die Tiefe, zerschlage eine Fensterscheibe neben dem Eingang und springe hindurch. Das Gebäude explodiert, während ich mit meinem BMW Z4 davonrausche, direkt in die Arme von Sean Connery, der mir am Strand von Honolulu tief in die Augen schaut und sagt: »Hey, kleine Lady, Sie sehen verdammt gut aus.«

»Hey, Jil. Wir müssen hier raus.«

Was?

Vinzenz reißt die Tür zur dritten Etage auf und zieht mich aus dem Treppenhaus. Ich stehe wieder auf dem Flur der Realität, an dessen Ende mein Büro liegt. Na gut. Werde nachher einfach zu Fuß in Besörskis Büro gehen. Ohne Lackanzug, Igor X und Explosionen.

Hmmm. Ich brauche einen verdammt guten Plan!

Habe einen Cappuccino später und nach intensiver Gedankenverschwendung den Plan gefasst, planlos vorzugehen. Werde es mit Intuition und Vinzenz' Männlichkeit versuchen müssen. Ich schnappe mir eine leere CD-ROM, die ich zwischen ein paar Akten verstecke, und begebe mich mit Vinzenz auf den Weg der Kriminalität.

»Bist du dir ganz sicher, dass wir das tun sollten?« Mein Praktikant schaut mich kritisch an und kratzt sich an der Stirn.

»Sicher!«

»Wirklich sicher?«

»Ja! Wir schlendern jetzt möglichst unauffällig in die 6. Etage. Am Ende des Flurs liegt das Büro von Herrn Besörski. Du fragst seine Sekretärin Pamela Berger aus dem Vorzimmer, ob der Chef da ist. Wenn sie verneint, lockst du sie unter einem schlauen Vorwand aus dem Vorzimmer, während ich an den Computer von Herrn Besörski gehe und die Präsentation suche.«

»Ui. Und das an meinem ersten Tag? Ich habe noch nicht einmal den Praktikantenvertrag unterschrieben.«

Während wir auf dem Weg ins Chefbüro sind, kaut Vinzenz nervös auf seiner Unterlippe herum. Ich sage es ja immer. Die jungen Leute sind überhaupt nicht mehr auf das harte Berufsleben vorbereitet. Ich werde meinem Praktikanten noch viel beibringen müssen, denke ich, während ich ebenfalls nervös auf meiner Unterlippe herumkaue.

Keine drei Minuten später stehen wir vor Pamela Bergers Bürotür. Mein Herz flattert, und ich bekomme erste ernsthafte Zweifel an meinem Plan.

»Na, dann.« Aufmunternd gebe ich Vinzenz das Zeichen, an die Tür zu klopfen.

»Okay. Die Mission Folien, Fakten, Fundamente kann beginnen.« Vinzenz klopft an, und im nächsten Moment entschwindet er den Lockrufen von Pamela Berger folgend – nicht ohne mir noch ein verschwörerisches Lächeln zu schenken. Ein süßer Praktikant! Schmunzelnd verstecke ich mich hinter der nächstgelegenen Ecke und warte darauf, dass Vinzenz und Pamela das Büro verlassen.

Vinzenz braucht nur zwei Minuten, bis er mit einer entzückt kichernden Chefsekretärin das Vorzimmer verlässt. Ich lehne mich lächelnd an die Wand und bin von Vinzenz' professionellem Charme beeindruckt. Tja, tja, ein schnuckeliger Prakti... Moment! Die Präsentation. Ja, richtig.

Eilig husche ich über den Flur durch das Vorzimmer von Pamela Berger und lege meine Hand auf die Türklinke zum Chefbüro. Ich nehme meinen ganzen Mut, der sich gewöhnlich sehr tief in mir versteckt hält, zusammen, drücke die Türklinke herunter und husche durch den Türschlitz zu Eckhard P.s Schreibtisch. Der Computer ist an und fragt mich nach dem Passwort. Das ist leicht. Nur eine schlechte Mitarbeiterin kennt das Passwort ihres Chefs nicht. Meine Finger tippen S-A-H-N-E-P-U-D-D-I-N-G ein. Und als Nächstes ... Folien, Fakten, Fundamente.

Hab ich da etwa ein Geräusch gehört?

Mein Gott, bin ich nervös! Kriminelles Vorgehen ist wohl doch nur spaßig, wenn man das Drehbuch kennt.

Panisch geht mein Blick zur Tür. Jemand drückt ganz langsam die Klinke hinunter.

Mist! Ich starre abwechselnd wie gebannt auf die Klinke und den Bildschirm. Zum Glück öffnet sich die Tür nicht. Ich muss die Präsentation haben!

Endlich, da ist sie. Ich fische die CD-ROM aus meinem Papierstapel und schiebe sie ins Laufwerk.

Nun mach schon. Kann nicht glauben, wie langsam die Computer des 21. Jahrhunderts sind. In der Zeit kann ich ja ein 1000-Teile-Puzzle zusammensetzen. Mit dem Motiv auf der Unterseite.

Mach schon!

Mach schon!

Mach schon!

Ich tippe nervös auf der Schreibtischplatte herum.

Zu spät. Die Tür öffnet sich ... einen Spalt.

Verflucht!

Huch, der Stiftehalter ... Hektisch sammle ich die Stifte wieder ein.

Auf dem Bildschirm erscheint die Meldung: »Der Datentransfer ist abgeschlossen«, und im gleichen Moment öffnet sich die Tür. ICH BIN ERLEDIGT.

»Jil!«

»Vinzenz!«

»Komm schnell. Der Chef ist auf dem Flur.«

Ich schnappe mir die CD-ROM, lasse sie in meinem Ausschnitt verschwinden und husche mit Vinzenz durch das Vorzimmer. Doch als wir auf den Flur treten, erstarre ich zur Salzsäule. Mit weit aufgerissenen Augen und hochrotem Kopf stehe ich da und schlucke. Herr Besörski sieht mich irritiert an. Seine Mundwinkel ziehen sich zusammen, und seine Hände umklammern mit aller Macht einen Pappbecher mit dampfendem Kaffee.

»Frau Schöneberg. Was haben Sie hier verloren?«

»Oh. Ja. Also. Ich wollte Herrn Schrammbaum nur die Firma zeigen. Und da dachte ich, ich fange mit dem Wichtigsten an.«

»Haben Sie so wenig zu tun, dass Sie sich in der Chefetage rumtreiben?«

»Nein, ich dachte nur ...«

»Hören Sie auf zu denken, und überlassen Sie das den Leuten, die etwas davon verstehen. Und jetzt verschwinden Sie.«

»Ja, sicher. Ich wollte nur ...«

»Ich bin vollkommen uninteressant. Äh. Ich meine uninteressiert. Wissen Sie, Sie treiben mich langsam, aber sicher mit Ihrem permanenten Gebrabbel zur Weißglut, Sie, Sie, Sie ...« Herrn Besörskis Augen formen sich zu kleinen Schlitzen. Der Pappbecher in seiner Hand knackt. Der Kaffee schwappt in alle Richtungen. Erschrocken lässt der Chef seine Unterlagen fallen. Ein Meer aus Blättern flattert durch die Luft, während Herr Besörski mich wieder entgeistert anstarrt. Sein Blick wandert zu meinem Dekolleté.

O mein Gott.

Im nächsten Moment ergreift Vinzenz meinen Arm und zieht mich in den Fahrstuhl hinter uns. Als die Aufzugtüren sich schließen, flattern die letzten Blätter zu Boden. Wir hören dumpf Herrn Besörskis Stimme, die Pamela Berger befiehlt, das Chaos sofort zu beseitigen.

Hhhhe.

Lächelnd zieht Vinzenz mich zu sich heran und blickt mir in die Augen.

»Wir haben es geschafft. Du warst ganz großartig, Jil. Was für ein Rififi!«

Meine Beine zittern, meine Hände glühen. Hhhhe. Ich hyperventiliere. Hhhhe. Ich ersticke. Hhhhe. Ich zucke. KONTROLLE! Hhhhe. Ich brauche Kontrolle.

»Jil. Was ist los? Du hast doch wohl nicht die CD-ROM verloren?«

Keuchend lehne ich mich an die Wand. »Der Fahrstuhl. Bitte. Hhhhe. Halte den Fahrstuhl an. Sofort!«

Vinzenz drückt panisch alle Knöpfe und zieht mich wenige Sekunden später aus dem Aufzug. Wir stolpern über einen Mülleimer und landen unsanft übereinander auf dem Boden.

»Es tut mir Leid, Jil. Ich wusste nicht, dass du unter Platzangst leidest.«

»Schon gut. Immerhin hast du uns vor Schlimmerem gerettet.«

»Das heißt, du hast die CD-ROM noch?«

Ich stütze mich lächelnd auf meine Unterarme, sodass der neugierige Blick von Vinzenz in mein Dekolleté fällt.

15 Uhr. Der Präsentation steht nichts mehr im Wege, und wir haben noch eine ganze Stunde Zeit. Ich beschließe daher, Vinzenz meine Lieblingsstraßen in München zu zeigen.

Ich lege den Fokus auf Designerläden in der Innenstadt und beginne mit den Fünf Höfen. Aber Vinzenz scheint nicht wirklich angetan von cappuccinofarbenen Slingbacks und Mon-Chéri-roten Kelly-Bags, die diese süßen kleinen Verschlüsse haben. Also kaufe ich ihm ein paar neue Krawatten. Ohne Hubschraubermotiv! Im Puma-Store entdecken wir gelbe Sneakers und zwei Longsleeves für Vinzenz, die wir kurzerhand für bürotauglich erklären. Danach schlendern wir mit Tüten bepackt über den Viktualienmarkt, während ich große Mühe habe, Vinzenz an den Brez'n und Bierkrügen vorbeizuschieben. Mein Praktikant ist von der bayerischen Esskultur, die ich durchaus skeptisch betrachte, mehr als angetan! Entweder man mag Leberkäs, Schweinshaxe, Kalbslüngerl, auszuzzelte Weißwürst und aufgeschmalzene Brotsuppe, oder man mag sie nicht! Da gibt es keinen Diskussionsspielraum. Und nirgendwo in München ist diese gespaltene Kultur besser zu beobachten als auf dem Viktualienmarkt. Hier liegt der Holzbottich mit Essiggurken und Sauerkraut neben französischem Kaviar. Kohlköpfe und Schwammerln reihen sich an frische Früchte aus den Tropen, und das Dirndl streift die Maßanfertigung von Chanel, während sich Fischgeruch mit edelstem Parfüm vereinigt.

Vinzenz möchte unbedingt Zwetschgendatschi probieren, aber um ihm die ersten Schritte in ein SALKFREIES Leben beibringen zu können, muss ich mit Bananen anfangen. Wie sich herausstellt, ist mein Praktikant sehr experimentierfreudig und extrem lernfähig. Wir kichern so laut, während wir uns das Obst in unterschiedlichster Weise in den Mund schieben, dass der Verkauf von Bananen an diesem Stand rasant steigt.

Hmmm. Ich denke, zu sekundieren könnte zu meiner neuen Lieblingsbeschäftigung werden!

18 Uhr. Die Präsentation war ein voller Erfolg, und ich begebe mich erneut in die Chefetage. Dieses Mal jedoch, um mir ein allumfassendes Lob abzuholen. Ich bin wirklich stolz. Mit erhabenem Gang und erhobenen Hauptes schlendere ich ins Chefbüro. So sieht eine PR-Agentin von Welt aus. Kompetent, selbstsicher, souverän und so etwas von stilvoll gekleidet ... Mit einer Geste höchster Lässigkeit lehne ich mich gegen Eckhard P.s Schreibtisch und kontrolliere wie beiläufig den Lack meiner Nägel.

»Herr Besörski, Sie wollten mich sprechen?«

»In der Tat. Frau Schöneberg, Sie sind gefeuert!«

»Ja, ja. Ich weiß. Es lief ganz hervorragend. Moment! Gefeuert?«

»G-E-F-E-U-E-R-T!«

»Aber warum?«

»Wissen Sie, mehr liegt leider nicht in meiner Macht. Wenn ich Sie zum Mond schießen lassen könnte, würde ich es tun.«

»Ich verstehe das nicht. Der Vorstand war doch begeistert?«

»Nun stellen Sie sich mal nicht dümmer, als Sie ohnehin schon sind. Mein Gott, wer hätte gedacht, dass da noch Steigerungen möglich sind? Sie haben eine so ausgezeichnete Präsentation gehalten, weil es MEINE Präsentation war! Sie haben sie geklaut! Sie hätten das Programm auf meinem Computer schließen sollen, nachdem Sie die Daten kopiert hatten.«

»Das heißt, Sie haben das die ganze Zeit gewusst? Aber wieso haben Sie die Präsentation denn dann nicht selber gehalten?«

»Tja, es geht Sie zwar nichts an, aber ich hatte eine Golfstunde.«

Eine Golfstunde?

Ich GEFEUERT?

Das kann doch alles nicht wahr sein.

»Es ärgert Sie doch nur, dass ich mich nicht bei dieser dämlichen Präsentation blamiert habe. Sie haben mir so wenig Zeit gegeben, Sie haben doch nur darauf gehofft, dass ich die ganze Sache vermassele. Aber das habe ich nicht! Ganz im Gegenteil! Mein Vortrag war ausgezeichnet, obwohl Ihre Präsentation mehr als schlecht vorbereitet war. Wissen Sie, Frau Berger macht mehr Rechtschreibfehler auf PowerPoint-Folien, als Tasten auf einem Computer sind. Und genau deswegen haben Sie auch den ganzen Tag nichts gesagt, weil Sie die Präsentation selbst unter keinen Umständen halten wollten, Sie aufgeblasener Schwammkopf!« Mein Gott, bin ich sauer! Meine Wangen brennen, mein Herz pocht laut, und meine Finger beginnen zu zittern. – Mein Gott, bin ich dämlich. Habe ich das gerade alles zu meinem Chef gesagt? *Sie aufgeblasener Schwammkopf*? Nein, »Sie aufgeblasener Schwammkopf« habe ich nicht gesagt.

»Was für ein schöner Monolog, Frau Schöneberg. Wie ich sehe, sind Sie fertig mit Ihren konfusen hirnlosen Frauenfantasien. Sie dürfen dann gehen. Was stehen Sie noch herum? Es ist alles gesagt. Ich denke, Sie verzichten wohl besser auf ein Arbeitszeugnis?«

»Ehm. Ja. Ich. Ich.«

»Was ist? Zum Stottern habe ich nun wirklich keine Zeit. Ich habe einen verantwortungsvollen Job zu machen, das können Sie ja sicher verstehen. Ach nein, entschuldigen Sie bitte, *Sie* haben ja gar keinen Job mehr.« Herr Besörski lehnt sich siegessicher und voller Freude über dieses gelungene Wortspiel in seinem Sessel zurück und funkelt mich an.

Ich bin sprachlos. Jede Zelle in meinem Körper vibriert. Was soll ich tun?

Mit schlagendem Herzen und Tränen in den Augen verlasse ich auf wackeligen Manolos das Büro. Muss mich kurzfristig an Pamelas Schreibtisch festhalten, um nicht umzukippen. Ich atme tief durch und schleppe mich langsam die Treppen der sechs Stockwerke in die Tiefe.

Tüdülüdülü.

Mein Handy. Mein Gott. Warum klingelt das jetzt auch noch. In einem lauten Schluchzer lasse ich mich auf eine Treppenstufe sinken und gebe mich meiner Verzweiflung hin.

»Schöneberg.«

»Du hast seit über 24 Stunden einen Freund und hast mich noch nicht informiert? Wer bin ich denn? Deine beste Freundin oder der letzte Single dieser Erde, der mit solchen Nachrichten verschont bleiben soll?«

»Sarah!« Sie ist außer sich. Ein schlechter Zeitpunkt, um sie auch noch mit meiner Kündigung zu konfrontieren.

»Ich möchte alle Details hören. Wir treffen uns bei Mark. Und vergiss bitte die Frühlingszwiebeln nicht!«

»Ach Sarah! Habe ich jemals die Frühlingszwiebeln vergessen, wenn wir unseren Ladys-lästern-Abend haben?«

»Nein, natürlich nicht. Bis dann, Süße.«

»Ja, bis dann.«

Ein Hoch auf 24-Stunden-Märkte!

*Gelernte Wörter: vomieren = sich erbrechen;*
*Rififi = ein raffiniertes Verbrechen;*
*sekundieren = jemandem helfen.*

8

## FREUNDE, CHAMPAGNER UND FRÜHLINGSZWIEBELN

*Herr Schnüttge.«*

*»Frau Schöneberg.«*

*»Hat eine gut durchdachte Verdrängung der Realität für das Überleben der Psyche irgendeine nennenswerte Berechtigung?«*

*»Selbstverständlich. Solange Sie intensiv über die zu verdrängenden Dinge nachdenken und intervenierende Maßnahmen anstreben.«*

*»Verstehe.«*

Ich bin gefeuert. Ruhe. Ruhe. Ruhe. Nur die Ruhe bewahren. Darf mich von diesem Zustand auf keinen Fall runterziehen lassen und muss versuchen, die Dinge aus einer positiveren Perspektive zu betrachten. Hmmm. Um diesen Vorgang zu unterstützen, schleiche ich mich zum Kühlschrank.

Leer.

Mist!

Ich entdecke eine erstaunliche Parallele zu meinem Bankkonto. Mal sehen. Kein Job bedeutet kein Geld, bedeutet keine Lebensmittel, bedeutet keine Kalorien. Sehr schön! Mache also eine Diät. Positive Perspektivenverschiebung ist abgeschlossen. Mein schlechtes Gewissen verdrängt, und meine latenten Panikattacken sind verschoben. Ich sollte mich freundlicheren Dingen zuwenden. Wie wäre es mit Kultur und Intelligenzförderung im weitesten Sinne? Ich meine, jeder Mensch sollte immer wieder irgendwelche Kurse oder Seminare besuchen, um sein Wissen und seine soziale Kompetenz zu schulen. Darum nehme ich jeden Dienstagabend am Ladys-lästern – Fortgeschrittenenkurs – teil. Diese wirklich lehrreiche und geradezu befreiende Veranstaltung findet bei Mark statt, was durchaus praktisch ist, da er zwei Stockwerke unter mir wohnt. Mark ist unser LL-Leiter. Seine Aufgabe ist es, uns immer wieder auf den Planeten Erde zurückzuholen. Und Lasagne zu machen.

LL-Abende sind wie eine Stunde bei Herrn Schnüttge, nur ohne Couch und Sigmund Freud, dafür mit Sarah, einer der weltbesten und ordentlichsten Buchhalterinnen, Luisa, einer arbeitslosen und höchst chaotischen Synchronstimme, Mark, einem pflichtbewussten Kinderarzt, und mir, einer Karrierefrau mit Eintagesgarantie und einem Bund Frühlingszwiebeln unterm Arm.

»Du siehst wirklich fantastisch aus! Komm rein. Mark ist in der Küche und bereitet die Lasagne vor.« Sarah rückt ihr rosa Haarband zurecht und drückt mir einen Kuss auf die Wange.

»Wo ist denn Luisa?«

»Sie besorgt noch den Champagner!«

»Warte. Ich hole dir ein Glas Martini, und dann erzähl mir alles über deinen neuen Lover.« Sarah hat die Anmut von Pocahontas, die Grazie von Audrey Hepburn und die Direktheit eines Strafvollzugsbeamten. Aber diese Kombination macht sie zu meiner besten Freundin.

»Ja, also, weißt du …« In verwaschener Jeans, Sweatshirt und mit einer weißen Schürze um die Hüften, die die Mordspuren eines Tomatenmassakers an sich haften hat, und einem zerknüllten Handtuch, mit dem er die letzten Reste des vegetarischen Verbrechens von seinen Händen wischt, steht Mark plötzlich im Wohnungsflur. Er hat Sarahs letzte Worte gehört.

Auf einmal schlägt mein Herz schneller.

Mark und ich starren uns wortlos an.

Keiner atmet.

Mein Herz schlägt lauter und lauter.

*Bitte schau mich nicht so an, Mark!*, möchte ich schreien.

Aber meine Stimme ist weg.

Dingdong!

Danke!

Luisa steht vor der Tür mit einer Flasche Champagner im Arm.

»Hallihallo. Warum steht ihr denn alle hier im Flur rum? Ist jemand gestorben?«

Marks Blick wandert auf seine Sneakers.

Ja, schießt es mir durch den Kopf. Nach zwei Jahren seelischer Symbiose muss nun der Bund zwischen Mark und Jil zu Grabe getragen werden, nachdem ein »Lover« ihn erschlagen hatte. Wir wussten alle, dass es eines Tages so kommen würde. Die Beerdigung findet im engsten Kreise der Familie statt.

»Emm, nein. Wir warten nur auf den Champagner. Schön, dass du endlich da bist.« Sarah schiebt Luisa samt Champagner ins Wohnzimmer, während ich immer noch damit beschäftigt bin, die richtigen Worte für meine Grabrede zu finden.

»Tja, während meine sexuelle Unterversorgung weiter voranschreitet, schnappt sich Jil einfach einen wohlhabenden, gut aussehenden Juristen.« Sarah stopft eine mit Lasagne beladene Gabel in den Mund und spielt nervös an ihrer Perlenkette. Ich hatte von Nathans Auto erzählt und von seinem Penthouse. Ich schilderte mein Erlebnis im Pool und mit Bob von *Future Home Entertainment*. Ich schwärmte von Nathans zarten Händen und seinem Grübchen, und bei jedem Wort wurde mir wärmer, und ich merke, wie sehr ich Nathan vermisse.

Ein wunderbarer und zugleich beängstigender Zustand.

Verliebt sein ist manchmal wie Schokolade essen. Es schmeckt so wunderbar süß, aber du hast stets ein schlechtes Gewissen, ob du das Nachgeben deiner Versuchung nicht irgendwann bereust. Andererseits, was wäre das Leben ohne Schokolade?

»Also, Sarah. Ich glaube nicht, dass du dich nach drei Portionen Lasagne besser fühlst. Probier es doch lieber mal mit Champagner. Wir haben noch eine Flasche im Kühlschrank.« Luisa leckt die restliche Soße vom Messer, während sie sich köstlich darüber amüsiert, wie Sarah mit dem Herausziehen der rosa Schleife aus ihrem Haar beginnt, ihre guten Manieren abzulegen.

»Champagner hilft auch nicht. Es ist nicht, dass ich mich nicht für dich freue, Jil …« Sarah unterbricht sich und zerknüllt die rosa Schleife in ihren Fingern.

»Es ist nur, Viktor hat heute gesagt, dass er mich auf der Geschäftsreise nach Mailand nun doch nicht braucht.«

Meine Gabel fällt klirrend auf den Teller.

»Das heißt aber noch lange nicht, dass dein Chef nicht an dir interessiert ist, nur weil er dich nicht mit nach Mailand nimmt.«

»Jil, ich sollte noch ein zusätzliches Ticket für seine Frau besorgen. Als Überraschung zum ersten Hochzeitstag.«

»Oh! Ich verstehe. Das tut mir Leid, Süße.« Ich beuge mich zu Sarah und nehme sie in den Arm. Luisa schenkt ihr

Champagner nach, und Mark lehnt sich nachdenklich zurück.

»Vielleicht ist es besser so. Mit anderen eine Beziehung einzugehen bringt doch nur Probleme. Erst recht, wenn es der Chef ist. Du weißt doch: *Never fuck a working member!*«

Hä? Ich kann nicht glauben, dass Mark das gerade gesagt hat. OBWOHL! Ich will seit über zwei Jahren etwas von Mark, aber alles was er macht, ist mit mir ins Kino zu gehen, um mich dann ungeküsst vor der Wohnungstür stehen zu lassen!

Sarah kullern Tränen über ihre Wangen.

Ich werfe Mark einen scharfen Blick zu.

»Ich kann nicht glauben, wie herzlos du bist. Nur weil du nie Schokolade isst, muss das ja nicht für alle Menschen gelten. Dann gäbe es zwar keine dicken Menschen mehr, aber bestimmt auch keine glücklichen.« Wütend verschränke ich die Arme vor der Brust und blicke Mark an, wie ich es noch nie zuvor getan habe.

Er weicht meinem Blick aus, ohne auf ein weiteres Extempore zu verzichten.

»Jil, ich bestreite nicht, dass das, was du da gerade gesagt hast, in deinem Kopf absolut logisch ist, aber wir sind hier draußen.« Mark versucht zu lächeln.

Sarahs Gesicht erhellt sich langsam wieder, und auch Luisa beginnt zu lachen.

»Jil. Wie viel Alkohol hast du getrunken?«, fragt Sarah.

Hmmm. Ich kann leider nicht mitlachen.

»Vielleicht hat Mark Recht, und du solltest das Berufliche und das Private einfach trennen. Ich meine, wie schnell hat man heutzutage seinen Job wegen irgendwelcher kleiner oder auch etwas größerer Dummheiten verloren!« Meine Güte, auf einmal überrollen mich wieder Panikattacken. Fast hätte ich es vergessen. Ich bin gefeuert. Ich werde bald kein Geld mehr haben. Herrgott. Sehe mich schon mit Prada-Pumps, Polyesterschlafsack und zugelaufenem Pudelmischling unter einer Brücke sitzen. Keine Panik! Nur keine Panik! Muss nachher in Ruhe über späteres Überleben nachdenken. Im schlimmsten Falle verkaufe ich vorzeitig meine risikoneutrale, gewinnmaximierende und absolut todsichere Kapitalanlage! Meine sieben Flaschen Petrus Merlot Jahrgang 2000 aus französischem Exklusivanbaugebiet zu 1450 Euro pro 0,75 Liter. Aber das wäre eine Katastrophe, da eine positive Gewinnbilanz nicht vor zehn Jahren zu erwarten ist. Und außerdem ist das Etikett wirklich ganz zauberhaft.

»Jil, warum siehst du uns so komisch an? Du hast doch keine Dummheiten gemacht, oder?«

»Ach was. Nein, ich doch nicht. Bei mir ist alles in Ordnung. Es läuft toll. Könnte nicht besser sein. Herr Besörski und ich sind quasi ein Herz und eine Seele. Alles bestens. Ganz wunderbar.«

Was soll ich anderes sagen? Es ist einfach nicht der Zeitpunkt für noch mehr schlechte Nachrichten.

Ich lächle gequält und greife zum Champagner.

Schön.

Schön. Schön. Schön. Ich liege vor Unwohlsein hellwach in meinem Bett und führe ein Zwiegespräch mit dem Mond, während ich mich frage, ob es möglich sein könnte, dass in meinem Körper vielleicht gerade mehr Alkohol als Blut zirkuliert. Wie dem auch sei. Fassen wir die Dinge mal zusammen. Ich bin Single. Seit Wochen, Monaten, Jahren bin ich Single. Und kein Mark, äh, Mann weit und breit, der etwas daran ändern möchte. Bis ich Nathan treffe, der mir in einer

Nacht komplett den Kopf verdreht. Aber anstatt überglücklich zu sein, beschließen meine Gefühle unkontrolliert zu translozieren. Ich dachte immer, die große Liebe trifft einen wie ein Schlag, aber anstatt kopflos und eigentümlich grinsend durch die Gegend zu laufen, bin ich verwirrter denn je. Mein Gott, wie sehr ich Nathan vermisse, und dennoch bringen mich Marks letzte Worte an diesem Abend um meinen Schlaf.

»Jil, ich habe den größten Fehler meines Lebens gemacht. Ich weiß nicht, wie ich davon ausgehen konnte, dass du immer da sein würdest. Ich meine, ich ... Es ist zu spät, nicht wahr?«

Verdammt, warum sagt er mir das jetzt? Männer mit dem richtigen Timing sind anscheinend absolute Mangelware.

»Ich weiß, ich hätte dir das nicht gerade jetzt sagen sollen, aber manchmal merkt man erst, wie wichtig einem Schokolade ist, wenn man sie nie wieder essen darf.«

Hmmm.

Welch eine Univozität!

*Gelernte Wörter: Extempore = Stegreifzugabe;*
*translozieren = verlagern;*
*Univozität = Eindeutigkeit.*

9

## TAGE WIE DIESE SOLLTE MAN STREICHEN!

*Herr Schnüttge.«*

*»Frau Schöneberg.«*

*»Ich bin gar nicht besessen von der Idee, so schnell wie möglich einen Mann zu finden.«*

*»Sind Sie nicht?«*

*»Nein. Und wissen Sie auch, warum! Weil ich jetzt einen wirklich tollen Mann gefunden habe, und ich wünschte, es wäre nicht passiert, weil dann noch alles beim Alten wäre und ich nicht wüsste, was ich jetzt weiß, und ich nicht darüber nachdenken müsste, ob ich überhaupt Lust auf Schokolade habe und ob es Steuerberater gibt, die sonntags arbeiten, und ich nicht so durcheinander wäre, dass ich sogar vergesse, dass zu diesem Rock nur die Dolce-&-Gabbana-Pumps passen!«*

*»Verstehe. Sie haben also den Richtigen gefunden?«*

*»Ja! ... Nein! ... Vielleicht! Ich meine, woher weiß man das schon?«*

*»Sie sollten es einfach abwarten. Vielleicht ist er es. Vielleicht aber auch nicht. Sie müssen ein bisschen Geduld haben. Und Sie sollten tief einatmen, Ihre innere Mitte suchen und in aller Ruhe zu mir sprechen.«*

*»Damit ich meine Körper-Seele-Balance wieder herstelle?«*

*»Nein, damit ich wieder mitschreiben kann.«*

*»Verstehe. Sagen Sie mal, Herr Schnüttge, Sie suchen nicht*

*zufällig gerade Versuchspersonen für undurchsichtige Laborexperimente?«*

*»Mit Sicherheit nicht. Warum fragen Sie?«*

*»Oh. Ich arbeite gerade an einer beruflichen Neuorientierung.«*

*»Natürlich. Gibt es denn sonst noch irgendwelche Verwirrungen in Ihrem Leben? Neue Bewältigungsmotive, Perspektivenverschiebungen, Selbstwahrnehmungen oder Ausdrucksverhalten? Haben Sie irgendwelche neuen Fragen?«*

*»Hmmm. Da wäre schon noch etwas, dass mich seit einigen Tagen beschäftigt. Glauben Sie eigentlich auch, dass ich auf meinen Sergio-Rossi-Stilettos nicht gehen kann?«*

*»Ich verstehe nicht?«*

*»Verstehe.«*

O Gott, habe im Badezimmer eine Rasierklingenverletzungsblutlache verursacht. Ein dicker roter Blutfluss strömt aus meinem linken Knöchel. Ich glaube, ich werde ohnmächtig. Ich stehe mit einem Bein in der Badewanne und versuche mit ausgestrecktem Arm an das Handtuch auf der Waschmaschine zu kommen.

Nackt.

Es klingelt.

Verdammt.

»Jiiiiiil, Nathan ist da. Ich geh dann jetzt zur Arbeit. Weißt du, ich fahre ab heute Taxi. Viel Spaß bei eurer Radtour.«

O nein, Luisa. Als Taxifahrerin? Ich muss sie zurückhalten. Sie kann Nathan doch nicht allein in mein Zimmer lassen. Was ist, wenn er mein *»Abnehmen in 10 Tagen«*-Buch findet mit den fünf leer gekratzten Schokoladenpuddingbechern daneben. Oder meine Königstigerpantoffeln, in denen man aussieht, als hätte man sich zwei riesige Wattekissen um die Füße gewickelt.

»Ach du meine Güte, Jil. Was ist denn das? ›Hahiho‹«, höre ich Nathan lachen. Ich hab's gewusst. Jetzt ist wirklich keine Zeit, um in Ohnmacht zu fallen, wenn ich die Imagekrise in Grenzen halten möchte.

Also, raus aus der Wanne. Ich schnappe mir das Frotteehandtuch und drücke es auf das Leck in meinem Blutkreislauf.

Es vergehen gute zehn Minuten, bis die Blutung gestoppt ist. Bevor ich die Badezimmertür öffne, drehe ich mich noch einmal um, und mein Blick schweift durch den Raum. Gut, der Boden ist etwas blutverschmiert. Und die Handtücher. Und der Spiegel. Und das Waschbecken. Aber dafür bin ich fertig gecremt, geschminkt und angezogen …

Ich kann es nicht glauben. Nathan sitzt mit meinen Königstigern an den Füßen im Wohnzimmer auf der Couch und starrt ungläubig in ein Fotoalbum.

»Also, wirklich. Du scheinst ja eine sehr aufregende Kindheit gehabt zu haben. Entschuldige bitte, aber du warst ja ganz schön pummelig.«

»Nathan, ich glaube, wir sollten jetzt gehen.«

»Ja, gleich. Ich möchte mir nur noch mal das Foto anschauen, auf dem du als kleines rosa Schweinchen verkleidet bist. KARNEVAL IM KINDERGARTEN. Weißt du, das ist wirklich zu niedlich. Hihi. Dieses süße, kleine Ringelschwänzchen und diese wirklich realistische Schweinenase. Hihihoho.« Das ist doch nicht zu fassen. Nathan krümelt sich vor Lachen in seinem weißen Lacoste Polohemd, seiner beigen Ralph-Lauren-Stoffhose, seinem himmelblauen Pullover und meinen Königstigern an den Füßen auf der Couch hin und her.

»Nathan. Deine Hose zerknittert. Jetzt zieh deine Radschuhe an und lass uns fahren.«

»Ach du Gott. Du hast ja Recht. Ich habe nur noch eine Frage. Wer ist der kleine Junge neben dir, der als Bauer verkleidet ist und deine Schweineleine in seinen Händen hält?«

»Das ist mein Bruder Tanguy.«

Danke. Na endlich. Die erste rote Ampel seit ungefähr 17 Kilometern Grünphase. Wer hätte gedacht, dass die Münchner City im Grunde nur aus sehr vielen Ampeln, noch mehr Straßen und einem definitiv viel zu großen und viel zu radfreundlichen Englischen Garten besteht? Ich sollte mich baldmöglichst für Fußgänger und ein einheitliches Radverbot auf öffentlichen Wegen einsetzen. Ich hatte schon nach den ersten Dutzend Triumphtoren, Siegessäulen, Pavillonbauten, Wasserläufen und Springbrunnen für eine kleine Pause am Seehaus im Englischen Garten plädiert, aber Nathan wollte unbedingt am CHINESISCHEN Turm etwas trinken, worauf ich eine Pause kategorisch ablehnte und geradezu freiwillig abandonnierte.

Während Nathan also vergnügt auf seinem Hightech-Porsche-Rad zum Kleinwagenpreis vor mir her radelt und sich ab und zu mit seinem Evian-Gesichtsspray erfrischt, strampele ich rastlos auf Luisas Rostesel hinterher. Wie konnte ich nur so naiv sein und glauben, dass ich Spaß an einer Radtour durch München haben könnte? Ich meine, wozu habe ich eigentlich einen Freund mit einem Porsche in der Garage? Außerdem wird es seinen Grund haben, warum ich mir seit meinem siebten Lebensjahr kein Fahrrad mehr zugelegt habe! Aber wahrscheinlich ist mir im Moment alles recht und billig, was mich davon abhält, über meine temporäre berufliche Unterbeschäftigung nachzudenken. Es ist ja nicht so, dass ich tatenlos in diesem Zustand verharren würde. Nein! Ich habe mich schon bei zig anderen PR-Agenturen in München beworben. Ich muss die Bewerbungen nur noch einwerfen. Und frankieren. Und zukleben. Und schreiben. Das mache ich ja noch alles. Später.

Im Moment stöhne ich bei jedem Tritt in die Pedale wie ein altersschwaches Nilpferd beim Geschlechtsakt. Außerdem tut mein Po weh, mein Rock fliegt bei jedem Windstoß hoch, und eine Fliege klebt am Lipgloss fest.

Gerade überholt mich ein Spitzensportler in einem dieser aerodynamischen und für meinen Körperbau viel zu Körperteile abzeichnenden Anzüge. Aber das stört mich nicht. Mit diesem windschnittigen Outfit wäre ich wahrscheinlich auch ein paar Meter schneller unterwegs. Außerdem ist seine Rückenansicht nicht gerade von schlechten Eltern, was mich dazu anspornt, ein bisschen schneller in die Pedale zu treten. Aber selbst der erotischste Hintern kann meine Stimmung nicht wirklich verbessern.

Jetzt zieht eine Mutter mit ihrem Tchibo-Bike und ihren drei kleinen Kindern an mir vorbei. O Gott. Kann es schlimmer kommen?

Diese Frage darf man anscheinend niemals stellen. Als Nächstes werde ich von einem Rentner überholt. Aber ich glaube, sein Rad hat einen dieser kleinen Hilfsmotoren!

Zu guter Letzt radelt ein korpulenter Manager in Anzug und flatternder Krawatte an mir vorbei, nicht ohne vorher hektisch geklingelt zu haben, damit ich auch ja aus seiner Bahn verschwinde. Wahrscheinlich holt der vom Büroparkplatz aus Schwung, der bis zur Haustür reichen muss.

Okay. Ich bin konditionell nicht ganz fit, aber was mich wirklich wahnsinnig macht, ist Nathans sinnloses Hin- und Herschwenken vor meinem Vorderreifen, gepaart mit seiner permanenten guten Laune.

»Hallo, Süße. Na, gefällt es dir?«

Ein kleiner Schwenk nach rechts.

»Hier bin ich.«

Ein Schwenk nach links.

»Ach Süße. Du sagst ja gar nichts.«

Nach rechts.

»Guck mal. Hier unten an meinem Fahrrad habe ich mir extra einen Halter für meinen Energiedrink einbauen lassen.«

Nach links.

»Und das hier ist …«

»… Nathan. Halt die Klappe!«

36 grüne Ampeln später stecke ich völlig erschöpft den Schlüssel in die Haustür und schleppe mich neben Nathan die Treppen hoch.

»Ich hoffe, es hat dir heute gefallen, Jil!«

»Mmm.«

»Ich meine, weil du die letzten zwei Stunden nichts mehr gesagt hast. Ich konnte ja nicht ahnen, dass dir eine Radtour keinen Spaß machen würde.«

Ich leider auch nicht. Aber dieses Unwissen ist auf Lebzeiten behoben.

»Normalerweise hole ich meine Freundinnen immer mit dem Porsche ab und fahre mit ihnen in die Bayerische Staatsoper. Oder ich gehe mit ihnen zu Tiffany's, damit sie mir da ein Kettchen oder Armbändchen zeigen, das sie gerne hätten …«

PORSCHE, STAATSOPER, TIFFANY'S! Also, alte Gewohnheiten sollte man nicht grundlos aufgeben.

»… aber für dich empfinde ich anders als für die anderen. Jil, du bist die erste Frau, mit der ich mir eine gemeinsame Zukunft vorstellen kann. Und darum wollte ich mit dir nichts machen, was ich mit den anderen Frauen vor dir auch schon gemacht habe. Wahre Gefühle haben nämlich nichts mit Geld zu tun.«

Hmmm. Gut! Das ist besser als PORSCHE, STAATSOPER und TIFFANY'S zusammen. Ich drehe mich zu Nathan und gebe ihm einen Kuss auf seinen Schmollmund. Er nimmt mich in seine Arme und drückt mich sanft an seine Brust. Ich schließe für einen Moment die Augen und genieße es, Nathans Körper an meinem zu spüren.

Doch als ich meine Augen wieder aufschlage, steht Mark plötzlich vor mir! Hektisch und mit etwas Mühe löse ich mich aus der Umarmung und schaue irritiert zu Mark und zu Nathan und zu Mark und …

»Ich bin Mark. Ein Nachbar von Jil und Luisa.«

Ein Nachbar? Ich bin von Freundin auf Nachbarin zurückgestuft? Hier muss es sich doch wohl um ein Quiproquo handeln!

»Hallo. Es freut mich, dich kennen zu lernen. Ich bin Nathan. Jils Zukünftiger.«

ZUKÜNFTIGER? Mir gefrieren die lebensnotwendigen Elemente meines Körpers bei diesem Ausspruch aus Nathans Mund. Und Mark scheint ebenfalls gerade in der Antarktis zu stehen.

»Häm, ich meine natürlich in spe.«

Mark und ich ringen uns ein gequältes Lachen ab, das mehr der Erleichterung als dem Witz von Nathan gilt.

»Ich wollte Luisa und dich eigentlich nur zu meiner Praxiseröffnung nächste Woche einladen. Du bist natürlich auch herzlich eingeladen, Nathan.«

»Du eröffnest nächste Woche deine eigene Arztpraxis?« Ich bin schockiert. Wie konnte mir das entgehen? Meine Agnosie nimmt anscheinend langsam bedenkliche Züge an!

»Das mit der Praxis hat sich spontan ergeben.«

»Oh! Da bist du ja ein glücklicher Mann. Na dann. Bis nächste Woche«, verabschiedet sich Nathan und nimmt mich bei der Hand.

Doch bevor Nathan und ich die letzten Stufen zu meiner Wohnung hinaufgehen, höre ich noch Mark, wie er leise vor sich hin sagt: »Der glückliche Mann bist du!«

Verwirrt betrete ich mit Nathan die Wohnung und versuche, meine Gedanken zu ordnen. Im nächsten Moment trifft mich der Schlag. Ich kann meinen Augen kaum glauben und blicke ungläubig in mein Wohnzimmer, wo mich das Abbild des Schreckens anscheinend schon etwas länger erwartet. Herr Besörski sitzt mit grimmiger Miene und Schweißperlen im Gesicht auf MEINER Couch in MEINEM Wohnzimmer.

»Da sind Sie ja. Wissen Sie, ich habe hier nicht ewig Zeit. Mein Gott, Sie tragen diese schrecklichen Röcke ja auch in Ihrer Freizeit.«

»Herr Besörski. Was machen Sie hier?«

»Tja, Folgendes. Ich weiß, dass ich Sie gefeuert habe. Das war wohl etwas überstürzt. Ich brauche Sie wieder.«

»Du bist gefeuert?«, fragt Nathan.

»Sie brauchen mich wieder?«, frage ich.

»So wie es aussieht, will der Vorstand wohl nicht auf Sie verzichten.«

»Tja, was soll ich sagen. Ich bin mir nicht sicher, ob ich wieder für Sie arbeiten möchte. Was meinen Sie, wie viele Angebote ich allein heute schon bekommen habe!« Mein Gott, was rede ich denn da?

»Ach ja. Ich bin mächtiger, als Sie denken, und geradezu ein Meinungsmagnat in der PR-Branche. Ich könnte Ihre berufliche Karriere allein damit beenden, indem ich herumerzählen würde, dass Sie meine Büroklammern geklaut hätten.«

»Das ist lächerlich, und Sie machen sich juristisch strafbar«, sagt Nathan.

»Wer sind Sie denn? Frau Schöneberg, Sie sollten dringend Ihren Umgang ändern«, sagt Herr Besörski.

»Ja, Jil. Du solltest dringend deinen Umgang ändern«, sagt Nathan.

»Sie bekommen das doppelte Gehalt, behalten Ihren Praktikanten und dürfen auf meinem Parkplatz parken, wenn ich beim Golfen bin. Kommen Sie morgen um acht Uhr in mein Büro«, sagt Herr Besörski.

»Nein. Ich habe der Dame soeben ein anderes Angebot gemacht. Finanzielle Absicherung, Kündigungsschutz, langfristige Sicherheit«, sagt Nathan. Er nimmt meine Hand. »Jil, ich versichere dir meine Loyalität. Du brauchst nur Ja zu sagen.«

Zerknirscht sehe ich zu Nathan und zu Herrn Besörski und zurück. Nie mehr wieder morgens vom Chef beleidigt werden, nie mehr wieder von den eigenen Kollegen ausgelacht werden, nie mehr wieder nörgelnde Kunden, nie mehr wieder Büroklammern klauen. Moment. Ich klaue gar keine Büroklammern. Stattdessen erwartet mich die absolute Loyalität eines Traummannes.

Hmmm.

»Herr Besörski. Wir sehen uns morgen um acht.«

*Gelernte Wörter: abandonnieren = auf Rechte verzichten;*
*Quiproquo = Personenverwechslung;*
*Agnosie = Unwissenheit.*

# 10

# SCHWIEGERMÜTTER UND ANDERE PHÄNOMENE

*Herr Schnüttge.«*

*»Frau Schöneberg.«*

*»Wie gefällt Ihnen eigentlich mein neuer Rock?«*

*»Tja, wissen Sie, ich bewundere immer wieder Ihren ausgeprägten Mut zur Individualität!«*

*»Verstehe.«*

Es sind manchmal nur fünf unbedeutende, kleine Worte, die dich in bedeutende, große Schwierigkeiten bringen können. Das sind Sätze wie:

»Aber wir können Freunde bleiben.«

»Nein, die Gucci-Schuhe sind ausverkauft.«

»Herzlichen Glückwunsch, Sie bekommen Vierlinge.«

»Ihre Kleidergröße führen wir nicht.«

Und der schlimmste aller Fünf-unbedeutende-kleine-Worte-Sätze:

»Mutter möchte dich kennen lernen.«

Es waren genau diese Worte, denen ich jetzt den Umstand verdanke, dass ich mich nervös an meine Handtasche klammere, während Nathan jede rote Ampel dafür nutzt, um seine Hände um das Lederlenkrad zu krallen und kritisch an mir hoch- und runterzugucken, wie bei einem Suchbild, auf dem zehn Fehler versteckt sind. Ach, vielleicht sollte ich noch erwähnen, dass wir hier gerade in einem VW Golf sitzen, da die Spritpreise für den Porsche im Moment einfach reine Geldverschwendung wären. Wie gut, dass ich zu den Menschen gehöre, die jedwede Geldverschwendung auf den Tod nicht ausstehen können.

»Musstest du diesen Fetzen anziehen? Du siehst ja aus wie ein Papagei, der in einen Tornado gekommen ist.«

»Zu deiner Information. Dies ist ein echtes Roberto-Cavalli-Hemdblusenkleid in Zitronengelb, Erdbeerrot und Ozeanblau. Dafür muss man ein Vermögen hinlegen.«

»Warum denkt ihr Frauen immer, dass alles irgendwie seine Berechtigung hat, wenn es nur teuer ist? Und denke mal nicht, dass ich dir diesen teuren Quatsch jemals finanzieren werde.«

»Das ist das Dämlichste, was du je gesagt hast!«

»So? Dann warte erst mal ab, was ich zu deinen Schuhen zu sagen habe.«

»Also, das ist doch nicht zu fassen. Was stimmt denn mit meinen Schuhen nicht? Könntest du Reklamationen bitte demnächst vorher schriftlich einreichen. Warum muss das ausgerechnet sein, wenn wir auf dem Weg zu deiner Mutter sind?« Ich bin gekränkt. Wenn heterosexuelle Männer mir etwas von Mode erklären wollen, bin ich stets äußerst obstinat!

»Mmm.«

»Hast du etwa Angst, ich könnte ihr nicht gefallen?« Auf einmal befallen mich Zweifel, ob Zitronengelb und Ozeanblau wirklich geeignet sind, um Schwiegermütter zu beeindrucken.

»Jil, du musst wissen, meine Mutter ist eine sehr anspruchsvolle Frau. Und ich meine damit keinesfalls finanzielle Angelegenheiten. Als mein Vater vor sechs Jahren starb, hinterließ er meiner Mutter das gesamte Familienvermögen.«

»Das Familienvermögen?« Was für ein wunderschönes Wort aus Nathans Mund.

»Mein Urgroßvater war Winzer und stellte in kleinen Mengen Wein her. Nach zwei Generationen wurde daraus ein kleines Imperium. Meine Mutter hat die Firma Gewinn bringend verkauft und mir das ganze Geld gegeben.«

»Sie hat dir das ganze Vermögen vermacht? Und wovon lebt sie?«

»Mutter hat ein kleines Haus am Isarufer gekauft und wohnt dort mit ihren ehemaligen Schulfreundinnen. Sie hat sich eine bescheidene Rente eingeräumt, aber das ist nicht mal ein Bruchteil des Erbes meines Vaters.«

Mein Gott, ich bin beeindruckt. Jetzt bin ich noch nervöser als vorher. Bereite mich auf die imminente Reinkarnation von Mutter Teresa vor. Aber das, was mir wenig später aus dem romantisch gewachsenen Vorgarten eines kleinen zimtfarben gestrichenen Altbaus am Isarufer entgegenkommt, ist alles andere als eine alte, heilige Frau.

»Nathan! Schön, dass du da bist. Und du musst Jil sein. Hallo, ich bin Hella. Dieses Hemdblusenkleid ist ja wirklich der Wahnsinn. Ist das nicht von Roberto Cavalli?«

Von diesem Moment an hatte ich Hella in mein Herz geschlossen. Wir tranken vier Stunden lang grünen Tee am Flussufer und steckten dabei unsere Zehen in das vorbeifließende, kühle Wasser. Abends erklärte mir Hella in einem kleinen Bistro in der Innenstadt, wie man Himbeerclafoutis selbst macht, wo es den besten Hairconditioner gibt, welchen neuen Kinofilm ich unbedingt sehen muss und warum das Leben ohne Männer so viel leichter ist. Hella lebt mit ihren drei alten Schulfreundinnen zusammen, die entweder ihren Ehemann oder eine Scheidung überlebt haben. Sie zeigte mir keine peinlichen Nacktfotos aus Nathans Kinderalbum, und sie fragte mich auch nicht nach meinem Job oder nach dem Einkommen meiner Eltern. Hella ist die Mutter, die dir abends eine heiße Schokolade macht, wenn du Kummer hast, aber spätestens am nächsten Morgen Champagner kauft, um mit dir auf einen Neuanfang anzustoßen.

Als ich mich lange nach Sonnenuntergang in den Autositz kuschle, beginne ich, über die Geschehnisse dieses Tages nachzudenken. Mal sehen. Die letzten Stunden bringen mich zu drei Erkenntnissen.

Erstens sind Zitronengelb und Ozeanblau sehr wohl geeignet, um Schwiegermütter zu beeindrucken. Ich musste Hella unter Schwur auf Roberto Cavalli versprechen, dass ich ihr das Kleid nächste Woche für eine Vernissage ausleihe.

Zweitens darf ich niemals mit meinen Freunden und Nathan zusammen essen gehen, da Luisa, Mark, Sarah und ich uns die Rechnung einfach immer durch vier teilen oder derjenige von uns die Rechnung bezahlt, der gerade einen Job hat. Als ich jedoch vorhin mit Hella und Nathan essen war und zur Güte vorschlug, die Rechnung zu übernehmen oder durch drei zu teilen, empörte sich mein Freund nur und meinte, er hätte ja nur einen Gurkensalat gehabt.

Und drittens beschleicht mich schon den ganzen Tag der schier unglaubliche Gedanke, dass Nathan mich vielleicht nur liebt, weil ich seiner Mutter so ähnlich bin. Ich schrecke vom Sitz hoch und schaue zu Nathan rüber, der gerade damit beschäftigt ist, seine verböten Haare im Innenspiegel zu begradigen. Was ist, wenn ich Recht habe und dies der wahre Grund ist, warum Hella mir von Anfang an sympathisch war und warum sie über meinen sonst eher missverstandenen Humor lachen konnte. Als ich ihr erklärte, warum ich niemals Secondhand-Handtaschen kaufen würde, hatte sie vollstes Verständnis.

Hmmm?

Soll das bedeuten, dass Nathan sich nicht in mich verliebt hat, sondern nur in die jüngere Ausgabe seiner Mutter? Herrje. Und das, wo doch jeder weiß, dass die Fälschung nie so gut sein kann wie das Original. Einige tief greifende Überlegungen später setzt mich Nathan vor meiner Wohnung ab. Ich bin mittlerweile absolut von dem Gedanken ergriffen, dass da eine Stringenz zwischen Hella und mir besteht. Hmmm. Da hilft alles nichts. Ich muss mir ein Taxi bestellen.

»Hallo, Luisa!«

»Jil?«

»Einmal nach Hause, bitte.«

»Wir stehen direkt vor unserer Wohnung.«

»Ich weiß. Und trotzdem brauche ich ganz dringend ein Taxi. Lass uns doch über die Schweiz nach Hause fahren.«

»Puppe, was ist passiert?«

»Ich habe Hella kennen gelernt!«

»Tja, und wie ist sie so?«

»Ganz bezaubernd. Aber ich habe die dringende Vermutung, dass Nathan mit mir zusammen ist, weil ich ihr wirklich sehr ähnlich bin.«

»Und?«

»Ja, weißt du, ich bin ihr zwar ähnlich, aber bei weitem nicht so perfekt wie sie. Einen Vergleich werde ich über kurz oder lang nicht bestehen! Weißt du, sie kennt die Geheimnisse von Himbeerclafoutis – ich kenne die Nummer vom Pizzaservice. Sie spricht fünf Sprachen – ich verstehe nicht mal mich selbst. Sie lebt für die Bescheidenheit – ich sterbe für Luxus. Sie glaubt, dass das Leben ohne Männer sehr viel leichter ist – ich glaube, dass das Leben ohne Männer …«

»… sehr viel leichter ist!«

»Hä?«

»Du suchst dir gerade haltlose Gründe, um deine Beziehung mit Nathan infrage zu stellen, weil du dir nicht sicher bist, ob er wirklich der Mann ist, für den es sich lohnt, das Singleleben aufzugeben. Und weil Mark dich in letzter Zeit in einer Art ansieht, wie es nur Verrückte oder Verliebte tun.«

»Ich stelle nichts infrage, und ich will auch mein Singleleben nicht zurück, und mit Mark hat das nun wirklich überhaupt nichts zu tun. Das ist die Wahrheit!«

»Ach Puppe, wenn du meinst. Aber die Wahrheit hat meist wenig mit der Realität gemein.«

»Nur dass du es weißt, ich werde mir nicht mal die Mühe machen, mir über diese weisen Worte Gedanken zu machen.«

»Du bist doch schon dabei. Ach, du musst mir für nächste Woche dringend dein Dirndl von Loden-Frey leihen.«

»Du in einem Dirndl? Da kann doch nur wieder irgendein Job dahinterstecken.«

*Gelernte Wörter: obstinat = unbelehrbar;*
*imminent = nahe bevorstehend;*
*Stringenz = schlüssiger Zusammenhang.*

# 11

## BLICK IN DIE VERGANGENHEIT
## ODER
## IN DIE ZUKUNFT?

*»Herr Schnüttge.«*

*»Frau Schöneberg.«*

*»Wie definiert der Psychologe die Liebe?«*

*»Da ich nicht denke, dass Sie an einer biochemischen Erklärung über die Vorgänge im menschlichen Körper interessiert sind, werde ich es Ihnen mit einem Bild erklären. Die Liebe ist im Grunde wie Aufzug fahren. Mal fahren Sie allein und warten darauf, dass jemand zusteigt. Mal stürmen Sie übereilt hinaus. Mal fährt man in schwindelnde Höhe, wobei ein möglicher Absturz mit jedem Stockwerk gesundheitsgefährdender wird. Manchmal steigt man vor dem letzten Stockwerk aus. Manchmal war man schon ganz oben, aber der Aufzug fährt an irgendeinem Punkt ohne Zwischenstopp bis in den Keller. Aufzug fahren ist immer ein Risiko. Aber wer niemals einsteigt oder ihn vorzeitig verlässt, hat in jedem Fall verloren.«*

*»Hmmm. Das heißt also, wenn man die Liebe sucht, dann sollte man niemals und unter keinen Umständen die Treppe benutzen, wenn es einen Aufzug gibt?«*

*»Das ist vollkommen richtig!«*

*»Verstehe.«*

Zwei Stunden später laufe ich die Treppen zu Marks neuer Praxis hinauf, um ihm bei letzten Vorbereitungen für die Eröffnung zu helfen.

»Kannst du mal bitte im Untersuchungszimmer gucken, in welchem Karton die Sektgläser sind?« Mark beugt sich zu mir herüber und wischt sich den Schweiß von der Stirn.

»Ja, klar. Ich hätte nicht gedacht, dass man eine Praxis so schnell einrichten kann.«

»Na, von schnell kann wohl keine Rede sein. Ich arbeite jetzt schon seit einer Woche Tag und Nacht, um bis zur Eröffnung morgen alles fertig zu haben. Wenn du heute Abend nicht noch vorbeigekommen wärst, hätte ich es aber wahrscheinlich nicht rechtzeitig geschafft. Danke für deine Hilfe, Jil.«

»Was tut man nicht alles für einen guten Freund.«

Mark senkt den Blick.

»Ich glaube, wir sind fertig.« Erschöpft rutscht er auf den frisch verlegten Boden und lehnt sich mit dem Rücken an die Heizung.

»Komm her, Jil. Wenn du hier sitzt, kannst du durch das Dachfenster die Sterne sehen.«

»Das ist ja unglaublich.« Und damit meine ich nicht den Sternenhimmel, sondern viel mehr meinen rasend schnellen Puls, seit ich neben Mark auf dem Boden sitze. Was für eine eigenartige Faktizität! Was ist denn bloß los mit mir? Ich fühle mich auf einmal wie auf einem Flug mit bisher unbekanntem Reiseziel.

»Wie geht es eigentlich Nathan?« Aha, ja genau. Nathan. Mein Ticket in die Realität!

»Tja, wie soll es ihm gehen. Ich denke, es ist alles in Ordnung.« Könntest du bitte aufhören, mich so anzusehen!

»Du solltest das lieber lassen.«

»Ich verstehe nicht?«

»Ich meine, du solltest das mit Nathan lieber lassen. Ich finde, ihr passt nicht zusammen.«

»Aber Mark, du kennst Nathan doch gar nicht.«

»Doch. Ich habe ihn doch mit dir mal im Flur getroffen.«

»Da habt ihr keine drei Sätze gesprochen.«

»Aber ich hatte ein unwohles Gefühl.«

»Was ist das? Männliche Intuition?«

»Nein.« Mark blickt für einen Moment in den Sternenhimmel und wieder zurück zu mir.

»Das ist Liebe!«

Oje. Mein Herz schmilzt wie eine Tafel Schokolade im Hochsommer in einem Cabriolet, und ich versuche, meinen schnellen Puls zu bremsen.

»Ich denke, du passt nicht zu Nathan, weil mein Herz mir sagt, dass du zu mir gehörst.«

Ich gehöre also zu Mark? Tja, was soll ich machen, ich liebe Besitz ergreifende Männer. Ich schließe meine Augen und höre intensiv meinem Herzen zu. Küss ihn, küss ihn.

Küss ihn. Küss ihn.

Klappe!

Ich gehöre zu Nathan. Ich liebe Nathan.

Es wird zu keinem Rezidiv mit Mark kommen.

»Mark. Manchmal spielt einem das eigene Herz einen Streich.«

»Meinst du damit mein Herz oder deines?«

Wenn ich das nur wüsste! Aber die Gnostik ist für mich anscheinend wie ein geschlossenes Buch!

Einige Sternschnuppen später begleitet mich Mark zu meiner Wohnung, um mich dann wie immer ungeküsst vor der Tür stehen zu lassen. Er hat das Richtige getan und sich wie ein Gentleman verhalten. Aber warum tun Männer immer nur dann das Richtige, wenn sie lieber das Falsche tun sollten? Das ist wie mit Exfreunden, die dich nach der Trennung fragen, wie es dir geht und ob du das auch alles gut verkraftest. Das braucht nun wirklich kein Mensch. Da hat kalter, koffeinfreier Kaffee mehr Daseinsberechtigung. Warum weiß man in der Liebe manchmal einfach nicht, was man will? Und wieso möchte man die Dinge immer dann am meisten, wenn sie unerreichbar scheinen? Ich meine, ist es wirklich die Liebe, die uns in einem solchen Moment antreibt, oder stellt der Reiz des Unerreichbaren die weitaus größere Versuchung dar?

Meine Güte, ich muss mir dringend mal wieder ein paar Frauenzeitschriften kaufen!

*Gelernte Wörter: Faktizität = Gegebenheit;*
*Rezidiv = Rückfall;*
*Gnostik = Lehre von göttlichen Geheimnissen.*

12

# DAS SCHÖNSTE IM LEBEN IST SHOPPING!

*Herr Schnüttge.«*

*»Frau Schöneberg.«*

*»Glauben Sie eigentlich an das große Glück? Ich meine, gibt es so etwas wie Glück überhaupt, oder ist das nur ein durch Illusionen herbeigeführter Geisteszustand? Und wenn es das Glück gibt, kann es dann passieren, dass man einfach unbemerkt daran vorbeiläuft?«*

*»Frau Schöneberg, ich denke, Sie gehören zu den Menschen, die sich eindeutig zu oft Gedanken über ihre Gedanken machen. Sie sollten diese Tätigkeit dringlichst auf ein Minimum reduzieren.«*

*»Verstehe.«*

Ich schlurfe im Frotteebademantel und mit einem Cappuccino in der Hand durch die langsam heller werdende Wohnung. Es ist erst fünf Uhr, aber ich kann meinen Körper nicht mehr von ein, zwei weiteren Stunden Schlaf überzeugen. Also beschließe ich, die Zeit sinnvoll zu nutzen, wenn ich schon mal so früh wach bin. Ich könnte im Park joggen gehen. – Nein, bin noch viel zu müde. Oder die Wohnung sauber machen. Hmmm? – Ich glaube, das macht zu viel Krach. Soll ich die PR-Strategie für *Softilette* weiter ausarbeiten? –

Ich denke nicht. Ich gehöre zu den Menschen, die morgens noch zu unkreativ sind. Mittags und abends aber leider auch.

Wie wäre es mit der Kleiderzusammenstellung für Marks Praxiseröffnung heute Abend? – Eine sehr gute Idee! Das ist eine wichtige und zeitintensive Sache, die sorgfältig erledigt werden muss!

Nach 36 auf dem Boden verteilten Outfits steht das Urteil fest. Ich brauche unbedingt einen neuen Hosenanzug! Am besten in Schneeweiß.

Und vielleicht ein kleines Glitzertop darunter.

Und neue Schuhe.

Mittlerweile haben wir zehn Uhr. Ich streife mir eine Blue Jeans und ein weißes T-Shirt über, knote meine Haare zu einem Zopf zusammen, lege Mascara, Puder und Lipgloss auf und schnappe mir meine Kreditkarte.

In Bezug auf konsumhaltige Aktivitäten braucht Frau wirklich nur drei Wörter zu kennen:

AGGREGIEREN – KAPRIZIEREN – HABITUALISIEREN!

Zudem ist das Shoppengehen eine sehr homogene Sache, die immer wieder nach dem gleichen Schema abläuft. Das ist wie Kaffee kochen oder Haare waschen. Der Prozess ist immer derselbe, das Ziel ist vorher bekannt und das ständige Wiederholen dieses Prozesses eine Notwendigkeit!

1. Durch die Geschäfte schlendern, mit geschärftem Blick für den Shoppingauftrag.
2. Kleine Zeitverzögerung durch Ablenkung, provoziert von einer flachen, mit Strass bestickten Samthandtasche.

3. Große Zeitverzögerung durch Ablenkung, provoziert von echten Jimmy-Choo-Highheels zum Deflationspreis.
4. Kleidungsstück gefunden, das sich mit Shoppingauftrag deckt.
5. In der Kabine Klamotten von sich streifen und beim Blick in den Spiegel über eine Ananasdiät nachdenken.
6. In den neuen Modefummel schlüpfen.
7. Kritischer Blick in den Spiegel.
8. Kopf schief legen.
9. So lange am Kleidungsstück zuppeln, bis es perfekt sitzt.
10. Über die Schulter gucken, um Rückenansicht zu überprüfen.
11. Schnell wieder weggucken, weil da der Hintern ist.
12. Auf Zehenspitzen stellen.
13. Einmal in Kreis drehen.
14. Seufzen.
15. Kleine Unebenheit wie Fädchen oder Fleck genauer betrachten, ohne messbaren Einfluss auf Kaufentscheidung.
16. Weitere Spiegel im Geschäft suchen, um sich besser betrachten zu können.
17. Stoff am Körper immer wieder glatt streichen.
18. Mit der Hand am Kinn zupfen und nachdenken.
19. Seufzen.
20. Fragestellung durcharbeiten: Welche Tasche, welche Schuhe, welcher Anlass und welcher Mann passen zum Kleidungsstück.
21. Realitätsverlust: Ich sehe in dem neuen Fummel aus wie Nadja Auermann.
22. Wieder in die eigenen, in den letzten 20 Minuten erstaunlich altmodisch gewordenen Kleider schlüpfen.

23. Unkontrolliertes Schlendern durch das Geschäft, dabei die modische Beute fest an sich pressen.
24. Schwache Erinnerungen an den letzten Kontoauszug.
25. Das Stück der Begierde in einem Anflug von Vernunft und Selbstkontrolle zurückhängen.
26. Das Geschäft mit gutem Gewissen verlassen.
27. Nach sieben Schritten panisch zurückrennen.
28. Kleidungsstück kaufen.

*Gelernte Wörter: aggregieren = anhäufen; kaprizieren = eigensinnig auf etwas bestehen; habitualisieren = zur Gewohnheit machen.*

# 13

## WIE VIELE MÄNNER VERTRÄGT EINE FRAU?

*Herr Schnüttge.«*

*»Frau Schöneberg.«*

*»Sind Sie eigentlich auch im therapeutischen Bereich für unkontrollierte Mode- und Konsumabhängigkeit ausgebildet?«*

*»Auf diesem Gebiet bin ich leider eher inkompetent.«*

*»Verstehe.«*

»Herzlichen Glückwunsch zur ersten eigenen Praxis, Herr Doktor.«

»Danke, Jil. Komm rein. Du siehst fantastisch aus.«

Was für ein Trost in Anbetracht der Tatsache, dass mich dieser brandneue, schneeweiße Strenesse-Hosenanzug ein halbes Monatsgehalt gekostet hat und die Umtauschchancen, nachdem ich den Ärmel aus Versehen durch Erdbeermarmelade gezogen habe, stark gegen null tendieren.

»Ich bin sehr stolz auf dich, Mark.«

Marks Augen funkeln wie Sonnenstrahlen. Liebevoll nimmt er mich in den Arm. Sein Duft berauscht mich sofort. Unwillkürlich steigen meschante Gedanken in mir auf.

»So, da bin ich. Hallo Mark, hallo Süße. Ich hoffe, ich bin nicht zu spät?«

»Was? Nein! Nathan, du kommst genau richtig.« Ich löse mich aus Marks Umarmung. Unsere Blicke treffen sich. Seine Augen flehen mich an, und seine Lippen formen die Worte *»Du gehörst zu mir!«*.

Meine Finger kribbeln, und meine Wangen glühen. Verdammt, was passiert hier nur? Mein Gott, ist das heiß hier drin. Nathan zwinkert mir zu und drückt mir einen Kuss auf die Stirn, während ich für eine Substituierung der Herzen plädiere.

Wie war das noch? Flucht ist die beste Verteidigung, oder Angriff ist die beste Flucht? Wie auch immer.

Ich flüchte.

»Lass uns reingehen. Dann stelle ich dir meinen Bruder vor.« Ich ergreife Nathans Hand und schlängele mich mit ihm durch die vielen potenziellen Patienten von morgen bis in die Praxisküche.

Tanguy lehnt am Kühlschrank und brüllt mit den Händen wild gestikulierend irgendwelche konfusen Dinge vor sich hin. Ich kann mir ein Lachen nicht verkneifen. Ich finde diese komischen Headsets für Mobiltelefone einfach nur albern. Ich weiß schon, das ist etwas für Menschen, die beide Hände voll zu tun haben. Aber es gibt Dinge, da gilt einfach *function follows form*.

»Ja, Honolulu … ich weiß … es ist mir aber egal … dann soll er sein Cocktailschirmchen wieder abgeben und gegen seinen Laptop tauschen … NEIN … wie lange arbeiten Sie schon für … das ist doch einfach nicht zu glauben …«

»Hi, Tanguy.«

»NICHT JETZT!«

»Ich wollte dir nur meinen Freund vorstellen.«

»Jil, halt bitte die Klappe! Du siehst doch … ich bin … äh was! … nein, per Fax … bis um sechs Uhr? … Leute, wir machen hier Krisen-PR und nicht Kindergarten-PR … das ist doch … das kommt nicht infrage! … Moment mal, hast du gerade Freund gesagt?«

»Ja, das ist Nathan. Er ist Jurist.«

»Ich glaub's nicht. Meine kleine Schwester hat einen Freund.« Tanguy nimmt sein Headset aus dem Ohr und betrachtet Nathan wie Frauen eine Parklücke: ungläubig und ablehnend.

Was für ein dämlicher Tentakulit!

Einige Gläser Champagner später widmet sich Nathan seiner Arbeit, Mark seinem ersten Patienten und Tanguy der Suche nach seinem Handy-Ladegerät, während ich mich meinen eigenen Prinzipien trotzend ins Münchner Hofbräuhaus begebe!

Als ich unter wehenden bayerischen Fahnen einen ersten vorsichtigen Schritt zwischen schunkelnde Japaner, klirrende Bierkrüge, furchtbar volkstümliche Musik und dampfende Schweinehaxen wage, fällt mir wieder ein, warum ich in diesem Leben noch nie freiwillig hier war. Während ich mich an den langen Biertischen und Bänken vorbeischlängele, bis ich den Ausschank erreiche, laufe ich vier Touristengruppen ins Bild, entfliehe einer aufdringlichen Lederhose und frage mich, was aufgeschmalzte Brotsuppe eigentlich ist. Endlich sehe ich Luisa, wie sie sechs Maß Bier mit einem grimmigen Lächeln an begeisterte Touristen verteilt.

»Das Dirndl steht dir aber ausgezeichnet!«

»Jil, keine Witze deswegen!«

»Wie geht es dir?«

»Schlecht wäre eindeutig übertrieben!«

»Kann ich dir vielleicht irgendwie helfen?«

»Ja. Sag mir eine Krankheit, und ich bekomme umgehend die Symptome.«

»Wieso lässt du mich die Miete nicht erst mal alleine zahlen. Du kannst es mir doch zurückgeben.«

»Du weißt, dass ich darüber nicht diskutiere. Wie war die Praxiseröffnung?«

»Ganz gut. Sag mal, Luisa. Wenn man sich zwischen zwei Sachen nicht entscheiden kann, wie bekommt man dann heraus, welche von beiden man wirklich will?«

»Wenn man sich nicht entscheiden kann, möchte man beide nicht wirklich.«

»Gibt es da noch eine andere Erklärung?«

»Nee. Das gilt eigentlich in fast allen Fällen. Es sei denn, bei der Sache handelt es sich um Männer. Aber weißt du, Puppe, sich über die Liebe den Kopf zu zerbrechen ist die häufigste und unrentabelste Zeitverschwendung der Welt.«

*Gelernte Wörter: meschant = ungezogen;*
*Substituierung = Austausch;*
*Tentakulit = fossile Flügelschnecke.*

## 14

## WARUM EIN JIMMY-CHOO-PUMPS BESSER IST ALS JEDER PR-GAG

*Herr Schnüttge.«*

*»Frau Schöneberg.«*

*»Glauben Sie eigentlich, dass ich stabil genug für ein Doppelleben wäre?«*

*»Nein!«*

*»Verstehe.«*

Montagmorgen. Worin liegt eigentlich der Sinn von Montagmorgen? Es kann unmöglich mal so angedacht worden sein, dass der Sinn von Montagmorgen darin liegt, dass man durch den Übereifer seines Praktikanten ein schlechtes Gewissen bekommt und von der schlechten Laune seines Chefs überschwemmt wird. Ich finde, man sollte ein extra Montagmorgen-Gehalt einführen. So ähnlich wie Schmerzensgeld oder einen Bonus für besondere Leistungen.

Ich sitze gelangweilt im Büro und bin gerade damit beschäftigt, das obere Ende eines Milchbrötchens in meinem Latte macchiato zu versenken, als Herr Besörski hereingeschneit kommt und ein Aufsehen macht, als würde die gesamte erste Etage in meterhohen Flammen stehen. Sein Hals ist auf die Größe einer Wassermelone angeschwollen und fast dicker als sein Kopf. Ich befürchte, er wird gleich explodieren und mit seinen Überresten mein Nadelstreifenkostüm vor dem Umtausch bewahren.

»Frau Schöneberg, warum arbeiten Sie nicht?«

»Weil ich Sie nicht kommen gesehen habe«, grummele ich vor mich hin.

»Was?«

»Ich befinde mich gerade in einer kreativen Phase.«

»Aha, verstehe. Ich wollte Ihnen nur sagen, dass Ihre heutige Präsentation des PR-Events für *Softilette* in den Firmengebäuden von FußBett stattfindet. Nehmen Sie Ihren Praktikanten mit. Herr Schrammbaum leistet wirklich prima Arbeit.«

»Selbstverständlich, Herr Besörski.«

»Und besorgen Sie sich die Absatzzahlen der Firma FußBett von Frau Berger.«

»Selbstverständlich.«

»Moment mal. Wo ist Herr Schrammbaum eigentlich? Ich sehe ihn nicht.«

»Sie sehen ihn nicht. Aha! Dann wird er wohl nicht hier sein.«

»Das seh ich selbst!«

»Klar. Wir sind ja nicht meschugge.«

»Na, na. Nun sprechen Sie mal lieber nur für sich. Wissen Sie, wir beide haben so viel gemeinsam wie mein Platingolfausweis mit Ihrer Minigolfabrisskarte. Wo steckt denn nun Ihr Praktikant?«

»Ich habe Herrn Schrammbaum mit einer firmenexternen Recherche beauftragt.« (Firmenextern = privat. Recherche = Shopping. Auftrag = Designerhandy zum Fast-geschenkt-Preis.)

»So, so. Verstehe. Na dann.«

Herr Besörski rauscht nicht ohne Grummeln auf den Lippen aus dem Büro.

Vinzenz rauscht ins Büro. Mit einem Lächeln auf den Lippen. Und neuem Designerhandy am Ohr.

Dazwischen lag eine Stunde voller Erholung. Habe ein Louis-Vuitton-Reisegepäckset bei Ebay ersteigert, und die Präsentation von *Softilette* liegt frisch ausgedruckt auf meinem Schreibtisch. Kurzfristige Gedankensplitter versuchten mir zu sagen, ich solle die Power-Point-Präsentation noch einmal durchgehen, aber ich bin der Meinung, wer proben muss, kann eh nichts! Das halbe Leben besteht aus Improvisation und Entertainment, und im Business ist es weit mehr als die Hälfte. Wie beschrieb es einst schon John Lennon: *»Life is what happens while you are making other plans!«*

Vinzenz schaut mich an: »Ach Jil, der Chef meinte, es wäre ein prima PR-Gag, wenn du die Softiletten bei der Präsentation heute auch selbst tragen würdest. Er sprach von einem *»Ad oculus«*-Effekt und dass er auf das Adjustieren seiner Mitarbeiter in Zukunft noch mehr Wert legen möchte.«

»WAS?«

»Ich finde die Idee ja auch etwas komisch, aber der Chef besteht darauf.«

Ich kann's nicht glauben. Ich dachte, es wäre ein Einzelfall gewesen, als mir Pamela auf die Frage nach den Absatzzahlen antwortete: »Aber Frau Schöneberg, die Schuhe haben doch gar keinen Absatz.« Aber die Anwandlungen meines Chefs scheinen meine These zu bestätigen, dass unter dem Firmengebäude vor Jahren irgendwelche giftigen Chemikalien vergraben worden sein müssen, die nun langsam den Verstand der Mitarbeiter vernebeln. Was auch meine Schläfrigkeit im Büro, meine exzessiven Shoppingfeldzüge und mein omnipräsentes Gefühlschaos erklären würde. Ich bin Opfer meiner Umwelt. Ich muss sofort Erin Brockovich anrufen!

*Aber der Chef besteht darauf!*

Also, gut. Ich adjustiere!

Nervös renne ich mit einem Paar Softiletten unterm Arm zur Damentoilette, um meine Nylons auf Löcher hin zu untersuchen. Zum Glück haben wir keine Klofrau. Die würde mich für verrückt erklären, so oft wie ich diese Örtlichkeit besuche. Aber die Toilette ist für mich nun mal wie die Wade meiner früheren Kindergärtnerin, hinter der man sich vor ungezogenen Kindern verstecken konnte: vertraut, Schutz spendend, erholsam und ungefähr genau so erotisch!

Hektisch lasse ich mich auf den Klodeckel sinken und fingere ungeschickt an meinen Jimmy-Choo-Pumps herum. Ich hatte Jahrzehnte nach ihnen gesucht, jahrelang dafür gearbeitet und Stunden gebraucht, um mich heute Morgen dafür zu entscheiden, sie anzuziehen. Aber es ist natürlich ein wahnwitziger PR-Gag meines Chefs, admirable Jimmy Choos während der Präsentation gegen eine Ökolatsche einzutauschen.

RIESIG!

Okay, ganz ruhig bleiben. Ich frage mich, wie kommen Menschen nur immer auf solche Ideen?

Wenigstens habe ich kein Loch in meinen Strümpfen. Wäre fast vom Klodeckel gerutscht beim Überprüfen. Zum Glück sind die Fußnägel frisch lackiert. Und das gar nicht mal so schlecht, obwohl ich sie bei einer Flasche Chardonnay und dem Film *Hilfe mein Schatz, wir bekommen ein Baby*! bepinselt habe.

Also, gut. Ich schwinge mich in die Softiletten und schlurfe zum Spiegel. Am Gang könnte ich noch etwas arbeiten, aber der Anblick meiner Beine im Spiegel ist einfach untolerierbar. Mein Nadelstreifenkostüm – ein Exemplar aus dem Top-Management – kombiniert mit einem Schuh der Marke *Tja, ich wollte eigentlich nur schnell den Müll rausbringen und bin dafür in die Schuhe meiner Urgroßtante geschlüpft* lässt keinen Diskussionsspielraum.

Ich erkläre den wahnwitzigen PR-Gag für untragbar.

Als ich in den Präsentationsräumen der Firma FußBett stehe und mein Puls unerklärlicherweise immer schneller schlägt, verfluche ich John Lennon und die Hälfte des Lebens, die aus Improvisation und Entertainment besteht.

Fünfundvierzig Minuten lang laufe ich von an die Wand projizierten Tabellen zu meinem Laptop und zu einem Paar exponierter Ökolatschen und wieder zu den an die Wand projizierten Tabellen zurück. Mein einziger Lichtblick ist Vinzenz, der mir von Zeit zu Zeit ein Lächeln schenkt oder heimlich einen Schumi-Daumen in meine Richtung hält. Schließlich klappe ich meinen Laptop zu und beende die Präsentation mit den Worten: »Ich bedanke mich für Ihre Aufmerksamkeit und verspreche Ihnen, dass es sich durch dieses außergewöhnliche PR-Event mit der Softilette in Zukunft gut laufen lassen wird.«

Stille.

Stille.

Eine »Ich glaube, ich sollte mich unauffällig rausschleichen«-Stille.

...

Aha! Eine erste Regung aus der FußBett-Chefetage.

»Wow, Frau Schöneberg. Schöne PR-Idee, schöne Präsentation und verdammt schöne Schuhe, die Sie da anhaben!«

Na bitte.

Und da sage noch einer, ich könne nicht adjustieren!

*Gelernte Wörter: ad oculus = vor Augen führen;*
*adjustieren = dienstmäßig einkleiden;*
*admirabel = bewundernswert.*

# 15

# WARUM ICH VON MODELS UND IKEBANA NICHT VIEL HALTE

*»Herr Schnüttge.«*

*»Frau Schöneberg.«*

*»Denken Sie eigentlich auch, dass die Oberflächlichkeit der Ästhetik ihren tendenziell schlechten Ruf verdient hat?«*

*»Entschuldigen Sie bitte. Was sagten Sie? Ich habe da gerade einen zarten, aber dennoch beunruhigenden Kratzer auf meiner Breitling entdeckt und konnte Ihren Worten für den Moment nicht folgen.«*

*»Verstehe.«*

Was soll ich sagen. Das Leben ist manchmal wirklich verdammt hart. Aber der heutige Tag sollte weit reichendere Konsequenzen für mich haben, als ich sie mir hätte vorstellen können. Ob diese Konsequenzen nun positiv sein werden oder nicht, darüber lässt sich streiten. Und man sollte auch nie die Konsequenzen der Konsequenzen außer Acht lassen. Wie auch immer. Eines steht fest. Hätte ich nur die leiseste Ahnung von den kommenden Geschehnissen gehabt oder gar gewusst, dass ich mich in weniger als fünf Minuten zur kompromittierenden Mänade entwickeln sollte, würde ich jetzt wahrscheinlich mit meiner Raubkatzenbettwäsche kuscheln, Cappuccino trinken und eine Hitliste über die am spießigsten gekleideten Nachrichtensprecher dieses Mittwochmorgens erstellen.

Aber leider weiß man ja *vorher* nicht, was man *danach* weiß, und so kommt es, dass ich weder Fernseh- noch Koffeinkonsum genieße, sondern meine Zeit mit äußerst sonderbaren Menschen verbringe.

Ich spreche von Models. Wer diese Spezies kennt, weiß, wovon ich rede. Models sind Menschen, die nach einem Tic Tac satt sind, die merkwürdigsten Klamotten tragen, weil sie unter einem permanenten Glamour-Overload leiden und ständig, wirklich ständig, an ihren Evian-Flaschen nuckeln. Tendenziell gilt, je erfolgloser, desto eingebildeter. Demnach müssen die zwei Bienchen, die mir gegenüberstehen, Kaugummi in großen Blasen unter ihren Nasen platzen lassen und ihre wahlweise blondierten oder brünetten Strähnen um die french manikürten Fingernägel drehen, frenetisch erfolglos sein. Werde versuchen ersten Kontakt aufzunehmen.

»Euer Job ist ganz einfach. Ihr müsst nur diese schwarzen Etuikleider und die Softiletten anziehen. Und damit mischt ihr euch dann am Abend des PR-Events von FußBett unter die Gäste, trinkt ein bisschen und lacht ein bisschen …«

»Äh, Moment mal. Ich soll dieses Tetuikleid …«

»Etuikleid!«

»Ja, diesen komischen Fetzen anziehen. Der sieht ja so was von spießig aus. Schätzchen, du weißt wohl nicht, wen du vor dir hast. Ich bin schon für Marc Jacobs gelaufen.« Verständnislos verdreht das blonde Model die Augen.

»DU bist schon für Marc Jacobs gelaufen?« Die Brünette lacht. »Wo hat er dich denn hingeschickt. Zum Kaffee holen?«

»Ach, halt die Klappe! Diese Softilette ist das Abscheulichste, was ich je gesehen habe. Das ist doch wohl eher etwas für ein Bauerntrampel und nicht für ein Topmodel wie mich.«

»Aber sie sind sehr gesund für die Füße!« Meine Argumentation ist scheinbar etwas überarbeitungswürdig in Anbetracht der Tatsache, dass die Blondine gerade auf der nächstbesten Couch zusammenbricht.

»O Gott. Ich bekomme Migräne. Ich muss meinen Manager anrufen.«

»Es tut mir wirklich Leid«, versuche ich zu schlichten.

»Jetzt hör mal zu, du kleine, unwichtige PR-Tussi. Wenn ich keinen Bock auf einen Job habe, dann mache ich ihn auch nicht.« Die blonden Haare fallen in einer stolzen Geste in den Nacken. Mit hochrotem Kopf und blitzenden Augen schaut sie mich an und kaut auf ihrem Kaugummi herum. »Und ich muss mir wohl kaum von einem Kartoffelsack wie dir sagen lassen, ob ich diesen Job machen muss oder nicht.«

Kartoffelsack! Diese visuelle Kavitation meint doch nicht etwa mich?

»So, wie du aussiehst, hättest du in dieser exklusiven Branche null Chance. Also erzähl mich nichts von Dingen, von denen du nichts verstehst, Mädel!«

PENG!

Ich höre meine Nerven auseinander reißen.

Mein Kopf meldet Zugriffsverweigerung auf funktionierende Gehirnbereiche, und mein Körper signalisiert die dringliche Ausführung von Antiaggressionsmaßnahmen!

Im nächsten Moment sehe ich, wie meine Hand auf die Wange des Models klatscht, und ihr Kaugummi dabei im hohen Bogen aus ihrem Mund hervorschießt.

»Ihr seid gefeuert!«

»Pha! Ich werde dich anzeigen. Wegen Körperverletzung!«

Da ist er, der Moment, auf den ich mein Leben lang gewartet habe!

Meine Augen funkeln wie ein Diamantregen bei den Worten: »Schätzchen, tu das, aber du solltest wissen, mein Freund ist Anwalt!«

Ich drehe mich auf meinen Manolo-Blahnik-Absätzen zur Tür und verlasse den Raum so majestätisch, wie es Frauen in Filmen machen, nachdem sie ihren tartareischen Mann darüber aufgeklärt haben, dass ihn der Seitensprung mit der minderjährigen Blondine die Hälfte seines Vermögens kosten wird!

Wie im Rausch mache ich mich auf den Weg nach Hause, doch mit jedem Schritt verflüchtigt sich dieses köstliche Gefühl. Habe ich etwas falsch gemacht? Überreagiert? Puh, bin ganz schön geschafft! Brauche jetzt erst einmal ein heißes Bad und einen Earl-Grey-Tee. Als ich durch die Wohnung schlurfe und dabei meine Kleidungsstücke hinter mir auf den Boden fallen lasse, entdecke ich, dass das Lämpchen des Anrufbeantworters blinkt.

»Hi Jil. Hier spricht Nathan. Ich wollte dir nur für heute Abend absagen, weil ich doch meinen Ikebana-Kurs habe. Ich rufe dich an! Ich liebe dich!«

Ich dachte, ich überstehe diesen Tag ohne unnötigen Kalorienkonsum, aber in Anbetracht der Tagesbilanz beschließe ich, wohl doch lieber eine Familienpackung American Cookie Icecream mit Schokomandelsplittern aus dem Winterschlaf zu wecken.

Nach einem Samt-Schaumbad und einem 500 Gramm Eimer Eiscreme fühle ich mich schon besser. Als Luisa ihren

Schlüssel ins Schloss steckt, sitze ich nach Badeschaum duftend und mit zwei Gläsern Chardonnay auf der Couch.

»Hi, Luisa. Gut, dass du endlich kommst!«

»Hi, Puppe. Was ist denn los?«

»Ich habe heute einem Model eine geknallt!«

Luisa wirft ihren Schlüssel und ihre Jeansjacke über einen Sessel, setzt sich zu mir auf die Couch und schnappt sich eines der Chardonnay-Gläser.

»Echt? Warum?«

»Ja, weißt du. Sie hat die ganze Zeit wie eine Kuh auf ihrem Kaugummi rumgekaut.«

»Ich verstehe. Ein SALK also!«

»Sie hat mich außerdem noch Kartoffelsack genannt und dass ich zu hässlich wäre, um etwas von der exklusiven Modebranche zu verstehen. Dabei weiß sie noch nicht einmal, was ein Etuikleid ist.«

»Meine Güte, Jil. Der hätte ich keine runtergehauen, die hätte ich sofort gefeuert!«

»Was ich dann dummerweise auch gemacht habe.«

»Mensch, Puppe. Wo ist denn dann das Problem?«

»Seitdem habe ich minütliche Wahnvorstellungen, dass ich bis zum PR-Event keine neuen Models finde und dass ich am Ende diese Schuhe selbst tragen muss und sich die ganze Firma mal wieder über mich totlacht.«

»Mach dir keine Sorgen. Models gibt es doch wie Sand am Meer. Erzähl ihnen einfach, dass Brad Pitt seine Karriere in einem Hühnchenkostüm steckend im Supermarkt begonnen hat. Wo ist denn eigentlich Nathan. Ich dachte, ihr wart für heute Abend verabredet?«

»Der ist beim Ikebana.«

»Verstehe!«

»So? Ich verstehe das nicht! Ich meine, wieso wusste er das denn nicht vorher. Finden diese Kurse etwa wie geheime Geldübergaben statt, bei denen der Übergabeort und die Zeit erst kurz vorher bekannt gegeben werden? Was ist dieses Ikebana überhaupt?«

»Das ist eine Art Floristenkurs auf Japanisch.«

»Aha.« Ein großes Fragezeichen steht in meinem Gesicht.

»Dort lernt man, wie man Blumen zusammensteckt und dabei seinen inneren Frieden findet.«

»Soso! Finde ich das jetzt spannend, oder finde ich das nur traurig, dass Nathan das spannend findet?«

»Was ist denn bloß los mit dir?«

»Wieso mit mir? Mir scheint eher, dass alle Leute um mich herum immer verrückter werden. Ja, genau so ist es, die Welt wird immer verrückter! Das erklärt auch den neuen Mercedes von meinem Psychiater!«

»Jil, ich sage dir, du solltest dir mal über deine derzeitige Stimmung Gedanken machen. Meinst du nicht, dass deine schlechte Laune weniger mit Ikebana und mehr mit Nathan oder Mark oder beiden zu tun hat?«

Hmmm. Es ist manchmal schrecklich lästig, wenn ein Mensch durch dich durchschaut wie durch Eiswürfel. Also schleiche ich in mein Zimmer, drücke Nathans Kaschmirpulli an mich und beginne nachzudenken.

Über Nathan. Über Mark. Und über mich.

Und über Ikebana.

*Gelernte Wörter: Mänade = sich wild gebärdende, rasende weibliche Person; Kavitation = Hohlraumbildung; tartareisch = unterweltlich.*

## 16

## ROMEO HASST JULIA

*Herr Schnüttge.«*

*»Frau Schöneberg.«*

*»Meinen Sie, man könnte etwas gegen meine allgegenwärtige Entscheidungsunfähigkeit machen?«*

*»Das kommt darauf an. Wären Sie denn lieber etwas mutiger? Oder ziehen Sie ein bedachteres Leben vor?«*

*»Hmmm. Ich bin noch unentschlossen.«*

*»Das habe ich mir schon fast gedacht.«*

*»Verstehe.«*

Gelegentlich, wenn ich nachdenke, kommt, wenn ich gerade unter einem günstigen magnetischen Spannungsfeld stehe, auch irgendetwas dabei heraus. So bin ich nach mehrwöchigen Überlegungen zu der Erkenntnis gekommen, dass mein Leben wunderbar ist und dass ich jetzt nur noch meinen inneren Frieden suchen muss. Ich sollte in Betracht ziehen, mich der Yoga-, Ikebana-, Kamasutra-Welle anzuschließen. Als ich mich auf einer Matte Kopfstand machen sehe, holt mich Nathan zurück in die Wirklichkeit. Er rollt sich von seiner Seite des Bettes auf meine, zieht mich an seine Brust und grunzt mir verschlafen entgegen.

»Jil, hast du den Tisch für Donnerstagabend bestellt?«

»Wieso Donnerstag? Du hast doch Mittwoch gesagt?«

»Nein. Ich habe Mitte der Woche gesagt. Und die Mitte der Woche ist nun einmal Donnerstag!«

Hmmm!

Brauche dringend etwas von diesem inneren Frieden! Gleich morgen.

Es ist geradezu unglaublich! Neben Stretchröcken und schlechter Bräunungscreme scheint der Briefkasten mein ärgster Feind zu sein. Er liegt jeden Morgen auf der Lauer wie ein lästiger Paparazzo, der dich immer an der gleichen Stelle erwischt, um dir deine gute Laune mit schlechten Nachrichten zu verderben. Nicht selten versuche ich, mich mit einer Zeitung vorm Gesicht an ihm vorbeizuschleichen. Aber wie es sich für einen guten Paparazzo gehört, wenn er dich heute nicht kriegt, dann eben morgen. Diese Hartnäckigkeit ist geradezu unerträglich. Habe schon überlegt, den Briefkasten einfach abzumontieren, aber dann bekomme ich auch keine Make-up- und Parfümproben mehr zugeschickt. Und wer lässt sich schon gern die kleinen Überbrückungsgeschenke bis zum nächsten Geburtstag nehmen? Ich benutzte diese Proben zwar nie, bin aber trotzdem überglücklich, dass ich sie habe. Das ist so ähnlich wie mit Highheels von Dior oder Espressomaschinen, die mit einem Designpreis ausgezeichnet wurden.

Ich wollte mich also heute Morgen mal wieder mit Sonnenbrille und der *Vogue* vorm Gesicht an ihm vorbeischleichen, aber ich konnte schon von weitem den weißen Briefumschlag durch das Briefkastenfenster sehen. Widerwillig fingere ich den Umschlag aus dem Briefkasten. Das ist keine Kreditkartenabrechnung und auch keine Handyrechnung. Ich nehme an, das Schlimmste ist auszuschließen, und schlendere langsam zur Wohnungstür, während ich den Umschlag mit dem Wohnungsschlüssel öffne.

Aber was ist das?

Ein Brief vom AMTSGERICHT!!!

*Sehr geehrte Frau Schöneberg ... Vorladung am Montag, den ... Anklage wegen Körperverletzung ... bitten wir Sie ... Gerichtssaal 2 ... Ihren Verteidiger ... Straftat gegenüber Ursula Granada ... mit freundlichen Grüßen ... Im Namen des Volkes!*

Wer um alles in der Welt ist Ursula Granada?

O mein Gott! Das gefeuerte Softilette-Model!

Das kann doch nicht wahr sein. Ich überfliege wieder und wieder die Zeilen. Meine Knie werden weich wie Wackelpudding, und mein Herz rast. KONTROLLE!!! Mit Mühe klammere ich mich am Treppengeländer fest und sehe zu, wie mir meine Tasche aus der Hand rutscht, der Inhalt klimpernd über die Stufen kullert und der Zettel vom Amtsgericht langsam durch das Treppenhaus flattert.

Jetzt ist wirklich ein ausgesprochen guter Augenblick, um mein »Finde deine innere Ruhe und zu dir selbst«-Projekt zu starten. Ich habe es extra auf meine Bedürfnisse (fast jung, fast dynamisch und fast erfolgreich) zugeschnitten. Normalerweise würde ich ja mit Schokolade anfangen, aber diese Art von Frieden hält nur bis zum nächsten Blick in den Spiegel. Hier ist mein Innererfriedenherstellungsplan:

Erster Punkt: Verdränge die Realität.
Zweiter Punkt: Ignoriere die Realität.
Dritter Punkt: Untergrabe die Realität.

Beherrsche alle drei Punkte ziemlich gut. So kommt es, dass ich 23 Minuten später mit frisch pedikürten Chanel-Rouge-Noir-Fußnägeln, gekurten und konditionierten Haaren und einer Kamille-Vanille-Entspannungsmaske im Gesicht auf der Couch liege und in der *Vogue* blättere. Das ist Entspannung.

Stelle fest, der innere Frieden riecht nach Nagellack, Kamillentee und Druckerschwärze. Tssisisis. Was diese berühmten Menschen so alles machen. Oh, eine Seite mit Models. Schnell weiterblättern ... Glamouröse Shoppingtipps aus Paris, Fashionaffairs in Rom, Garnelenspieße in Champagnersoufflee auf Mykonos und Sex unter dem Sternenhimmel von Saint-Tropez.

Also, die High Society ist ja schrecklich dekadent. Warum lebe ich nicht in dieser Welt? Was denken sich die Chefredakteure dieser Magazine eigentlich? Ich zeige dir das, was du nie haben wirst. Ätsch! Es gibt Tage, da funktioniert die Illusion, ein Teil der High Society – *just by reading the magazine* – zu werden, einfach nicht.

Heute ist einer dieser Tage! Wenn Illusionen platzen, stirbt mehr als nur das warme Gefühl in dir. Und die Realität lacht ihrem Opfer schamlos ins Gesicht. Die Welt ist grausam. Ich schicke meinen inneren Frieden nach Disneyland, der letzten Illusion auf Erden. Dort kann er tagsüber mit Donald Duck kalorienfreies Popcorn essen und sich nachts auf Goofies Ohr legen, um Ruhe zu finden. Hole ihn dann in ein paar Jahren wieder ab. Und jetzt mache ich mir diese entsetzlich klebrige Kamille-Vanille-Maske vom Gesicht!

»Siehst du, mein Süßer, wir haben einen Tisch bekommen, obwohl Donnerstag ist und obwohl ich erst vor einer

Stunde reserviert habe.« Nathan streicht sich die Haare aus dem Gesicht, stolpert auf dem Weg von seiner Fahrertür zu meiner über den Kotflügel und nestelt nervös an meinem Türgriff herum, bis ich die Tür von innen aufmache.

»Warum bist du denn so schrecklich nervös?«

»Wer, ich?«

»Nein, der kleine Japaner mit dem Kondom auf dem Kopf, der uns schon seit Stunden verfolgt.«

»Was, welcher kleine Japaner?«

»Das war ein Witz.«

»Ein Witz. Hihi. Ja, natürlich.«

»Ist alles in Ordnung?«

»Hihi. Jetzt hör aber auf!«

Unglaublich. Was geht hier vor sich? Mein Freund scheint unter die Verrückten gegangen zu sein. Aber wie kann es auch anders kommen, wenn ich schon mal in ein romantisches Fünf-Sterne-Restaurant mit efeuumrankten Backsteinen und kleinen Teelichtern in den Fenstern ausgeführt werde, wo der Châteauneuf du Pape 500 Euro kostet, pro Glas, und Matthew McConaughey am Nachbartisch sitzt.

»Was wirst du essen?«, frage ich beim Blick über die tageszeitungsgroße, mit rotem Samt bezogene Speisekarte, an der eine kleine, goldene Quaste herunterbaumelt.

»Ich nehme das Gleiche wie du.«

»Okay. Ich denke, ich werde einen Salat nehmen.«

»Ja, gut. Nehme ich auch. Moment mal, einen Salat? Ich glaube, ich sehe doch noch mal lieber in die Karte.«

Na, da hat er ja gerade noch mal die Kurve gekriegt!

Während Nathan seine Nase in die Speisekarte steckt, überlege ich, ob das wirklich Matthew McConaughey am Nachbartisch ist.

Eine geschlagene Stunde und einen Löscheinsatz später (Nathan hatte beim Zurückgeben der überdimensionalen Speisekarte die Kerze auf unserem Tisch umgestoßen und damit kurzzeitig die Brokattischdecke in Brand gesetzt) kommt unser Essen.

»Wieso musste ich eine Stunde lang auf einen Salat warten?« Von einem Hungeranfall geschwächt beginne ich, in dem grünen Blätterberg herumzustochern.

»Aber Jil, wenn du in einem Restaurant etwas länger auf deinen Salat warten musst, heißt das doch nur, dass sie hier ausschließlich junges, frisches Gemüse verwenden.«

»Aber was nutzt mir das, wenn ich kein junges, frisches Gemüse mehr bin, wenn das Essen bei mir ankommt?«

»Du bist bezaubernd und wirst es auch noch sein, wenn du zehn Jahre auf einen Salat gewartet hast.«

»Sei dir da mal nicht so sicher!« Ich zwinkere Nathan zu, aber er scheint es nicht zu beachten. Behutsam legt er das Besteck beiseite, tupft sich den Mund mit der Serviette ab und versucht nach meiner Hand zu greifen.

Ein Mann unterbricht die Nahrungsaufnahme! Und das, obwohl weder sein Wagen beschädigt wurde, ein Supermodel seinen Weg gekreuzt hat oder ein Tor beim Fußball gefallen ist.

Ich ahne Schlimmes!

»Jil, jetzt hör mir mal gut zu. Mir war noch nie etwas so wichtig wie das, was ich dir gleich sagen werde.«

Auf einmal spüre ich jedes Blutplättchen einzeln durch meine Adern schwimmen. Wenn ich es nicht besser wissen würde, würde ich einen bedrohlichen Nimbostratus am Himmel vermuten!

»Ähä.«

Wie aus dem Nichts baut sich neben uns einer dieser Violinenspieler auf.

»Ich habe das tausend Mal geprobt, und jetzt fehlen mir doch die Worte.«

Tja, ich ringe ebenfalls um welche! »Also, das Mineralwasser ist fantastisch!«

»Du bist die erste Frau in meinem Leben, mit der ich mir eine Zukunft vorstellen kann.«

Mit diesen Worten ist mein Herz schneller von null auf hundert als ein Porsche Turbo.

»Und der Salat ist grandios. Das Dressing eine Kunst für sich.« Ich mache diese alberne Der-Franzose-küsst-seine-Fingerspitzen-Geste.

»Und deswegen möchte ich dich heute etwas fragen.«

»Ist das da drüben eigentlich Matthew McConaughey?«

»Jil, willst du meine Frau werden?«

HERZSTILLSTAND! BLUTGEFRIERUNG! ATMUNGSABBRUCH!

»Phu!«

»Phu? Was soll das heißen?«

Tja. Phu. Was soll das heißen? Ich bin mir auch nicht so sicher. »Nathan, ich …«

»Ich habe hier zwei Tickets für vier Wochen Traumurlaub auf Mykonos. Bitte begleite mich, und werde dort meine Frau.«

Mykonos? Mir schießen Garnelenspieße in Champagnersoufflee durch den Kopf und dass ich als Nathans Ehefrau ein Leben absolut en vogue führen würde. Nie wieder Secondhand. Nie wieder versteckte Preisschilder am Körper. Nie wieder das Prada-Top nach zweiwöchiger emotionaler Symbiose zurückgeben müssen. Mein Gott. Ich rede hier gerade von dem Ende meines Müncher-Mode-Managements!

»Der Flug geht heute Nacht.« Das klingt zu schön, um wahr zu sein. Wenn da nur nicht diese Sache mit der Hochzeit wäre. Ich blicke in Nathans Augen. Ich kann ihn nicht heiraten. Verflucht! Ich muss ehrlich zu Nathan sein. Warum meldet sich das schlechte Gewissen immer im falschen Augenblick. Ich sollte dringend über eine Abschaffung nachdenken.

»Nathan, hör zu. Ich weiß nicht, warum, aber ich kann dich nicht heiraten.«

»Aber wie kann man denn so etwas nicht wissen?«

»Ich weiß es auch nicht!«

»Gibt es denn irgendetwas, das du weißt?«

»Ja, ich weiß, dass dein Antrag mich nicht glücklich macht. Es liegt nicht an dir. Im Gegenteil. Ich liebe dich von ganzem Herzen, aber ich bin einfach noch nicht bereit, dich zu heiraten.«

Moment mal, habe ICH das da gerade gesagt? Was für ein heterodoxer Gedanke! Ich nähere mich meinem dreißigsten Lebensjahr, habe schreckliche Zellulitis, werde von einem erfolglosen Model verklagt, und vor mir sitzt ein heiratswilliger, reicher Jurist, dessen Mahagonibett 30 Meter über dem Teresa steht, und *ich bin noch nicht bereit*? In meinem Kopf blinkt ein großes neonfarbenes SAG JA wie in einer Leuchtreklame vor sich hin, aber mein Herz ist im vollen Besitz eines Misstrauensvotums, das es gerade einzureichen scheint. Warum macht das Herz eigentlich so selten das, was der Kopf will?

»Es tut mir Leid.«

»Mir tut es auch Leid, Jil. Wenn du mich heute nicht heiraten willst, dann doch auch nicht morgen oder übermorgen. O Jil, du liebst mich nicht, oder?«

»Doch, natürlich.«

»Hör auf, mir ins Gesicht zu lügen.« Nathan wirft die Serviette auf seinen Teller. »Weißt du was, ich fliege alleine nach Mykonos. Dieser Urlaub kostet mich schließlich trotz Last-Minute ein Vermögen. Und bis ich wieder da bin, hol gefälligst deine Sachen aus meiner Wohnung.« Kaum hat er die letzten Worte ausgesprochen, steht er theatralisch von seinem Stuhl auf und verlässt das Restaurant wie eine Diva mit gebrochenem Herzen.

Da sitze ich nun. Allein und herzlos, wie mir scheint. Denn nicht nur Nathan absentiert sich soeben aus meinem Leben. Mein Herz scheint ihm unwiderruflich nach Mykonos zu folgen.

»Entschuldigen Sie bitte, bezahlen Sie die Rechnung?«

Mit Tränen in den Augen blicke ich die Kellnerin an.

»Es, heee, es, heee, es tut mir Leid, heee, aber ich habe überhaupt kein Geld dabei.«

Schniefend greife ich zur Serviette.

»Meine Güte, was ist denn passiert, Kindchen?«

»Nathan, ich meine, der Mann, mit dem ich hier war, er hat mich verlassen.« Frustriert lasse ich meinen Kopf auf den Tisch fallen.

»Grundgütiger! Aber warum?« Bestürzt sinkt die Kellnerin auf den Stuhl neben mir.

»Weil ich seinen Heiratsantrag nicht angenommen habe.«

»Wissen Sie, einen Mann, der mich mit einer 468,97 Euro Rechnung sitzen lassen würde, würde ich auch nicht heiraten wollen.«

»Vierhundertachtundsechzig Euro und siebenundneunzig Cent ...« Ich richte mich wieder auf und wische mir die Tränen von den Wangen, um mich zu überzeugen, dass die Kellnerin hier wohl gerade einen Witz gemacht hat.

»Das ist ein Scherz?«

»Nein, Schätzchen. Es tut mir Leid.« Erneut lasse ich meinen Kopf erschöpft auf den Tisch sinken und beginne, bitterlich zu heulen.

»Aber wissen Sie, Kindchen, ich hätte da eine Idee, wie Sie die Rechnung auch ohne Geld bezahlen könnten.«

Verdutzt sehe ich die Kellnerin an, nicht ohne weiterhin lauthals aufzuschluchzen.

»Das sind doch echte Manolo Blahniks, die Sie da tragen. In Größe 36, nicht wahr? Und Größe 36 ist eine absolute Seltenheit bei Designerschuhen. Wenn Sie mir also Ihre Schuhe geben würden, könnte ich auf die Rechnung verzichten.«

Ungläubig blicke ich die Kellnerin an.

»Was? Meine Manolos? Das ist unmöglich. Das sind Einzelstücke. Ich meine, und wie sollte ich auch ohne Schuhe nach Hause kommen?«

Zehn Minuten später verlasse ich das Restaurant ohne Mut, ohne Mann und ohne Manolos.

Wenn man etwas verloren hat, merkt man meist erst, wie sehr man es liebte. In dieser Sache sind sich Manolo Blahniks und Männer doch sehr ähnlich. Nur dass dich Manolos höchstens um deinen Verstand bringen, während Männer deine ganze Welt auf den Kopf stellen können. Schluchzend schleppe ich mich durch die Fußgängerzone auf der Suche nach Luisa. Keine zwei Schritte später sehe ich sie, wie sie in einem Bockwurstkostüm Flyer an die Passanten verteilt.

»Hi, Luisa.«

»Hey, Puppe. Du siehst ja ganz blass aus. Geht es dir nicht gut?«

»Nathan und ich. Wir haben uns getrennt.«

»Was ist passiert?«

»Ich weiß es selbst nicht so genau. Ich bin so dumm, Luisa. Ich hatte doch alles, und jetzt habe ich nichts. Außer vielleicht Liebeskummer. Sag mir, wer hat den überhaupt erfunden!«

»Ohne Liebeskummer wäre das Leben wahrscheinlich zu langweilig.«

»Ich vermisse Nathan«, schluchze ich und falle Luisa in die Arme.

Herrje.

Ich stehe mitten in der Innenstadt.

Ich weine unaufhörlich.

Ich liege in den Armen einer Bockwurst.

Und ich stecke mit den Füßen in den ausgelatschten Vorgängern einer Softilette.

Also, manchmal könnte das Leben wirklich ein wenig langweiliger sein!

*Gelernte Wörter: Nimbostratus = tief hängende Regenwolke;*
*heterodox = irrgläubig;*
*absentieren = sich entfernen.*

# 17

## SUSHI, SEKT UND SOFTILETTE!

*Herr Schnüttge.«*

*»Frau Schöneberg.«*

*»Verheilt ein gebrochenes Herz ähnlich wie ein gebrochenes Schienbein oder ein angeknackster Wirbel?«*

*»Das menschliche Herz ist bestenfalls für eine kleine Überdehnung angelegt, muss jedoch leider allzu oft komplizierte Trümmerbrüche überstehen.«*

*»Verstehe.«*

Ich zuppel nervös an meinem schwarzen Chanel-Kostüm. Hatte versucht bis zum PR-Event für *Softilette* noch mindestens vier Kilo abzunehmen. Es scheinen aber eher zwei Kilo mehr geworden zu sein. Was soll ich tun? Leide unter gebrochenem Herzen, seitdem Nathan mich auf meinem kleinen vergoldeten Stuhl hat sitzen lassen. Autsch, die Naht zwickt immer noch. Es kann nicht mehr lange dauern, bis sie platzt. Also Bauch einziehen!

Ich trinke ein Glas Champagner, während ich die Gäste um mich herum beobachte. Alle wichtigen Leute von Fuß-Bett über die Presse bis hin zur städtischen Prominenz schwirren in schicken Fummeln durch den subtropisch dekorierten Saal, halten Small Talk, widmen sich abwechselnd den Sushihäppchen und dem Champagner und lachen über dies und das. Dazwischen schlurfen Pamela Berger und Babsi Neuhaus mit der Softilette an den Füßen durch die Menge. Zwei Frauen, die im wahrsten Sinne blauäugig genug waren, um diesen Job zu übernehmen. Ich konnte sie überzeugen, nachdem ich die Worte *Model, Presse* und *Prominenz* in einem Satz erwähnt hatte.

Nach einiger Zeit erspähe ich Luisa, Sarah und Mark zwischen einer Südseepalme und einem braun gebrannten Kellner. Wie schön! Endlich normale Leute, denke ich, als ich auf Luisa im pinken, ausgefransten Jeansmini und getigerten Pullover, Sarah mit schleifchenbesetztem Reif im glatten Haar und Perlen über dem kurzen Schwarzen und Mark in Schlabberjeans gekleidet und viel zu engem sonnengelbem T-Shirt zugehe.

»Bin ich froh, euch zu sehen! Ihr seid meine letzte Rettung. Pamela ist schrecklich sauer auf mich, weil ihr der Job doch keinen so großen Spaß macht, und Herr Besörski ist so was von angeschickert. Er starrt mir ständig auf den Busen und erzählt dabei etwas über Sexappeal, der mit dem Erfolg kommt, und fragt, ob ich nicht mal seinen Golfschläger schwingen will.«

Sarah überprüft kritisch den Anstrich ihrer Fingernägel und formt ihre Lippen zu einem Schmollmund. »Sei doch froh, dass dein Chef mit dir ins Bett will, meiner will nicht mal neben mir in der Kantine sitzen.«

»Gott, bin ich froh, dass ich einen Job nie lange genug mache, um mich in meinen Boss zu verlieben!« Luisa seufzt erleichtert.

»Völlig richtig.« Mark hakt sich bei ihr ein, und die beiden stoßen auf die Unabhängigkeit an. Neugierig blicke ich zu Luisa.

»Was macht denn die Jobsuche im Moment?«

»Ach, Jil. Du glaubst es nicht! Morgen spreche ich für den neuen Kinofilm von Cameron Diaz vor.«

»Das ist ja großartig …«

»Jil, ich sollte dich wohl besser warnen.« Mark nimmt mich zur Seite und deutet auf eine verkleinerte Ausgabe von Adrien Brody – ohne Oscar, dafür aber mit Oberlippenbart. Der verführerische Duft von *Blv pour homme* von BVLGARI und Nivea-Creme hält mich davon ab, mich Marks etwas übertriebenem männlichen Beschützerinstinkt zu entziehen.

»Der Typ, der da gerade auf uns zusteuert, heißt Kevin und ist seit meiner Praxiseröffnung scharf auf dich.«

»Bist du dir sicher?«, frage ich und atme erneut einen Hauch von *Blv pour homme* ein. Mir wird schwindelig.

Leicht verschwommen sehe ich, wie Kevin mit großen Schritten auf uns zukommt. Er baut sich in seiner vollen Größe von ungefähr 1,61 Meter vor mir auf und streckt mir seine Hand entgegen.

»Hi! Ich bin Kevin, und ich muss dich unbedingt kennen lernen. Weißt du, ich find dich cool wie ’nen Swimmingpool.«

Hmmm? Ich sehe irritiert zu Mark auf.

»Tja, was soll ich da sagen?«

»Mach dir keine Sorgen, Schnecke, ich mache die Frauen regelmäßig sprachlos.« Selbstverliebt streicht sich Kevin mit dem Mittelfinger über die Brauen.

»Das glaube ich dir gerne.«

»Du hältst mich jetzt sicher für einen Aufreißer!«

Ehrlich gesagt kam mir gerade der Typ Mann in den Sinn, der mit Schaumstoff bezogenem Fahrradsattel durch die Gegend juckelt, Kreuzworträtsel mit dem Bleistift löst und sich mit alkoholfreiem Bier unter den Tisch säuft. Luisa würde sagen: Der Mann mit dem gewissen *Nichts*!

»Nein, natürlich nicht.« Ich halte nach einem neuen Glas Champagner und einem möglichst stilvollen Fluchtweg Ausschau.

»Gut, Schnecke. Du musst wissen, ich bin ein Sexgott, dessen One-Night-Stands die Grenzen der Zählbarkeit weit überschreiten.« Lasznow leckt sich Kevin über die Lippen.

»Bist du dir sicher, dass du auch weißt, wofür das *One* in One-Night-Stand steht?«

»Hä? Wie? Was?«

»Es bedeutet, dass man nur *eine* Nacht lang mit einer Person Sex hat, und nicht, dass nur *eine* Person nächtelang mit sich selber Sex hat.«

»Uhhh!« Mark betrachtet mich mit amüsiertem Lächeln.

»Mein Gott, Schnecke. Wenn du über Sex sprichst, macht mich das wahnsinnig scharf.« Kevin zwinkert mir zu und tätschelt meine Taille. Ich spüre seine Finger und den Schweiß, der daran haftet. Ich denke, jetzt ist der Moment gekommen, um diesen selbst gekürten Frauenheld in seinen *coolen Swimmingpool* zu schubsen. Ich setze gerade zu meiner »Lass deine Hand von meinem Astralkörper (gut, zwecks defekter Diät im Moment vielleicht geringfügig weniger astral)«-Attacke an, als Mark mich schnappt und aus Kevins Reichweite zieht.

»Nimm gefälligst die Finger von meiner Freundin!«, zischt er Kevin an, der etwas irritiert dreinblickt.

Wie ich übrigens auch!

Als wolle er diesen Fall durch erdrückende Beweismittel gewinnen, zieht mich Mark leidenschaftlich an sich und küsst mich. Mir wird warm und heiß und kalt. Mein Körper spürt Marks schlagartige Virilität, meine Beine kämpfen verstärkt mit einer Gleichgewichtsstörung, und mein Kopf vergisst das Denken.

Als Mark mich wieder loslässt, ist Kevin weg. Und Luisa,

die gerade mit Sarah und zwei überladenen Tellern vom Büfett wiedergekommen ist, fällt der Schrimp aus der Hand.

Genauso fühle ich mich auch, wie ein Schrimp, der zurück in die Cocktailsoße fällt.

Ähä, ähum. Wo bin ich? Uh, mein Kopf hat das Gewicht einer Profibowlingkugel und zieht meinen Körper bei dem Versuch, mich aufzurichten, sofort wieder ins Bett zurück. Okay, bleiben wir eben liegen. Nur eine Frage, ist das hier mein Bett? Dunkelheit und Kurzsichtigkeit sind einfach eine gefährliche Mischung. Das ist wie mit Martini und Mai Tai. Die Kombination führt automatisch zu einem flächendeckenden Orientierungsverlust. Ich taste mich langsam durch die Kissen. Ich spüre zarte Seidenbezüge, ein kühles Baumwolllaken und ein längliches Plastikding mit glitschigem Inhalt.

Meine Relaxing-Augenmaske von Kiehl's!

Alles klar.

Ich bin zu Hause!

Puh, hier drin ist es schrecklich heiß. Ich streife die Decke weg und – o mein Gott – ich bin ja nackt. Versuche vergebens eine Synapse in meinem Gehirn zu finden, die mir sagt, warum ich nackt bin. Ich schlafe nie nackt! Nicht einmal im größten Suff vergesse ich, einen meiner Kuschelpyjamas überzustreifen.

Es sei denn …

Es sei denn, ich hatte Sex!

Mein Herz schlägt mir bis zum Hals, als ich meine Hand langsam weiter über das Bett gleiten lasse. Oh, nein! Ich spüre Haut, ich spüre Muskeln, ich spüre einen nackten Po.

NATHAN!

Es muss Nathan sein. Bei dem Gedanken an ihn kribbelt

mein Bauch. Ich taste mich langsam an der Vorderseite des nackten Körpers entlang. Ja, natürlich. Nathan ist gestern Nacht vorbeigekommen und hat sich entschuldigt, und wir haben …

Meine Tastrecherche lässt mich stoppen. Oh, Moment, das kann nicht Nathan sein! Meine Hand schreckt zurück, und meine Augen sind weit aufgerissen. In diesem Moment steigt mir der Duft von *Blv pour homme* und Nivea-Creme in die Nase, und meine Synapsen fangen endlich an zu arbeiten. Die Erinnerung kommt langsam wieder. Mark und ich und der Kuss und der Champagner. Ich kann es nicht glauben. Ich bin tatsächlich mit meinem besten Freund ins Bett gegangen! Diese Allotria versetzt mich in Panik. Ich werde Mark nie wieder in die Augen sehen können! Allein bei der Vorstellung, jemals wieder ein Wort mit ihm wechseln zu müssen, bekomme ich einen Kloß im Hals. Plötzlich fällt mir ein … mein Gott … ich werde doch wohl nicht?

Ich krieche vorsichtig aus dem Bett und tapse leise ins Badezimmer. Wo ist meine Pillenpackung? Ich muss zugeben, ich bin sehr schludrig, was die Einnahme der Pille betrifft. Wo ist diese dumme Packung nur? Ah, da liegt sie ja zwischen der Anti-Orangenhaut-Creme, die im Übrigen reine Geldverschwendung ist, und meinem Party-Glitzerpuder. Mit zitternden Händen nehme ich sie in die Hand und schließe die Augen.

Urg! Ich muss jetzt schon irgendwann draufschauen! Ich traue mich nicht. Ich meine, ich traue mich natürlich schon. Ich möchte nur noch einmal mein bis gestern fast sorgenfreies Leben passieren lassen.

Also gut. Vorsichtig blinzle ich mit einem Auge auf die Packung, während ich mir mit meiner Hand sicherheitshalber den Mund zuhalte.

Eins, zwei, drei.

Ich habe keine vergessen. Nein! Ich bin ganz sicher. Ich zähle noch einmal die leeren Pillenmulden auf der Packung. Eine kleine Welle der Entspannung rieselt durch meinen Körper. Erleichtert lasse ich mich auf die Badewannenkante plumpsen. Der Radiowecker im Glasregal zeigt 5.20 Uhr. Und das an einem Sonntagmorgen. Aber was soll ich machen? An Schlaf ist nicht zu denken. Ich schlüpfe in die Jeans und das Shirt, die über der Badewannenkante liegen, binde mir die Haare zusammen und kuschle mich in Luisas übergroße, braune Wollstrickjacke.

Ist dein Leben nicht schon kompliziert genug?, frage ich mich auf dem Weg zur Küche. Aber nein. Du findest immer einen Weg, es noch komplizierter zu machen.

Hmmm. Ärger mit sich selbst zu haben ist die schlimmste Form des unlogischen Konflikts!

Ich mache mir erst mal einen Cappuccino und verlasse mit der dampfenden Tasse die Wohnung, um die zwei Stockwerke bis hinauf auf das Bungalowdach des Hauses zu schleichen.

Normalerweise komme ich nie hier herauf, weil die Dachterrasse für alle 26 Bewohner des Hauses zugänglich ist und alle von ihrem Recht Gebrauch machen. Und das meist gleichzeitig. Ich halte den Kontakt zu meinen Nachbarn – Mark einmal ausgenommen – so gering wie möglich! Wenn du dich einmal mit ihnen anfreundest, musst du ihnen dauernd Eier leihen, ihre Blumen gießen oder auf ihren Hund aufpassen. Als ich das letzte Mal zwei Wochen lang die Blumen von Frau Piepe gießen sollte, gab es am Ende zahlreiche Ertrinkungs- und Vertrocknungsopfer. Die Erkenntnis, dass man Blumen nach zweiwöchiger Trockenphase nur allzu leicht in Wasser ertränken kann, sorgte dafür, dass ich stundenlang durch Gärtnereien stapfen musste, um Pflanzen zu finden, die den floralen Leichnamen auf Frau Piepes

Fensterbank irgendwie ähnlich sahen. Kann nur sagen, dass dieses Unterfangen nicht wirklich von Erfolg gekrönt war, aber wer hätte auch schon ahnen können, dass es sich bei Gymnospermen um Pflanzen handelt?

Außerdem führt übertriebener Kontakt mit den Nachbarn nur dazu, dass einem irgendwelche »Und wie geht es Ihnen«-Gespräche im Hausflur aufgezwungen werden. Ein diskretes Kopfnicken hingegen klärt höflich die »Nein, du kannst dir meinen Mixer nicht ausleihen«-Fronten ohne Worte.

Aber an diesem Sonntagmorgen um halb sechs habe ich die Dachterrasse und den wunderschönen Blick über München für mich allein. Das Licht der aufgehenden Sonne legt sich über die Dächer, und ein frischer Wind weht von Zeit zu Zeit sanft durch meine Haare. Ich blinzle in die Sonne, schlürfe an meinem Cappuccino und frage mich, ob es irgendwo auf der Welt einen zweiten Menschen gibt, der jetzt gerade in die Sonne blinzelt und an seinem Cappuccino schlürft. Und ob dieser Mensch auch immer so dämliche Sachen macht wie ich? Wieso muss ich auch immer erst die Dinge ausprobieren, um zu merken, dass sie nicht funktionieren?

Drei Stunden später fliegt die Tür zur Dachterrasse auf, und die Brummhackers platzen mir mit einem Liegestuhl, zwei Handtüchern, einer Kühlbox, einem Sonnenschirm und einem Gettoblaster entgegen. Sie sind das lebende Beispiel dafür, dass eine deutsche Weißhaut kein Hawaiihemd mit Bermudashorts und Adiletten tragen sollte.

»Jawosisnetdes, Frau Schöneberg. Mir ham Sie ja scho a Ewigkeit nicht mehr g'sehen. Wie geht's denn so?«

»Gut, danke. Und Ihnen?«

»Basst scho. Nächste Woche müssen mir zur Schwäg'rin ihren fünfzigsten Geburtstag, die alte Spinatwachtel. Des gibt wieder a Spektakel, dolegsdiniedr.«

»Dann wünsche ich Ihnen viel Spaß.« Ich schnappe mir meine Tasse und höre, wie mir Herr Brummhacker bei meiner Flucht in den Hausflur nachschreit: »Ja, b'hüt di Gott. Ach, könnten S' da nicht auf unseren Wellensittich, den Herbert, aufpass'n!?«

*Gelernte Wörter: Virilität = männliche Kraft;*
*Allotria = ausgeführter Unfug;*
*Gymnospermen = nacktsamige Pflanzen.*

# 18

# GEHEIMER ABSCHIED UND PLANLOSER ANFANG

*Herr Schnüttge.«*

*»Frau Schöneberg.«*

*»Meinen Sie, Sie könnten mir unter Hypnose eine Schokoladenallergie einreden!«*

*»Ich denke nicht.«*

*»Verstehe.«*

Heute ist ein wunderbarer Tag, um mein Leben zu ändern! Habe beschlossen, bis ich die Dinge wieder im Griff habe, keinen Tropfen Alkohol mehr zu trinken. Als Erstes steht Sport auf dem Programm, danach hole ich meine restlichen Sachen aus Nathans Wohnung, und dann rede ich mit Mark. (Der letzte Punkt ist eher ein guter Vorsatz, der nur als guter Wille zu verstehen ist und wahrscheinlich auf Silvester verschoben wird.)

Männer. Männer. Männer. Wer braucht schon Männer? Ich sollte mich auf diesem Sektor vielleicht mal wieder in flächendeckender Realitätsverdrängung üben.

Sehr gut! Ich bin wirklich verdammt gewissenhaft. Voller Stolz binde ich meine Turnschuhe zu und werfe Luisa, die untätig auf der Couch rumlümmelt und eine alte Folge von Dallas anschaut, einen ungläubigen Blick zu.

Tsissis, wie kann man nur so unproduktiv in den Tag hineinleben!

Moment mal, ist das nicht die Folge, in der JR Ewing erschossen wird. O mein Gott, die war unglaublich spannend. Vielleicht sollte ich erst danach …

Nein, nein, nein. Nur nicht schwach werden.

Also los, wo ist dieser doofe Expander? Ich weiß gar nicht, was man damit macht. Habe mir dieses Ding nur gekauft, weil ich das Wort Expander so toll finde und es sich immer so wahnsinnig erotisch anhört, wenn Sven aus der Finanzabteilung orgasmisch erzählt, er müsse heute wieder einige Workouts mit seinem »Ehxpahndher« machen. Könnte aber auch daran liegen, dass ich mir bei Svens verdammt sexy Anblick immer wünsche, nur ein einziges Mal beim Workout SEIN Expander sein zu dürfen.

Zurück zum Training. Ich verstricke mich also in diesem komischen Gestänge und versuche mit aller Kraft, eine muskelaktivierende Übung zu machen.

Vergebens!

Okay, vergessen wir das.

Zum Glück habe ich noch den Ergometer aus meiner »Ich bin in der Pubertät und wahnsinnig schlank«-Phase. Ich jogge also in mein Zimmer, knipse den Fernseher an und schwinge mich auf den Sattel.

Schwumm, schwumm, schwumm.

Das läuft ja besser, als ich dachte. Im Fernsehen lässt P. Diddy seine Goldketten zu coolen Rhythmen auf seinem weißen Pelzmantel zappeln, während ich trete und trete. MTV ist das Beste, was man beim Sporttreiben schauen kann. Plötzlich bist du umgeben von extrem gut aussehenden, durchtrainierten, schlanken Menschen. Da wächst der Gruppenzwang. Ganz automatisch!

Schwumm, schwumm, schwumm.

Das Rädchen meines Ergometers surrt weiter vor sich hin, und ich bilde mir beim Griff an meinen Hintern ein, schon erste Straffungen zu spüren.

Eine weitere Trainingseinheit und eine Dusche später sitze ich mit gemischten Gefühlen und mindestens einem halben Placebo-Kilo weniger Körpermasse in meinem Smart und lasse mir den Wind um die Nase wehen. Auf dem Beifahrersitz liegt der Schlüssel zu Nathans Wohnung, an dem ein kleines Herz von Tiffany baumelt. Auf der Rückseite ist in schwungvollen Lettern »In Ewigkeit dein« eingraviert. Nathan hatte es mir nach der verpatzten Radtour für EINEN gigantischen Euro bei Ebay ersteigert. Er war so wahnsinnig stolz auf sein kaufmännisches Kalkül und seine stahlharten Nerven bei dieser Versteigerung, dass er es allen prompt erzählte. Normalerweise würde er nur ungern überteuerten Schmuck kaufen, bei dem man Unsummen für den Namen bezahlt, aber dieses Mal hätte er eine Ausnahme gemacht, weil meine Augen bei dem Namen Tiffany angeblich ganz sonderbar angefangen hätten zu funkeln.

Also, was sich Männer so alles einbilden!

Ewigkeiten können verdammt kurz sein, denke ich mir, als ich den Schlüssel wenige Minuten später ins Schloss stecke. Wie immer ist die Wohnung blitzblank und aufgeräumt. Sie erinnert fast an ein Museum. Ein Ort, an dem man Einblicke in die Vergangenheit gewinnt. So fühle ich mich auch, als ich durch die Küche schlendere und daran denken muss, wie ich das erste Mal meinen Kontrollblick in Nathans Edelstahlkühlschrank gemacht habe. Fast nostalgisch öffne ich ihn erneut: kleine, grüne Oliven, ein Stückchen Camembert, französischer Orangensaft und eine Flasche Champagner. Fast wie am ersten Tag. Manche Dinge ändern sich nie … Dass die Lebensform *Jil Schöneberg* als Single angedacht ist, wohl auch nicht.

Im Wohnzimmer fällt mein Blick auf den Flachbildfernseher und die kleinen Dellen im Parkett, die meine Stilettos hinterlassen haben. Na, wenigstens bleibt etwas von mir zurück. Ich verabschiede mich von meinem virtuellen Freund Bob und mache mich auf den Weg ins Schlafzimmer.

Dort lasse ich mich erst mal auf das Bett plumpsen und streife mit einer Hand über Nathans Kopfkissen.

Habe ich einen Fehler gemacht?

Ein Anflug von Sehnsucht flutet meine Adern und schlägt in meinem Herzen seine Zelte auf.

Nein, diesmal habe ich alles richtig gemacht. Außerdem hat Nathan sich ja von mir getrennt. Schniefend suche ich meine Kleider zusammen, die noch im Schrank und im Badezimmer hängen. Da fällt mir ein, auf Nathans Schreibtisch muss noch mein Buch *A History of Economics* von John Kenneth Galbraith liegen. Ich habe noch nie eine Seite darin gelesen, aber ich nehme es gern zu Einladungen mit, um es dann dort zufällig zu vergessen. Sätze wie »Habe ich bei dir mein Buch *A History of Economics* liegen lassen?« wirken effektiver als jede Art von Statussymbol. Außerdem ist es mit 8,99 Euro absolut erschwinglich, falls es nicht wieder auftaucht.

Apropos … wo ist es nur? Ich kann es nicht finden. Hier liegen nur Berge von Papier. Natürlich in Klarsichtfolien gesteckt und in Ordnern zusammengehalten. Vielleicht hat Nathan es in eine der Schubladen verstaut. Ich öffne die erste, dann die zweite, dann die dritte Schublade seines Schreibtisches.

Auf einmal reiße ich meine Augen auf. Ich blicke auf einen weißen Umschlag mit der Aufschrift »Für Jil«. Ich verharre für einen Moment. Ob ich den Brief lesen soll? Nein, besser nicht. Ich hätte gar nicht an seine Schreibtischschubladen gehen dürfen. Wenn ich doch nur nicht so schrecklich neugierig wäre. Aber andererseits steht doch »Für Jil« drauf. Und ich bin Jil. Ich bezweifle, dass es noch eine zweite Jil in Nathans Leben gibt, und wenn doch, sollte ich das wissen. Ich beschließe, dass es mein bürgerliches Recht und meine emotionale Pflicht ist, den Brief zu öffnen.

*Liebe Jil,*
*heute Abend werde ich dich endlich fragen, ob du mich heiraten möchtest. Mir ist noch nie eine Frau, wie du es bist, begegnet. Und nur weil ich tiefes Vertrauen zu dir habe, wage ich es, diese Frage zu stellen.*
*Ich verspreche dir, ich werde die Welt um dich drehen. Ich verstehe nicht viel von der Liebe. Wie auch, wo doch das Herz nach seinen eigenen Regeln spielt. Aber ich weiß, dass es keinen zweiten Menschen gibt, der mein Herz je mehr berührt hat.*
*Ich wünsche mir nichts mehr, als mit dir alt zu werden und uns nach vielen wertvollen Jahren daran zu erinnern, wie wunderschön der Abend war, als ich um deine Hand angehalten habe.*
*Jil, wenn du mir heute sagst, dass du meine Frau werden willst, werde ich dich mein Leben lang lieben und ehren. Ich möchte dich beschützen, und du sollst meine Welt sein. Ich weiß, ich brauche dir diese Frage nur einmal zu stellen, weil wahre Liebe keine Zeit zum Wachsen braucht. Seit ich dich kenne, ist mein Leben komplett.*
*Ich liebe dich.*
*Dein Nathan*

Tränen kullern mir über die Wangen. Ich wünschte, Nathan würde jetzt durch die Wohnungstür kommen und mich mit einem »Hallo Süße, ich habe Antipasti und Chianti von Luigi mitgebracht«, begrüßen.

Ich bin am Boden zerstört. Ich wische mir die Tränen von den Wangen und beschließe zu gehen. Als ich jedoch die Schublade wieder schließen möchte, entdecke ich ein Schildchen mit der Aufschrift »STRENG GEHEIM«. Ich liege in der Kartei »STRENG GEHEIM«? Sehr interessant. Was liegt denn hier noch so alles herum? Ich frage mich, wie kann man an etwas streng Geheimes ein »STRENG GEHEIM«-Schild machen. Ich würde solche Sachen eher mit »ABSOLUT LANGWEILIG« beschriften. Das ist doch sonst viel zu auffällig, da könnte man vor dem Urlaub auch gleich auf den Anrufbeantworter sprechen: »Hallo ihr Lieben, leider sind wir vom 01.04 bis zum 31.05 auf Mallorca und können daher in dieser Zeit eure Anrufe nicht entgegennehmen. In wichtigen Fällen ruft zwischen 20.00 und 20.10 Uhr an. In dieser Zeit lässt unsere Nachbarin die Rollladen herunter, damit die Einbrecher denken, dass wir zu Hause sind. Danke. Piep!«

Meine Finger fliegen durch die Unterlagen in der Schublade. Ich stocke bei einem Ordner mit der Aufschrift »Liquid Lady«. Schlagartig steigt Eifersucht in mir auf. Wer ist »Liquid Lady«? Eine heimliche Geliebte? Wie lange kennt er diese »Liquid Lady« denn schon, und weiß sie vielleicht auch nicht, dass es mich gibt? *Dass es mich gab*, verbessere ich mich und schluchze laut auf. Wahrscheinlich ist er mit ihr gerade auf Mykonos, und sie isst meine Garnelenspieße auf Champagnersoufflee.

Wutentbrannt öffne ich den Ordner und …

Äh. Was ist das? Zahlen. Nichts als Zahlen? Ich überfliege die ersten Zeilen in der Hoffnung irgendetwas von diesem Ziffernwirrwarr zu verstehen. Ich bin nicht gerade ein Finanzgenie, aber bei »Liquid Lady« scheint es sich eindeutig um ein ungemeldetes Nummernkonto in der Schweiz zu handeln. Das ist doch unglaublich. Welch eine Ametrie! Ich bin eifersüchtig auf ein Nummernkonto! Ich sollte dringend mal wieder zum Psychiater gehen. Bei mir ist der Schritt zu einer waschechten Mikrozephalen wirklich bedenklich klein!

Also, mein Mister Moral steckt doch voller Überraschungen. Dummerweise ziehen mich geheimnisvolle Menschen magisch an.

Genug geschnüffelt! Mehr flüssige Damen vertrage ich für heute nicht. Außer mich selbst vielleicht. Ich beschließe, meinen Plan zu ändern und so lange betrunken zu bleiben, bis ich mein Leben wieder im Griff habe. Vielleicht fühle ich mich weniger vacat, je voller ich bin. Werde direkt mal schauen, welche edlen Tröpfchen Nathan in seinem Weinkeller hat.

Vielleicht halten Ewigkeiten doch länger, als ich dachte, geht es mir durch den Kopf, als ich die Wohnungstür abschließe und den Schlüssel mit dem kleinen Herzen in meine Tasche plumpsen lasse.

*Gelernte Wörter: Ametrie = Missverhältnis;*
*Mikrozephale = jemand, der einen abnorm kleinen Kopf hat;*
*vacat = leer.*

19

## MONTAGS HAT DER HIMMEL GESCHLOSSEN!

*Herr Schnüttge.«*

*»Frau Schöneberg.«*

*»Wie lange kann ein Mensch eigentlich überleben, wenn er sich ausschließlich von Champagner ernährt?«*

*»Ich sage es Ihnen, wenn ich wieder nüchtern bin.«*

*»Verstehe.«*

Ich stöckele dem Tag der Entscheidung in meinen neuen Sergio-Rossi-Pumps und einem schwarzen Hosenanzug von Jil Sander entgegen. Versuche so beim Richter Vertrauen und Seriosität zu erwecken. Glaube aber, das hätte ich mir sparen können. Rechts neben mir läuft Luisa in verwaschenen Jeans und einem pinkfarbenen T-Shirt mit der neongelben Aufschrift »bE mY bABy«. Als ich sie auf ihren Zustand anspreche, sagt sie nur, sie hätte die ganze Nacht mit Cameron Diaz Stimmübungen für ihren neuen Film gemacht. Ich beschließe, sie noch mal zu fragen, wenn sie keinen Restalkohol mehr im Blut hat.

Zu meiner Linken latscht mein Anwalt in seinen Allstars und einer Jeans mit umgeschlagenem Bund. Sehr überzeugend, wirklich! Er lässt hin und wieder eine Kaugummiblase unter seiner Nase zerplatzen. Ich frage mich, wo sind all die Tom-Cruise-und-Richard-Gere-Staranwälte, wenn man sie braucht? Hätte mich vielleicht doch, nachdem Nathan für mich als Verteidiger nicht mehr infrage kam, etwas eher nach passendem juristischem Beistand umsehen sollen.

Als ich mit Miss Piggy im Rausch und einer Kaugummi kauenden Mickeymaus das Gerichtsgebäude betrete, nehme ich meine verdunkelte Sonnenbrille ab. (Musste mich vor der brutalen Presse schützen. Mich würde es nicht wundern, wenn während der Verhandlung eine Bürgervereinigung misshandelter Models vor dem bayerischen Amtsgericht eine Demo abhält. Mit wildem Gekreische und großen Plakaten mit Schreibfehlern. Dann ist hier ratzfatz ein Presserummel. Im Moment sehe ich allerdings nur den Kameramann eines Regionalsenders. Der scheint sich jedoch eher für die Außenfassade des Gebäudes zu interessieren und scheucht mich panisch aus dem Bild.) Ich überprüfe noch mal meine Hochsteckfrisur. Wenn doch nur Nathan oder Mark hier wäre. Aber sie scheinen beide nicht einmal mehr mit mir zu sprechen. Wie kann ich da auf salvierenden Beistand hoffen? Seit Nathan nach Mykonos geflogen ist, hat er sich nicht mehr gemeldet, und Mark und ich sind unfähig, uns in die Augen zu schauen. Da habe ich jahrelang von diesem Mann geträumt, und jetzt habe ich alles kaputtgemacht. Ich wünsche mir so sehr, es wäre wieder wie früher. Manchmal sollte man es einfach beim Träumen lassen.

»Ganz ruhig, Jil. Wenn das heute nicht klappt, Cameron kennt da einen ganz tollen Anwalt.«

»Ähm. Ja, danke, Luisa.« Jetzt bloß nicht die Nerven verlieren.

»Richtig. Das ist ’ne Sache von einer Stunde. Danach stolzieren Sie auf Ihren schönen Schuhen wieder aus dem Gerichtssaal und sind ein freier Mensch. Reine Formsache.«

»Da wäre ich mir mal nicht so sicher, Sie Möchtegernanwalt«, zischt die von hinten anrauschende Ursula Granada. Der Brustausschnitt und der Beinausschnitt ihres giftgrünen Kostüms liegen erstaunlicherweise nur um die zehn Zentimeter auseinander. Selbst ihre Pumps entblößen einen gigantischen Zehenausschnitt.

»Ich würde hier eher von Möchtegernmodel sprechen«, keift mein Anwalt.

Daraufhin nimmt Ursulas Gesicht die rote Farbe ihres Lippenstiftes an. Na ja, so sieht man wenigstens nicht mehr so sehr, dass er verschmiert ist.

»Sie haben sie ja wohl nicht mehr alle, Sie, Sie …« Ursula reißt ihre in allen Regenbogenfarben glitzernde Tasche in die Höhe und ist im Begriff, meinem Anwalt eine überzubraten, als der ihre Hand ergreift und sagt: »Vorsicht, Sie Schabracke. Sonst zeige ich SIE wegen Körperverletzung an.«

Lieber Gott, bitte tu doch etwas. Ich werde auch nie mehr irgendwelchen anderen Frauen die Schnäppchen bei H&M wegschnappen oder kleine Fädchen aus Kleidungsstücken pulen, um sie zum reduzierten Preis zu kriegen. Ich schwöre!

Mein Stoßgebet scheint erhört zu werden, da sich im nächsten Moment die Türen des Gerichtssaals öffnen. Ich nuschle: »DANKE, lieber Gott!«, und ziehe meinen Anwalt und Luisa in den Saal.

Sehr fulminant, kann ich da nur sagen. Der Stuhl des Richters hat die Größe eines Müllcontainers, und die gigantischen Fenster und die verschnörkelten Tisch- und Stuhlkanten lassen mich vor Ehrfurcht erstarren. Es würde mich nicht wundern, wenn sie gleich noch einen roten Teppich für den Richter ausrollen würden. Von der imaginären Macht des Raumes erdrückt, lasse ich mich auf meinen unbequemen Holzstuhl fallen. Im nächsten Moment betritt der Richter mit seinem Gefolge den Gerichtssaal, und eine kraftvolle Stimme lässt mich hochschrecken.

»Bitte erheben Sie sich. Richter NATHAN SCHMIDT.«

Ich kann es nicht glauben! Ich muss träumen! Wahrscheinlich bin ich im Alkoholrausch zusammengebrochen und habe jetzt einen dieser unglaublich realistischen Träume.

Kann mich nur leider dummerweise daran erinnern, wie ich heute Morgen aufgestanden bin. Mein Herz schlägt so laut, dass ich Angst habe, dass der Stuhl unter mir zu vibrieren anfängt. Vor mir steht ein mykonosgebräunter Richter namens Nathan Schmidt. Mein Nathan Schmidt! Gedankenfetzen schwirren mir durch den Kopf. Rebeccas Party, er sagte, er wäre Jurist, die Gesetzbücher … Wie konnte ich davon ausgehen, dass Nathan Anwalt ist, wo er doch nie über seine Arbeit sprach?

Ich versuche, die schwarze Robe vor mir anzulächeln, doch Nathans Miene ist geradezu erstarrt.

Na bravo, Jil! Willkommen in deinem Leben. Nervös kratze ich mit meinen frisch lackierten Fingernägeln über den Holztisch vor mir und schwöre, wenn ich den erwische, der das Schicksal erfunden hat, der kann was erleben!

Etliche Kratzer im Tisch und die gigantomanische Darbietung meiner brutalen Straftat durch Ursula Granada später werde ich in den Zeugenstand gebeten. Auf dem Weg dorthin frage ich mich, ob ich mir über die Schweißausbrüche meines Anwalts und das erhabene Lächeln meiner Klägerin ernsthaft Sorgen machen sollte.

Ach was. Es wird sich alles aufklären, wenn ich jetzt gleich mit Nathan rede. Er kennt mich und weiß, dass ich ein pflichtbewusster und friedliebender Bürger bin. Und er wird doch seinen verletzten Stolz nicht über das Gesetz stellen.

»Frau Schöneberg. Sind Sie sich überhaupt darüber bewusst, was für eine GRAUSAME Tat Sie da begangen haben?« Andererseits sollte man den männlichen Stolz nie unterschätzen.

»Ich war doch nur etwas erregt, weil Frau Granada einen Vertragsbruch begehen wollte.«

»Das gibt Ihnen wohl nicht das Recht, derart außer Kontrolle zu geraten.«

Und wer gibt dir das Recht, so mit mir zu sprechen? Ich hasse die Justiz.

»Frau Granada hat mich einen Kartoffelsack genannt und dass ich in ihrer exklusiven Branche ja sowieso keine Chance hätte.«

»Aber Frau Granada ist ein erfahrenes Model. Wahrscheinlich wollte sie Sie damit nur auf die Realität hinweisen.«

Jetzt platze ich aber gleich vor Wut! Noch ehe ich Nathan mit seinem Mikrowellensex, seinen beigen Bundfaltenhosen und seinen schnöseligen weißen Slippern (ich bin mir sicher, dass er sie auch unter der Robe trägt) aufs Tiefste beleidigen will, springt mein Anwalt auf und bittet um eine Pause.

Eine Pause?

Sind wir hier beim Baseball?

Ich verstehe die Welt nicht mehr.

Der Hammer fliegt auf den Tisch, und einer Pause wird stattgegeben.

Auf dem Flur erzählt mir mein Anwalt, es sehe nicht gut aus. Er könnte das Verhalten des Richters selbst nicht verstehen, aber ich müsste unbedingt die Ruhe bewahren, sonst würde ich nicht nur wegen Körperverletzung, sondern auch noch wegen Justizbeleidigung verurteilt werden, und dann steckten wir in ernsthaften Schwulitäten.

Na wunderbar. Ich sehe mich schon im Knast. Sollte ich aus dieser Sache irgendwie wieder herauskommen, werde ich in Zukunft einen großen Bogen um alle Männer machen, die in irgendeiner Weise das Gesetz hüten. Aber vielleicht kann ich im Gefängnis ja für die Frauenbodybuildermeisterschaften trainieren oder an einer Verlegung in die Psychiatrie arbeiten.

Die nächsten dreißig Minuten der Verhandlung gehen an mir vorüber wie in Trance. Ich höre phasenweise irgendwelche Augenzeugen von meiner grausamen Tat berichten und immer wieder ein Raunen unter den Anwesenden, untermalt von einem nervösen Zähneknirschen meines Anwalts. Wahrscheinlich werden gerade körpereigene Drogen in mir freigesetzt, wie bei einem schweren Unfall oder im Schockzustand. Beginne, den Zustand zu genießen, als Nathan mich plötzlich aus meinem Delirium reißt.

»Frau Schöneberg, Sie haben das letzte Wort.«

Das letzte Wort, das letzte Wort. Was soll ich denn jetzt sagen?

Da schießt es mir wie ein Geistesblitz durch den Kopf. Sollte ich jemals eine höhere Eingebung gehabt haben, so war das wohl genau in diesem Moment. Ich muss an Yoda aus *Star Wars* denken. Der kleine Mann ist zwar des deutschen Satzbaus von Zeit zu Zeit nicht ganz mächtig, aber er sagt immer wieder so schlaue Sachen wie:

*Furcht führt zu Wut, Wut führt zu Hass, Hass führt zu unsäglichem Leid.*

Und genau dieses Leid werde ich Ihnen auch antun, Euer Ehren Nathan Schmidt. Oh, ja. Ich bin ein Jedi-Ritter. Möge die Macht mit mir sein! Meine Augen füllen sich wieder mit Leben, und meine Lippen formen die zwei kleinen Worte:

*»Liquid Lady!«*

Ursula Granada bricht in ein quietschendes, japsendes Gelächter aus, und die Gerichtspsychologin kritzelt sich mitleidig einige Bemerkungen auf ihren Zettel, aber es stört mich nicht, weil ich in Nathans Augen sehe, diesen Kampf habe ich gewonnen!

An diesem Abend kuschle ich mich in einer Decke auf das Sofa, wärme meine Hände an einer heißen Tasse Vanilletee, höre Musik und schaue in die Nacht.

»Hi, Jil!« Ich blicke zur Tür. Er ist es, ich habe es gewusst. Früher oder später mussten wir über das alles sprechen.

»Komm rein.« Ich lächle milde. Ich sehe in seinem Blick, was er mir gleich sagen wird.

»Darf ich?« Er setzt sich neben mich, umschließt mich mit seinen Armen und küsst zärtlich meine Haare.

»Was soll ich sagen?« Ich höre seinen Herzschlag und rieche seine Haut.

»Ich habe es kaputtgemacht, bevor es beginnen konnte.« Seine Stimme ist sanft wie Seide.

Ich streiche ihm über das Haar und gebe ihm einen Kuss auf die Wange. »Das mit uns soll einfach nicht sein.«

»Wahrscheinlich hast du Recht.«

»Mach dir keine Sorgen, ich liebe dich trotzdem.« Ich lehne meinen Kopf auf Marks Brust und lege meine Hand in seine. Für eine kleine Ewigkeit kuscheln wir uns gemeinsam unter die Decke, hören Musik und schauen in die Nacht, bis Mark die Stille bricht.

»Freunde!«, sagt er und blickt mich an, als wolle er diese Antwort auf ihre Richtigkeit überprüfen.

»Freunde!«, sage ich und blicke Mark an, als wolle ich diese Antwort auf ihre Richtigkeit überprüfen.

»Freunde!«, sagt er und küsst mich.

Freunde!, denke ich und ziehe ihn in mein Bett. Mein Gott, wann werde ich endlich erwachsen! Und obwohl sie in der nächsten Stunde so nah beieinander sind, schlagen unsere Herzen doch wieder allein.

*Gelernte Wörter: salvierend = rettend;*
*gigantomanisch = auf der Sucht beruhend, alles ins Riesenhafte zu übersteigern;*
*Schwulität = Bedrängnis, peinliche Lage.*

# 20

## BIENE TRIFFT BLUME!

*Herr Schnüttge.«*

*»Frau Schöneberg.«*

*»Wissen Sie inzwischen, wie lange ein Mensch überleben kann, wenn er sich ausschließlich von Champagner ernährt?«*

*»Genau siebzehn Tage, fünf Stunden, sechsundvierzig Minuten und zwölf Sekunden.«*

*»Und dann?«*

*»Dann hat mir meine Bank den Zugriff auf weitere Konten verwehrt!«*

*»Verstehe.«*

Das ist doch ein traumhafter Dienstagmorgen! Wir haben schon nach zehn Uhr, und ich sitze immer noch in meinem Seidenpyjama und mit begurktem Gesicht im Bett, schlürfe Cappuccino und zappe mich durchs Morgenprogramm. Ich danke mir höchstpersönlich dafür, dass ich mir heute freigegeben habe. Mit meinem verkaterten Kopf (Luisa und ich haben meinen Freispruch gestern Nacht noch mit Champagner begossen. Und mit Tequila. Und mit Averna.) hätte ich unmöglich arbeiten können.

Nach 27 Programmen bin ich beim Shoppingkanal angelangt und frage mich gerade, ob ich eines dieser praktischen Mixgeräte kaufen soll, als es an der Türe klingelt.

So ein Mist!

Ach was. Ich mache einfach nicht auf. Aber was ist, wenn es Luisa ist, die mal wieder ihren Schlüssel vergessen hat? Dieser Gedanke scheint mir nicht ganz unrealistisch, zumal das Klingeln immer penetranter wird.

Also gut. Raus aus dem Bett. Ich frage mich, wie Luisa immer und immer wieder ihre Schlüssel vergessen kann? Werde mal ein ernstes Wörtchen mit ihr sprechen müssen.

»Also, hör mal, wenn du nicht bald selbst an deine Schlüssel denkst …«, setze ich mahnend an, als ich die Klinke der Wohnungstür nach unten drücke, »… dann werde ich … o Gott! Was machst du denn hier?«

Verdammt!

Ich stecke an einem Dienstagvormittag ohne gute Entschuldigung in meinem Seidenpyjama und meinen Königstigern an den Füßen, und meine MUTTER steht vor der Tür! Fühle mich plötzlich, als wäre ich wieder 13 Jahre alt und wäre beim Schuleschwänzen erwischt worden. Ihr kritischer Blick verrät mir, dass meine Mutter gerade das Gleiche denkt.

»Ach Gott, mein Kind. Was machst du denn für Sachen? Geht es dir nicht gut?«

»Was denn für Sachen? Und warum soll es mir nicht gut gehen?«

»Aber Jil, ich meine deine Verhandlung gestern.«

Woher weiß sie das?

»Tanguy hat es durch Zufall von einem Kollegen erfahren und …«

Und es dir mit Freuden erzählt. Mein Bruder ist mal wieder höchst einfühlsam!

»Und dann habe ich bei dir im Büro angerufen, aber man sagte mir, dass du heute nicht zur Arbeit kommen würdest.«

O Gott! Meine Mutter hat im Büro angerufen! Ich vermute, es gibt wohl kaum etwas Peinlicheres.

»Aber mach dir keine Sorgen. Ich habe ihnen gesagt, dass du gestern wegen dieser Anklage vor Gericht gestanden hast und dich deswegen sicher etwas ausruhen müsstest.«

Ich ziehe meine Vermutung zurück! Ich hatte meinen Arzt von einem Attest und Herrn Besörski von einer bösen Magen-Darm-Verstimmung überzeugt. Herrje. Wie komme ich aus der Nummer wieder heraus?

»Und jetzt bin ich hier, um mich ein bisschen um dich zu kümmern. Komm, ich mach uns erst mal einen heißen Kakao.« Meine Mutter rauscht an mir vorbei und bahnt sich ihren Weg in Richtung Küche. Wie von einem Hurrikan überrumpelt, bleibe ich im Türrahmen stehen, kneife mein Gesicht zusammen und warte auf ihren Schrei.

»Ach, du gute Güte!«, erschallt es aus der Küche. Meine Mutter hat soeben die leeren Champagner-, Tequila- und Averna-Flaschen untermalt von einem Berg zerquetschter Zigarettenstummel und dem Geschirr der letzten Woche entdeckt. Ein wunderschönes Stillleben voller Erinnerungen für mich, ein Bakterienherd mit Schimmelbefall und Schmutzrändern für meine Mutter. Wortlos zieht sie eine bunt gestreifte Schürze aus ihrer Handtasche, schnürt sie um und beginnt damit, einzelne Geschirrberge aufzuschichten.

»Mama! Du musst wirklich nicht …«

»… keine Widerrede! Und du gehst jetzt duschen und ziehst dir etwas an.«

Nachdem ich einige Wortgefechte mit dem Badezimmerspiegel über meine Mutter hinter mich gebracht habe, komme ich frisch geduscht und angezogen in eine blitzblanke Küche, während meine Mutter hektisch mit einem Blumentopf durch die Wohnung läuft. Mein schräger Blick wird mit Verständnislosigkeit bestraft.

»Aber Jil, das ist ein Bonsai. Der braucht viel Licht. Ich werde ihn im Wohnzimmer ans Fenster stellen.«

»Wie du meinst.« Resigniert öffne ich den Küchenschrank, um frischen Kaffee zu machen.

Aber was ist das?

Wo ist denn die Kaffeedose hin? Und die Tassen und meine Gewürzsammlung? Fassungslos reiße ich den nächsten Küchenschrank auf. Warum stehen denn jetzt die Teller neben den Gläsern, und wo ist das Besteck? Ich kann es nicht glauben.

»Mama!«

»Was denn, mein Schatz?« Meine Mutter kommt in die Küche und sieht meine verzweifelten Blicke durch die Schränke wandern.

»Ach so. Das meinst du, Liebes. Ich habe die Sachen nach dem Alphabet sortiert. Das ist doch viel übersichtlicher, nicht wahr?«

»Ja, sicher, wenn du meinst. Wo steht denn jetzt der Kaffee?«

»Na neben den Keksen und den Kidneybohnen oben im Regal. Du solltest übrigens kein Gemüse aus Dosen essen. Frisches ist viel gesünder.«

Okay, werde versuchen, einfach nicht hinzuhören, und meine ganze Energie aufs Kaffeekochen konzentrieren. Mir waren Schlagzeilen wie »Tochter erwürgt Mutter im Affekt« bis jetzt eigentlich immer sehr befremdlich gewesen.

»Oh, nein, nein, nein. Das ist doch viel zu viel Pulver. Lass mich das machen.« Schwups greift meine Mutter nach dem Kaffeefilter, nimmt ihn aus der Maschine und lässt ihn in den Mülleimer plumpsen.

Leite meine Energie also weg vom Kaffeekochen hin zum Tassensuchen. In meiner neuen, alphabetisch sortierten Küche!

Oje! Einen ganzen langen Kaffee mit meiner Mutter trinken. Das ist schlimmer, als den Sommerschlussverkauf bei Tod's zu verpassen. Ach, was rede ich? Nichts ist schlimmer, als den Sommerschlussverkauf bei Tod's zu verpassen.

»Tja, Jillilein. Was gibt's denn Neues?«

»Nichts.«

»Und wie läuft es mit der Arbeit?«

»Gut.« Falls Herr Besörski nicht gerade meine Kündigung unterschreibt.

»Also, weißt du, Tanguy überlegt ja gerade, eine Zweigstelle seiner Firma in Hamburg zu eröffnen ...«

»Ähä.« Sehr spannend! Ob das schwarze Kaschmiroberteil mit den kleinen Strasssteinchen noch bei Prada im Schaufenster hängt?

»Ja, und jetzt fliegt er natürlich die ganze Zeit von München nach Hamburg und von Hamburg ...«

»Ähä.« Sollte nachher noch mal schnell vorbeischauen und gucken, ob es zu meiner schwarz-weiß gestreiften Hose von H&M passt. Das war ein echtes Schnäppchen, und sie macht meine Beine so wunderbar schlank. Die kaschiert MINDESTENS zwei Kilo.

»Und nun sucht Tanguy dringend jemanden, der vorübergehend die Geschäfte in München leitet ...«

»Hmm.« Ach was, ich kann mir Prada im Moment nicht leisten. Es sei denn, ich baue eine kleine Umtauschschleife ein.

»Vielleicht könntest du ihm ja unter die Arme greifen. Du verstehst doch etwas von Pablig Releischons ...«

»Jep.« Aber für Zara habe ich immer Geld, und die haben ganz zauberhafte kirschrote Taftröcke mit kleinen Volants am Saum.

»Und dieser Herr Mörski vom anderen Stern ist doch wirklich nicht das Wahre, oder?«

»Besörski, Mama.«

»Bitte?«

»Mein Chef. Er heißt Besörski.«

»Wie auch immer. Ich werde Tanguy sagen, dass er auf dich zählen kann.«

»Was? Nein. Das geht auf keinen Fall.«

»Aber die Familie muss doch zusammenhalten.«

Man sollte sich einfach keine Tage mehr freinehmen!

»Das habe ich ja ganz vergessen, Mama. Ich habe noch einen wichtigen Termin beim, äh, Arzt.«

»Beim Arzt? Was fehlt dir denn? Es ist doch nichts Ernstes?«

»Doch, äh, ich meine nein. Eine Routineuntersuchung beim Arzt. Beim Zahnarzt.«

»Also, gut, na dann werde ich mal sehen, ob du deine Kleider noch nach der Zusammensetzung der Materialien sortiert hast. Ich habe erst neulich wieder gelesen, dass man mit dieser Methode morgens ganze sechs Minuten beim Anziehen sparen kann!«

»Mama, das musst du wirklich nicht tun!«

»Kindchen, du weißt, ich mache das doch gerne. Und jetzt geh, sonst kommst du noch zu spät zu deinem Termin.«

Manche Dinge muss man sich nicht zweimal sagen lassen.

Ich bin mir nicht sicher, ob ich mich gerade mehr über die Tatsache freue, dass ich gar nicht zum Zahnarzt muss, oder darüber, meiner Mutter erfolgreich entkommen zu sein!

Stattdessen zwänge ich mich durch eine Horde verrückt gewordener Japaner, die alle wie gebannt in die Höhe starren, Ahhhhs und Ohhhhhs von sich geben und hochentzückt ihre Videokameras hin und her schwenken. Um Punkt zwölf Uhr darf man halt nicht über den Marienplatz gehen, wenn man offene Schuhe trägt und den Kontakt mit fremden Menschen und blitzenden Kameras scheut. Mein Gott, Jil! Wie lange lebst du eigentlich schon in München?

Wie dem auch sei. Es ist immer wieder schwer zu glauben, dass es noch Japaner gibt, die das Spiel der 43 Glocken – begleitet von majestätischen Bewegungen lebensgroßer Tanzfiguren – im Rathausturm in beängstigende Glückszustände versetzt. Aber was soll ich machen, wenn mein Lieblingscafé nun mal direkt gegenüber vom Rathaus liegt! Da heißt es, achte auf deine Jimmy Choos und durch!

Ich kämpfe mich also durch die Massen, um danach die vier Stockwerke zum Café Glockenspiel hochzustapfen. Ich könnte ja diesen wunderschönen Fahrstuhl nehmen, wenn es sich dabei nicht um den engsten Fahrstuhl handeln würde, den ich je in meinem Leben gesehen habe. Ich würde sogar vermuten, dass dies der schmalste Aufzug der ganzen Welt ist, aber ich will mich da mal nicht festlegen. Meine ausgeprägte Klaustrophobie sagt mir: »Benutze die Treppe!« Der Gedanke an einen heißen Milchkaffee und den wunderbaren Blick über den Marienplatz lässt mich meiner ausgeprägten Unsportlichkeit zum Trotz ein kleines bisschen schneller gehen.

Phu! Ich sehe die letzte Stufe. Ich rieche Kaffee. Ich höre Besteck, das auf Geschirr klappert. Ich spüre Wärme, die sich von den Kerzen auf den Tischen im Café ausbreitet. Und ich sehe Nathan!

O mein Gott!

Nathan steht gerade mit einer sexy Blondine von seinem

Tisch auf und kommt direkt auf mich zu. Meine Güte, mit diesen Beinen braucht man für den Neid nicht weiter zu sorgen, denke ich mir beim Anblick seiner Begleitung. Ändere spontan meine »Heiße Milchkaffee«-Pläne und falle mit einem ausweichenden Schritt rückwärts in den Aufzug. Ich drücke panisch auf alle Knöpfe in der Hoffnung, dass sich die Aufzugtür endlich schließt. Nathan kommt auf mich zu. Ich kann ihn schon sehen. Und wenn er nicht mit dieser Blondine flirten würde, dann hätte er mich auch schon längst gesehen.

Viel zu langsam schließt sich die Tür.

Nathan blickt zum Aufzug.

Ich blicke zu Boden.

Die Aufzugtür schließt sich.

Geschafft!

Erleichtert drehe ich mich zu einem Mann im Fahrstuhl um.

»Sie haben es aber eilig.«

»Hhhhe. Hhhhe. Hhhhe.« O nein. Bitte nicht. Ich ertrage alle klaustrophobischen Anfälle dieser Welt, aber warum muss es denn ausgerechnet vor *diesem* Mann sein?

»Ist Ihnen nicht gut?«

»Hhhhe. Hhhhe. Was?« Mein Atem wird schneller.

»Kann ich Ihnen helfen?«

»Ich, hhhhe, ich, hhhhe. Klaus-, Klaus-, Klaus-.« Ich bekomme keine Luft mehr. Meine Beine zittern, meine Hände glühen.

»Klaus... Klaus... Klaustrophobie?«

»Richtig! Hhhhe. Ich leide an übersteigerter, hhhhe, zwanghafter, hhhhe, Angst, hhhhe, vor geschlossenen, hhhhe, Räumen.«

»Okay, ganz ruhig!«

»Ganz ruhig? Hhhhe. Ich hyperventiliere, die Wände stürzen auf mich ein, ich bekomme Krämpfe.«

»Was kann ich tun?«, fragt der Mann, und im nächsten Moment gibt es einen Knall, und der Fahrstuhl bleibt stehen.

»Wir stecken fest!«

»WAS? Wir stecken, hhhhe, fest?« Mein Gott, die Wände sind so nah. Ich ersticke gleich. Ich zucke. Ich zittere. Tränen schießen mir in die Augen. Ich verliere die Kontrolle. Ich halte das nicht aus. »Hhhhe, hhhhe, hhhhe.« Ich beginne zu kippen und schlage wild um mich. Gegen die Wände. Gegen die Tür. Gegen den Mann. »Ich muss hier raus. Hhhhe. Sofort!«

»GANZ RUHIG! SEHEN SIE MICH AN!« Der Mann schreit mich an und ergreift meine Handgelenke. Er hat Mühe, die Bewegungen meiner Arme zu stoppen.

»Sehen Sie mir in die Augen!«

»Hhhhe.«

»Sehen Sie mir in die Augen! Nicht zur Wand! Nicht zur Tür! Nur in die Augen! Haben Sie verstanden?«

»Jahhh. Hhhhe.«

»Es gibt nur Sie und mich. Keine Wände. Keine Türen. Kein Fahrstuhl.«

»Nur Sie und ich.«

»Sehen Sie, Sie zittern ja schon gar nicht mehr so stark.« Langsam wird meine Atmung ruhiger, und ich sehe dem Mann vor mir in die Augen.

»Es freut mich sehr, Sie mal wieder zu sehen, Jil.«

»Sie haben sich meinen Namen gemerkt?«

»Wie könnte ich Sie vergessen? Sie fahren nicht sehr gerne Aufzug, oder?«

»Nein, hhhhe. Eigentlich nicht.«

»Jil, hören Sie. Ich lasse jetzt vorsichtig Ihre Handgelenke los und nehme Ihre Hände in meine Hände, okay?«

»Okay!«

»Gut. Und Sie schauen mir weiter in die Augen. Wissen Sie, dass ich erst letzte Woche an einem Strand von Neuseeland war. Ich sehe die Weite des Ozeans und die Unendlichkeit des Horizonts gerade vor meinen Augen.«

»Die Weite des Ozeans …«

»Geht es Ihnen jetzt etwas besser?«

»Ich bin mir nicht sicher.«

»Keine Sorge, Sie machen das wirklich gut. Außerdem lasse ich Sie nicht los.«

»Hhhhe.«

»Ich werde mich jetzt zu den Fahrstuhlknöpfen drehen und nach einer Notrufnummer suchen.«

»Okay.«

»Und wenn die Panik wiederkommt, sagen Sie mir Bescheid.«

»Das merken Sie ganz bestimmt auch so.«

Der Mann dreht sich zu den Fahrstuhlknöpfen.

Ich starre auf die Fahrstuhltür.

»Mir wird schwindelig.«

»Gut. Ich habe Sie. Alles in Ordnung, Jil. Schauen Sie mir in die Augen.«

»Hhhhe. Besser. Es geht mir besser.«

»Ich hole jetzt mein Handy aus der Tasche und rufe die Notrufnummer an. Keine Angst, ich lasse Sie nicht aus den Augen!« Er wählt die Nummer, während ich in seine Augen blicke. Unaufhörlich.

»Hallo? Ben Bayker hier. Spreche ich mit dem Fahrstuhlnotdienst? … Wir stecken zwischen der zweiten und dritten Etage fest … verstehe … verstehe … sagen Sie, besteht die Möglichkeit, dass wir abstürzen?«

»Hä? Hhhhe.«

Ben schüttelt leicht mit dem Kopf. »Gut. Wir warten.«

»Wir warten?«

»Geben Sie mir wieder Ihre Hand. Der Notdienst ist gleich hier. Wie geht es Ihnen?«

»Es geht.«

»Nicht zur Tür sehen, Jil. Schauen Sie mir in die Augen. Was machen Sie in Ihrer Freizeit? Gehen Sie gerne essen?«

»Ja, sehr gerne. Ich esse am liebsten italienische Eiscreme.«

»Eiscreme? Klingt gut. Ich esse am liebsten Vanillejoghurt zum Nachtisch. Haben Sie den schon mal probiert?«

»Nein.«

»Das sollten Sie unbedingt nachholen.«

»Okay, sobald ich hier raus bin, werde ich das nachholen. Und was haben Sie noch so vor mit Ihrem Leben?«

»Ich würde sehr gerne bald eine Familie gründen. Aber ich glaube, ich muss selbst erst einmal erwachsen genug werden, bevor ich anderen das Leben beibringen kann.«

»Sie sind sehr ehrlich.«

»Wie könnte ich auch anders, wo sie mir doch die ganze Zeit in die Augen blicken.«

»Ich ...«

»Sie haben wunderschöne Augen, Jil.«

Hmmm. Ich denke, ich werde wirklich langsam verrückt. Ich stehe in einem streichholzschachtelgroßen Aufzug, mein Herz rast, und mein Puls pocht, und alles, wonach ich mich sehne, ist MEHR Nähe. Ich verliere mich in Bens Augen, als er sich langsam zu mir herunterbeugt, nicht ohne den Blick von mir abzuwenden, und meine Lippen beginnen zu beben, als ...

»HALLO! HIER IST DER FAHRSTUHLNOTDIENST!«

... als wir die dröhnende Stimme eines Fahrstuhlmechanikers hören.

»Sehr gut, Jil. Gleich sind wir hier raus.«

»Ja. Richtig. Der kaputte Aufzug. Mein Gott, sehr gut. Unsere Rettung ist da«, sage ich matt.

Eine Minute! Ich hätte nur noch eine Minute gebraucht! Grrrrr. Seit wann sind Handwerker eigentlich pünktlich? Ich werde einen Beschwerdebrief schreiben müssen.

Eine aufgebrochene Fahrstuhltür, einen Mechaniker, den ich am liebsten erwürgt hätte, und einen letzten unendlich kurzen Blick in Bens Augen später erhole ich mich mit Sarah in ihrer Firmencafeteria von meinem klaustrophobischen Anfall.

»Ich würde mir jetzt erst mal keine Sorgen machen!«, sage ich, während ich einen kalten Kaffee schlürfe und nachdenklich auf eine etwas trostlos wirkende Yuccapalme blicke.

»Meinst du? Ich glaube, ich sollte das mit Viktor langsam vergessen.« Sarah schlägt ihre wunderschönen, langen Beine übereinander und streift behutsam ihren beigen Kaschmirrock glatt.

»Ach Sarah! Männer machen das Leben doch meistens nur noch komplizierter. Wir sollten eine Liste mit unseren Problemen erstellen, die nichts mit Männern zu tun haben, und ich sage dir, wir säßen vor einem leeren Blatt.«

»Wahrscheinlich hast du Recht!«

»Und deswegen gehe ich auf Diät!«

»Ich verstehe nicht ganz.« Sarah schaut mich verwirrt mit ihren schönen Augen an.

»Auf Männerdiät. Ab jetzt gibt es keine emotionalen Verstrickungen mit anschließendem Herzverlust mehr.« Das ist mein Ernst. Mein voller Ernst.

»Und was ist mit Mark?«

»Mark und ich sind nur Freunde. Freunde, die ab und zu aus unerklärlicher magischer Anziehung Sex miteinander haben.«

»Jil, du weißt, dass so etwas nie gut geht. Im Grunde zeigt das doch nur, dass das große Glück woanders liegt.«

»Die Erfahrung zeigt, dass es das große Glück ohnehin nicht gibt.«

»Na, da hat Nathan ja ganze Arbeit geleistet.«

NATHAN! Ich bin empört, dass sie es wagt, diesen Namen in meinem Beisein laut auszusprechen.

»Du solltest diesen Mann besser nie wieder erwähnen! Er wollte mich aus verletztem Stolz vor Gericht verurteilen. Außerdem turtelt er schon wieder mit einer unglaublich attraktiven Blondine herum.«

»Wer wollte wen wegen verletztem Stolz verurteilen?« Sarah und ich schrecken hoch. Hinter uns steht Viktor mit hochgekrempelten Hemdsärmeln und gelockerter Krawatte.

Eindeutig ein Boss beim Relaxen!

»Oh, nichts, nichts.« Ich merke, wie sich kleine rote Flecken zwischen dem weißen Blusenkragen auf Sarahs zartem Dekolleté bilden und ihre Stimme anfängt zu vibrieren. »Na, dann wollen wir mal wieder weiterarbeiten.«

Ich verlasse hinter Viktor und Sarah die Cafeteria und frage mich, wie dieser Mann nur so dumm sein kann, dass er nicht merkt, wie wunderbar meine Freundin ist.

An diesem Abend sollte das Schicksal über neue Fremdwörter in meinem Leben entscheiden. Langsam blätterte ich die Seiten des Wörterbuchs um und tippte willkürlich auf die Worte. Beim Lesen huschte mir ein Lächeln über die Lippen. Diese drei Wörter wollte ich mir unbedingt merken!

*Gelernte Wörter: ab ovo = von Anfang an;*
*Adoration = Verehrung;*
*kaptivieren = für sich gewinnen.*

# 21

## DER ÄSTHETISCHE TIEFPUNKT!

*Herr Schnüttge.«*

*»Frau Schöneberg.«*

*»Würden Sie mir ein psychologisches Gutachten erstellen, das auf Unzurechnungsfähigkeit plädiert, wenn ich meinen Ex aus Versehen durch eine Aneinanderkettung unglücklicher Missverständnisse erschlagen würde?«*

*»Nein.«*

*»Verstehe.«*

Seit Tagen verspüre ich einen riesigen Hunger nach Joghurt. Ich habe massenweiße Vanillejoghurt gekauft. Und Kirsch- und Stracciatellajoghurt, einen mit Limonenstückchen und die Geschmacksrichtungen Mocca, Maracuja und Mohn-Marzipan. Außerdem habe ich Joghurtschokolade, Joghurteis, Joghurtmilch und Marshmallows gekauft. Okay, Marshmallows haben nicht wirklich etwas mit Joghurt zu tun, aber ich sterbe für Marshmallows.

Außerdem habe ich schon 27 Stunden, 52 Minuten und 16 Latte macchiatos im Café Glockenspiel vier Stockwerke über dem Marienplatz verbracht. Nicht, dass ich darauf warten würde, Ben hier noch einmal zu begegnen. Damit hat das gar nichts zu tun. Es ist nur ein so unglaublich schönes Café. Ich frage mich dennoch, warum Männer sich nicht auch einmal ein paar Gewohnheiten zulegen können, zum Beispiel einmal die Woche bei H&M nach Schnäppchen stöbern oder regelmäßig mit einer Weltuntergangsstimmung und einem Glas Champagner in der Badewanne sitzen und in Selbstmitleid baden, das nach Lavendel duftet.

Eigentlich wäre heute ein Tag zum Feiern, weil ich eine Studie gefunden habe, die besagt, dass Frauen ein Gen haben, das nach dem ewig Neuen verlange, und dass der kontinuierliche Kleidungskonsum nur einen Akt des Sichlebendigfühlens darstelle. Mit neuen Kleidern werde man selbst ein Teil der Gegenwart. Mit alten Kleidern fühle man sich stattdessen wie von gestern. Habe mir die Stelle dreifach kopiert und sorgfältig abgeheftet.

Aber heute ist mir nicht nach Shoppen zumute, obwohl ich dazu jetzt sogar die wissenschaftliche Erlaubnis habe. Keine Maximilianstraße. Keine Fünf Höfe. Kein Teresa.

Gelangweilt klappe ich mein Handy auf und lese noch mal die letzten fünf SMS von Mark.

SÜSSE JIL KANN HEUTE LEIDER DOCH NICHT GEHE NOCH MIT LANA INS KINO LG MARK

SÜSSE JIL HABE NOCH EINEN TERMIN MELDE MICH VIELLEICHT SPÄTER LG MARK

SÜSSE JIL HAST DU ETWAS DAGEGEN WENN SANDY MIT UNS ESSEN GEHT KANN IHR NICHT SCHON WIEDER ABSAGEN LG MARK

SÜSSE JIL HAB DICH GESTERN TOTAL VERGESSEN TUT MIR WIRKLICH LEID LG MARK

SÜSSE JIL MUSS DIR UNBEDINGT TAMARA VORSTELLEN SIE IST GENAUSO UNKOMPLIZIERT & SEXY WIE DU LG MARK

Ein Hoch auf gute Freunde und den unverbindlichen Sex.

Ach, ist im Grunde auch egal. Ich glaube, ich hole mir lieber noch einen Joghurt. Ich habe schon wieder zwei Kilo zugenommen, aber dafür läuft meine Männerdiät ganz hervorragend!

Bin nur froh, dass heute Freitag ist. Meine Arbeit scheint schon etwas darunter zu leiden, dass ich mal wieder in einer Phase bin, in der ich exzessiv meinen Tagträumen nachgehe. Habe vor kurzem Vinzenz gefragt, was die ganzen Babywindelproben in meinem Büro machen, worauf er antwortete, dass das die Produkte unseres neuen Kunden wären. Die lägen hier schon seit drei Wochen! So was!

Sollte mich wohl lieber wieder etwas auf meine Karriere konzentrieren.

Ich nehme eine der Babywindeln in die Hand und begutachte sie von allen Seiten. Auf der Packung steht »geruchsneutral, saugfähig und flauschig weich«. Was soll das für eine PR-Veranstaltung werden? Sehe mich schon zwischen lauter Babys, die alle ihre geruchsneutralen, saugfähigen und flauschig weichen Windeln voll haben und nach ihren Müttern schreien.

»Vinzenz!«, rufe ich durch das Büro. Ich brauche strategische Unterstützung. Keine dreißig Sekunden später marschiert er in ein Diktiergerät sprechend durch die Tür.

»Wie ist dein Plan in Bezug auf diese Babysache hier?«, frage ich kurz darauf.

»Tja, ich habe mir schon so meine Gedanken gemacht, aber die stecken jetzt alle in diesem Diktiergerät hier.« Vinzenz deutet wie der Moderator eines Shoppingkanals auf das formschöne Modell in seiner linken Hand.

»Dann hör bitte dieses Ding ab, und schreib es mir auf.« Ich reiche ihm meinen Montblanc-Füller und ein weißes Blatt Papier. Ich liebe meinen Praktikanten! Ich denke, ich werde ihn befördern und uns erst mal einen Cappuccino holen. Und wenn ich schon mal auf dem Weg bin, kann ich auch noch gleich das Gerücht überprüfen und nachschauen, ob Herr Besörski heute tatsächlich eine pinke Krawatte mit rosa Ferkeln darauf anhat.

O Gott! Hätte mein Büro niemals verlassen dürfen. Zugegeben, die Krawatte von Herrn Besörski ist tatsächlich der absolute Wahnsinn. Aber das allein hätte ich noch verkraftet. Jetzt aber zittern mir gefährlich die Knie. Ich hatte nichtsahnend die Tür zu meinem Büro geöffnet und erstarrte. Und mein Blick kann sich nicht mehr von Vinzenz lösen. Was soll das? Da ist man für einen kleinen Augenblick nicht in seinem Zimmer, und der eigene Praktikant entwickelt sich zur Trematode. Meine Augen sind groß wie Pizzateller, und die heißen Cappuccinotassen rutschen mir aus der Hand und fallen klirrend zu Boden. Endlich lässt der Täter von seinem Opfer ab, denke ich erleichtert. Doch Vinzenz dreht sich nur kurz zu mir um, schüttelt den Kopf und wendet sich erneut seinem Opfer zu.

Meinem Montblanc-Füller!

Er steckt sich die edle weiße Kappe meines »Ich mache Karriere mit Stil«-Stiftes zwischen die Lippen und sabbert ihn ab.

Bei aller Liebe zu meinem Praktikanten, aber das geht zu weit!

Das grenzt an Vergewaltigung fremden Büromaterials. Ich steige über die Cappuccino-Scherben-Pfütze, marschiere auf Vinzenz zu und entreiße ihm meinen geschändeten Füller und seine Notizen.

»Ähm, dann lass mal schauen, was du da geschrieben hast. Hier, du kannst in der Zeit diese Unterlagen für mich kopieren.« Ich gebe Vinzenz einen willkürlichen Stapel Papiere und werfe ihm einen verächtlichen Blick hinterher, als er das Büro verlässt.

Komm her, mein kleiner, wunderbarer Füller. Muss jetzt erst mal Erstversorgung und Opferbetreuung leisten. Ich fummele ein feuchtes Reinigungstuch aus meiner Schreibtischschublade und wische sorgfältig die Kappe meines Füllers ab.

Nachdem ich den Vorgang sechsmal wiederholt habe, bin ich mir sicher, dass alle Spuren beseitigt sind. Also wende ich mich Vinzenz' Notizen zu.

Ähm also? Moment mal??? Was soll das heißen? *Wir erörtern eine Kinderwade … wir eröffnen einen Kinderwagen … wir vergöttern einen Kinderladen*?

Also, das kann ich beim besten Willen nicht lesen. Muss mich also auf den Weg zum Kopierraum machen. Ich sollte Vinzenz von seiner Aufgabe erlösen. Bei dem Stapel, den ich ihm mitgegeben habe, ist er vor Feierabend nicht damit fertig.

Ich steige abermals über die Cappuccino-Scherben-Pfütze und schreite den langen Gang entlang bis zum Kopierzimmer. Beim Vorbeikommen an den verglasten Bürotüren bewundere ich noch schnell den zarten Fall meines champagnerfarbenen Chiffonrockes, der in perfekter Symbiose mit der Farbe meiner Krokoledersandaletten harmoniert.

Huppala!

Jetzt hätte ich doch fast den Wasserspender umgelaufen. Aber warum steht der auch hier mitten im Weg. Also, genau genommen steht er an der Wand, aber er ist ganz schön sperrig. Ich bin noch damit beschäftigt, mir meinen Rock glatt zu streichen, als ich ein sonderbares Geräusch aus dem Kopierraum hörc. Der Kopierer scheint schon wieder zu spinnen, denke ich und öffne die Tür. Im nächsten Moment erstarre ich zur Salzsäule. Ich dachte, Vinzenz' Zungenakrobatik beschränke sich nur auf meinen Montblanc-Füller.

Na, da lag ich ja mal wieder so etwas von daneben!

Jetzt nuckelt Vinzenz nämlich an Pamela Berger herum. O Gott! Eine wilde Knutschorgie direkt vor meinen Augen. Eine unaufhaltsame Adhäsion auf meinen zu kopierenden Unterlagen. Es ist unglaublich. Was soll ich jetzt nur tun? Ich höre Schritte hinter mir, und als ich mich umdrehe, sehe ich, wie sich Herr Besörski hinter mir aufbaut. Mein Blick fällt auf die pinke Krawatte.

Das ist zu viel!

Muss mich wohl oder übel dem unaufhaltsamen Marasmus hingeben und flüchte in den mehr als notwendigen Feierabend.

*Gelernte Wörter: Trematode = Saugwurm;*
*Adhäsion = Aneinanderhaften zweier Körper;*
*Marasmus = Kräfteverfall.*

# 22

## E-MAIL FÜR MICH

*»Herr Schnüttge.«*

*»Frau Schöneberg.«*

*»Ich habe mehr und mehr das Gefühl, dass die Ästhetik an den Rand der Gesellschaft gedrängt wird. Ich frage mich, warum nimmt die Regierung nicht mal ästhetische Bürgerpflichten ins BGB auf, statt irgendwelcher Parkverbote oder Geschwindigkeitsbeschränkungen an Baustellen? Meinen Sie, ich sollte zu einer landesweiten Demonstration aufrufen?«*

*»Das ist keine gute Idee.«*

*»Verstehe.«*

Nach den gestrigen Erlebnissen fällt es mir wirklich schwer, heute ins Büro zu gehen. Könnte aber auch daran liegen, dass Samstag ist und ich nur in die Firma muss, weil ich mein Beautycase mit diesem bezaubernden, kirschroten Lipgloss vergessen habe. Ich brauche ihn aber dringend für heute Abend, und die scheinbar falsch orientierten Marketingexperten von Lancôme haben ihn doch tatsächlich aus dem Programm genommen. Mir ist unbegreiflich, wie sie das tun konnten. Ich habe doch mindestens sechs Stück davon gekauft. Pro Woche. Ich bin nämlich sehr wählerisch, was meine Lippenpflege betrifft. Kürzlich habe ich in einer Zeitschrift gelesen, dass eine Frau in ihrem Leben bis zu vier Kilo Lippenstift isst. Da sollte man doch lieber Qualität kaufen. Nachher heißt es noch: Sie starb an einer Magen-Darm-Erkrankung, die auf den Verzehr eines billigen Lippenstiftes zurückzuführen ist!

Da ich aber nun schon mal im Büro bin, beschließe ich, noch schnell meine E-Mails zu lesen. Ich blättere neugierig in der *ELLE*, während der Computer hochfährt.

»Sie haben Post!« Hmmm. Mal sehen.

Im Absenderfeld steht *TV DIREKT*. Ach du meine Güte. Habe ich etwa vergessen, eines meiner Zeitschriftenabos zu bezahlen? Das mache ich grundsätzlich nicht vor der dritten Mahnung. Man weiß ja nie, ob man das Geld nicht doch kurzfristig für etwas anderes braucht. Außerdem habe ich gelesen, dass manchmal Kunden in den Datenbanken verloren gehen. Wenn ich also erst nach der dritten Mahnung bezahle, steigert das meine Chancen, dass meine Daten irgendwo verloren gehen, doch um ein Dreifaches.

Aber bei der E-Mail von *TV DIREKT* handelt es sich nicht um eine Rechnung, sondern um die Antwort eines TV-Senders bezüglich meiner Bewerbung. Komischerweise kann ich mich gar nicht daran erinnern, mich jemals bei einem TV-Sender beworben zu haben, und überfliege das Schreiben mit kritischem Blick.

*TV DIREKT*
*Die Show für einsame Herzen!*

*Sehr geehrte Frau Schöneberg,*
*wir bedanken uns bei Ihnen für Ihre Bewerbung als Kandidatin für unser neues Sendeformat LONELY HEARTS. Wir freuen uns, dass Sie als Single daran teilnehmen wollen.*

*Leider haben Sie es versäumt, uns ein aktuelles Foto von Ihnen beizulegen. (Obwohl wir das Foto von Ihnen im Schweinchenkostüm alle entzückend fanden.)*
*Darum bitten wir Sie, am ersten Samstag diesen Monats gegen 18 Uhr einfach in unserer Redaktion vorbeizukommen. Die Anschrift finden Sie im Anhang.*
*Wir freuen uns auf Sie!*

*Mit freundlichen Grüßen,*
*Ihr LONELY HEARTS-Team*

*PS: Sollten Sie bei unserer Singleshow gewinnen, schenken wir Ihnen einen zweiwöchigen Traumurlaub auf Bora Bora mit Ihrem Singleshowpartner.*

Ich kann es nicht fassen! Mein Gott, ist das peinlich. Wer um alles in der Welt hat mich denn bei einer Singleshow angemeldet? Und dann noch dieses unsägliche Foto von mir dort hingeschickt, auf dem ich als kleines rosa Schweinchen verkleidet bin.

Völlig perplex fische ich mein Handy aus meiner Tod's und wähle Luisas Nummer.

»Hallo Luisa. Ich bin's. Wo bist du gerade?«

…

»Und was machst du gerade?«

…

»In der Badewanne?«

…

»Alleine?«

…

»Sehr gut. Dann steig bitte aus der Wanne, und geh ins Wohnzimmer.«

…

»Das ist ein Notfall!«

...

»Okay, ich mache dir morgen pinke Strähnchen ins Haar, aber geh jetzt bitte ins Wohnzimmer, und schau nach, ob du in meinem hellblauen Fotoalbum irgendwo das Bild mit der Unterschrift KARNEVAL IM KINDERGARTEN findest.«

...

»Ja, das Schweinchenbild! Jetzt hör doch bitte auf zu lachen, und such nach dem Bild.«

Nervös tippe ich mit meinen Fußspitzen aneinander, während ich ein Fluchen und Räumen am anderen Ende der Leitung vernehme.

»Es ist weg? Du meinst, das Bild über den Worten KARNEVAL IM KINDERGARTEN ist weg? Sag mal, war Nathan in letzter Zeit irgendwann in unserer Wohnung?«

...

»Ich verstehe. Luisa, könntest du bitte mit Sarah um 13 Uhr ins Spice & Rice kommen?«

...

»Danke.«

Um Punkt 13 Uhr sitzen Sarah, Luisa und ich im Spice & Rice und stecken unsere Nasen in die bunten thailändischen Speisekarten.

»Das Essen geht auf mich«, verkünde ich. »Ich nehme als erstes das GUNG SCHUP PENG TOAD, danach GAENG JULET WUNSEN und GEANG KIEW WAN-GEI-MUHNUEA und zum Schluss einen Kokosnusspudding, bitte.« Entgeistert blicken mich Sarah und Luisa an.

»Mein Gott, Jil! Es muss ja wirklich etwas Schreckliches passiert sein.«

Mit tiefster Demütigung im Blick reiche ich ihnen den Ausdruck der E-Mail.

»Du hast dich bei einer Singleshow mit deinem Schweinchenfoto beworben?«, fragt Sarah entgeistert.

»Nein, natürlich nicht. Nathan hat die Bewerbung geschrieben. Aus purer Rache! Und um mich lächerlich zu machen, hat er dieses Kinderfoto beigelegt. Luisa hat gesagt, dass Nathan vor ein paar Tagen noch mal in der Wohnung war, weil er angeblich seinen hellblauen Pullunder bei mir hat liegen lassen. Aber ich sage euch was, er hat gar keinen hellblauen Pullunder!«

Sarah ist entsetzt. Eine durchaus angemessene Reaktion, wie ich finde.

»Ich bin so sauer auf Nathan, das könnt ihr euch nicht vorstellen. Dem werde ich verdammt noch mal die Meinung sagen«, posaune ich durch das ganze Restaurant, sodass zwei kanarienfarbig gekleidete Mingkellnerinnen zusammenzucken.

»Aber Jil, das ist doch genau das, was Nathan möchte. Er will, dass du sauer wirst.«

Hä? Verstehe jetzt nicht so ganz, was Luisa damit sagen will.

»Hast du denn nicht mal daran gedacht, den Spieß umzudrehen und einfach bei dieser Singleshow mitzumachen?«

Also, was soll das denn jetzt?

»Ja, genau«, sagt Sarah. »Was hast du schon zu verlieren, außer einer Traumreise nach Bora Bora vielleicht.«

»Und stell dir doch mal vor, was Nathan für ein Gesicht macht, wenn du dir wirklich einen süßen Typen in dieser Show anlachst. Vor seinen Augen, und er hat dich auch noch dazu angemeldet!«

»Wenn ich es mir so recht überlege, das klingt gar nicht so schlecht«, sage ich affirmativ. Nur zu schade, dass ich Nathans Gesicht dabei nicht sehen kann. Na, Hauptsache, er sieht mich. Am besten mit einem knackigen Ricky Martin oder einem verführerischen Colin Farrell im Arm.

»Das ist wirklich eine sehr gute Idee. Ich bin Single. Ich bin jung. Und meine blasse Haut ist mehr als reif für Bora Bora. Auf zum Casting!«, sage ich und festige den Beschluss mit einem großen Schluck Chardonnay.

Bei der Vorspeise ergötze ich mich innerlich an Nathans dummem Gesicht, das er machen wird. Beim Hauptgang kommen Zweifel in mir auf, ob das mit dieser Singleshow so eine gute Idee ist. Beim Champagner zwischendurch überzeugen mich Luisa und Sarah wieder von dem »genialen« Plan, bei der Show mitzumachen. Und beim Dessert merken wir, dass der erste Samstag in diesem Monat HEUTE!!! ist. Das heißt, das Casting findet heute Abend statt. In ein paar Stunden. Und mein Bauch wölbt sich von Minute zu Minute mehr vom vielen Essen, meine Haare stehen zu Berge, und meine Nägel müssten dringend frisch lackiert werden!

Außerdem habe ich wohl einen kleinen Schwips.

»Mach dir keine Sorgen! Wir kriegen das schon hin. Du wirst schon sehen, in einer Stunde siehst du ganz fantastisch aus!« Luisa lacht mich morbiphor an, als sie mich in ein Taxi schubst und wir kurz drauf wie in einem Actionfilm nach Hause rasen.

»Jetzt ist mir schlecht!«, bemerke ich, als ich in der Küche auf einem Stuhl sitze und Sarah und Luisa mit Bürste, Feile, Make-up und Klamotten um mich herumwirbeln.

»Hier Süße, trink noch ein Gläschen Prosecco, und entspann dich«, meint Sarah und tänzelt mit Puderquasten und Lidschatten um den Stuhl. Gehorsam schließe ich die Augen und konzentriere mich auf die wohltuende Wirkung des Alkohols.

Keine Stunde später blicke ich in den Spiegel und bin beeindruckt. Mein Gott, ich wusste ja gar nicht, wie gut ich aussehen kann. Vor mir steht eine Mischung aus Sarahs vornehmer Strenge und Luisas eigensinnigem Chic. Fehlen nur noch die Schuhe. Aufgeregt laufe ich in mein Zimmer und hole eine kleine, silberne Box aus meinem Kleiderschrank. Vorsichtig ziehe ich die liebevoll darum gebundene bordeauxfarbene Schleife auf und öffne den Deckel.

Da sind sie!

Mein Heiligtum!

Mein Ein und Alles!

Meine moccafarbenen Wildlederpumps mit Knöchelriemchen und einem 8-Zentimeter-Absatz von Sergio Rossi. UMTAUSCH & RÜCKGABE AUSGESCHLOSSEN! Falls meine Wohnung jemals in Brand stehen sollte, wären sie die Ersten, die ich vor den Flammen retten würde.

Voller Ehrfurcht lege ich die beiden Riemchen um meine Knöchel und mache erste Gehversuche. Fantastisch!

Ich blicke auf meine Uhr. Schon 20 Minuten vor sechs. Jetzt muss ich mich aber wirklich beeilen! Zum Glück steht Luisa bereits in der Tür und wedelt aufgeregt mit dem Fahrplan der Straßenbahnen durch die Luft.

»Soll ich nicht lieber ein Taxi bestellen?«, frage ich.

»Wir haben die Verkehrsmeldungen im Internet abgerufen. Auf dem inneren Ring ist ein schwerer Unfall passiert. Ein Taxi würde viel zu lange zum Umfahren des Staus benötigen. Da bist du mit der Straßenbahn schneller. Du musst nur einmal am Hauptbahnhof umsteigen. Ich habe dir alles in den Plan eingezeichnet.« Luisa drückt mir ein gefaltetes Papier in die Hand und einen Kuss auf die Wange. »Na, dann schnapp dir mal einen süßen Kerl!«, rufen mir meine beiden weltbesten Freundinnen nach und prosten sich im Türrahmen mit dem restlichen Prosecco zu, während ich den Hausflur hinabstöckele.

Als ich in der Straßenbahn sitze, versuche ich mir ein paar möglichst souveräne Antworten auf eventuelle Fragen der Castingleute einfallen zu lassen. Komme aber mit meinen Überlegungen nicht sehr weit, weil ich wie gebannt auf die kleine, digitale Anzeige über mir starre, die die Haltestellen anzeigt. Ich darf auf keinen Fall den Hauptbahnhof verpassen. Werde mich beim Casting auf meine Spontaneität verlassen müssen. Ich kann nur hoffen, dass sie mich nicht wieder verlässt. Das macht sie in letzter Zeit nämlich wirklich häufig und schubst dann einfach die Peinlichkeit ins Rampenlicht. Apropos Rampenlicht. Dort werde ich vielleicht auch schon bald stehen. Als Gast einer Singleshow, die Millionen Menschen sehen. Vielleicht entdeckt mich ja ein erfolgreicher Produzent oder ein mächtiger Regisseur, der mich unbedingt für seinen neuen Film haben möchte. Das wäre mein erster Schritt ins Showbiz! Und in ein paar Jahren wohne ich in Hollywood und nehme unter Tränen meinen ersten Oscar entgegen.

*»Meine Damen und Herren, ein Traum wird wahr. Und das habe ich alles nur einem Menschen zu verdanken: Nathan Schmidt! Von meiner Dankesrede sind ausgeschlossen: Tanguy Schöneberg, Ursula Granada, Eckhard Besörs…«* In dem Moment leuchtet das Wort Hauptbahnhof über mei-

nem Kopf auf. Panisch drängle ich mich zwischen einem knutschenden Pärchen und einer halben Schulklasse besoffener Teenager hindurch bis zur Tür. Mit einem großen Schritt schreite ich nach draußen.

Aber kaum stehe ich auf dem Bahnsteig, werde ich von einer Unmenge an Hinweisschildern mit kleinen Pfeilen und Symbolen erschlagen. Oje, wo geht's denn jetzt lang? Ich werfe einen Blick auf den Plan mit Luisas Einzeichnungen und halte ihn mit ausgestrecktem Arm neben die vielen Schilder. Ich drehe ihn einmal, zweimal. Hmmm? Ich werde es mal mit der Treppe da drüben probieren. Ich tippele so graziös und schnell, wie es auf meinen Wildlederpumps möglich ist, auf die Treppe zu. Gerade möchte ich meinen Fuß auf die erste Stufe setzen, als ich von hinten angerempelt werde. Ich schwanke auf meinen 8 Zentimetern nach vorn und nach hinten und wieder nach vorn und …

Oh, nein! Ich verliere das Gleichgewicht und stürze haltlos die Treppe hinab. Ich knalle und falle und wirbele und rutsche in die Tiefe, bis mein Körper am Ende der Treppe mit einem dumpfen Schlag gestoppt wird.

Auf einmal sehe ich lauter kleine Sternchen vor mir. Wie hübsch! Ob man die kaufen kann? Für die Zimmerdecke über dem Bett oder so.

Als ich meine Augen wieder aufschlage, sehe ich verschwommen die Gestalt einer Frau, die mir einen Zettel unter die Nase hält.

»Na, junge Frau. Haben Sie es sich hier unten bequem gemacht? Ich kann das verstehen. Mir ist der Alltag auch oft viel zu stressig. Aber finden Sie doch einen Ausgleich bei den *Sprachrohren Gottes*. Wenn Sie dieses Blatt hier ausfüllen, können Sie noch heute Mitglied werden, für gerade mal 198 Euro im Monat. Und als Begrüßungsgeschenk erhalten

Sie diese selbst geschriebenen 20 Seiten starken Psalme der *Sprachrohre Gottes.*«

Hä? Schmerzen durchziehen meine Gehirnmasse, und ich merke, dass ich nicht genug Kraft mobilisieren kann, um diese Auserwählte der *Sprachrohre Gottes* wegzuscheuchen. Auf einmal packt ein Mann die Frau beim Arm und schiebt sie weg.

»Ihr werdet in der Hölle braten, alle werdet ihr in der Hölle braten!«, höre ich sie noch beim Weggehen schreien, während sich der Mann zu mir herunterbeugt.

»Sind Sie okay?«

»Tja, ich weiß nicht so recht, aber ich denke schon.« Langsam robbt sich die Realität wieder bis zu meinem Gehirn vor, und ich blicke dem Mann vor mir vorsichtig in die Augen. In diesem Moment dreht sich mein Herz einmal um die eigene Achse.

»Sie scheinen ja öfter in Schwierigkeiten zu stecken?« Ben reicht mir seine Hand.

»Das kann ich leider nur bestätigen.« Mein Gott, wie peinlich. Warum begegnet er mir ausgerechnet jetzt? Der Mann muss ja langsam denken, ich bin komplett gestört.

»Tut Ihnen etwas weh?« Sanft hebt er mein Kinn und betrachtet die Schrammen in meinem Gesicht.

»Ich glaube nicht.« Ich betrachte Ben, wie er vor mir auf seiner Anzughose kniet, besorgt in mein Gesicht schaut und mit seiner Hand meine sanft umschließt.

»Ich scheine Ihnen kein großes Glück zu bringen!«

»Machen Sie sich keine Sorgen. Ich bin es gewohnt, Hals über Kopf in mein Schicksal zu stürzen.«

Ben blickt mich lächelnd an und drückt fast ungemerkt meine Hand. Ich kann nicht glauben, dass ich mitten im Münchner Bahnhof auf dem Boden sitze, mit einem Wildfremden Händchen halte und dabei mein Herz so wild schlägt wie noch nie in meinem Leben. Mein Gott, ich bin doch nicht etwa verliebt? Zum ersten Mal in meinem Leben VOLLKOMMEN verliebt?

»Ich habe ihn probiert!«, sage ich etwas benommen.

»Sie haben was?«

»Den Vanillejoghurt! Er schmeckt ganz wunderbar.«

»Sie sind wirklich sehr ... außergewöhnlich. Kommen Sie, Jil. Ich helfe Ihnen sich hinzustellen.« Vorsichtig legt Ben seinen Arm um meinen Rücken. Beim Aufstehen rieche ich den Duft seiner Haut.

»Geht es? Wie fühlt sich das an?«

»Sehr gut.« Meine Güte, meine Stimme hört sich an, als wäre ich wieder vierzehn!

Ben blickt auf seine Uhr. »Darf ich Sie vielleicht zu einem Kaffee einladen?«

Zu einem Kaffee, zum Elefantenpolo, zu einer Kreuzfahrt ans Ende der Welt, was immer Sie wollen. O nein, da fällt mir ein, ich kann ja gar nicht.

»Es tut mir Leid, aber ich muss noch zu einem Castingtermin.«

»Ich verstehe. Ich möchte Sie nicht aufhalten. Auf Wiedersehen, Jil. Vielleicht ein anderes Mal. Sie stürzen mir ja anscheinend öfter in die Arme.«

Ben blickt mich für einen Moment an. Dann dreht er sich um und geht.

Nein, geh noch nicht!

Bitte geh noch nicht!

Tu etwas, Jil. Nu mach schon!

Du weißt doch, man soll sein Fatum nicht verärgern.

Außerdem sollte ich diese Männerdiät langsam mal beenden. Ich habe zwei Wochen durchgehalten und dabei vierzehn Tage verloren!

»Ich werde nicht mehr stürzen«, platzt es aus mir heraus.

Ben dreht sich zu mir um.

Danke. Danke. Danke.

»Ich denke, das sollte ich mir abgewöhnen«, füge ich noch hinzu und ziehe eine Visitenkarte aus meiner Handtasche.

Ben kommt zurück, und ich überreiche ihm die Karte. Sanft ergreift er sie und berührt dabei meine Hand.

Mir wird schwindelig.

Wir blicken uns in die Augen.

Ein Zug fährt in den Bahnhof.

Fahrgäste steigen aus und rauschen an uns vorbei.

Kinder schreien.

Lautsprecherdurchsagen ertönen.

Der Wind fegt über die Bahnsteige.

»Bis dann.« Ich löse mich von seinem Blick und meiner Visitenkarte.

Gut! Der Mann meiner Träume hat meine Visitenkarte. Für diesen Moment habe ich gelebt. Jetzt kann ich sterben. Ich drehe mich etwas überschwänglich um und versuche, so kontrolliert wie möglich zu meinem Anschlusszug zu stöckeln.

»Und, wie war's?« Luisa hüpft mir aufgeregt und hellwach entgegen, obwohl es mittlerweile schon nach Mitternacht ist. Hätte nie gedacht, dass Castings so anstrengend sind. Erschöpft lasse ich mich auf die Couch im Wohnzimmer fallen und antworte ihr mit verschlafenem Blick: »Wie im Traum. Einfach fantastisch!«

»Dann haben dich die Leute vom Casting genommen?« Luisa dreht eine ihrer kurzen, blonden Strähnchen um ihren Finger.

»Casting? Was denn für ein Casting? Ach, du meinst die Singleshow. Also, weißt du, das war doch sehr eigenartig.«

Luisa setzt sich neben mich. »Was ist passiert?«

»Tja, weißt du, die anderen Mädels, die sich da beworben haben, waren alle schlanker, hatten schönere Haare und haben schlauere Dinge gesagt als ich. ›Oh, ja, ich war schon immer so schlank, da hat es die Natur gut mit mir gemeint‹ oder ›Also, in meiner Freizeit arbeite ich als Model‹ oder ›Entschuldigung, aber ich habe den Witz AKUSTISCH nicht verstanden‹ ...«

»Mein Gott! Frauen sind zuweilen wirklich einfach nur bescheuert!«

»He?« Erstaunt blicke ich Luisa an, aber sie weicht meinem fragenden Blick aus.

»Und was hast du gesagt?«

»Ja, also ich habe denen erzählt, dass ich im Monat mindestens drei Diäten anfange, so jeweils für anderthalb Tage, dass ich in meiner Freizeit Badezimmerkacheln aussuche, die farblich mit meinem Nagellack harmonieren, und dass ich den Witz des Castingleiters zwar akustisch verstanden hätte, aber gar nicht komisch gefunden habe.«

»Oh.«

»Sie haben mich trotzdem für die Show genommen. Die Redakteurin meinte, ich stelle einen einzigartigen Gegenpol zu den anderen Bewerberinnen dar.«

»Sieh es doch mal so, du bist halt einfach ... außergewöhnlich!«

»Ich weiß.«

*Gelernte Wörter: affirmativ = zustimmend;*
*morbiphor = ansteckend;*
*Fatum = Schicksal.*

## 23

## 1000 SCHMETTERLINGE SPÄTER!

*Herr Schnüttge.«*

*»Frau Schöneberg.«*

*»Ist Ihnen das auch schon mal passiert, dass Sie dachten, Sie hätten das große Glück gefunden. Aber dann passiert Ihnen etwas, das alles Bisherige in den Schatten stellt, und Sie haben zum ersten Mal das Gefühl, dass das wahre Glück weitaus berauschender ist als alles, was Sie jemals erlebt und gefühlt haben? Dass es Sie in Ihren Bann zieht und nicht wieder loslässt? Und das dieser Zustand unglaublicher ist, als Sie jemals gewagt hätten zu vermuten?«*

*»Frau Schöneberg, mir scheint, Sie sind verwirrt.«*

*»Nicht mehr als sonst.«*

*»Ich denke, wir erhöhen die Therapiestunden doch.«*

*»Verstehe.«*

Was? Wie? Wo? Hat mein Handy geklingelt? Ach, nein. Das war im Fernsehen. Ich werde noch völlig verrückt. Seit drei Tagen lasse ich mein Handy nicht mehr aus den Augen und schrecke bei jedem kleinsten Piep hoch. Gestern zum Beispiel habe ich vor Aufregung fast Luisas Porzellankanne umgerannt, nur weil der Eierkocher gebrummt hat.

Schon drei l a n g e Tage und noch kein Lebenszeichen von Ben!

Ich hab's ja gewusst. Der Zustand, auf einen lebenswichtigen Anruf zu warten, kommt dem, mit verbundenen Augen bei Tempo 200 über die Autobahn zu brettern, erstaunlich nah. Und wenn die ersten drei Tage ohne Nachricht verstrichen sind, ist das Desinteresse so gut wie besiegelt. Aber diese Tatsache will ich nicht wahrhaben.

Immer wieder klappe ich mein Handy auf, um auch ganz sicher zu gehen, dass ich auch keinen Anruf verpasst habe, aber jedes Mal leuchtet mir nur ein leeres Display entgegen.

Tüdülüdülü.

Tüdülüdülü.

Häm? Mein Handy klingelt?

Tüdülüdülü.

Tüdülüdülü.

Tüdülüdülü.

Oh, mein Gott! Es klingelt wirklich! Wie hypnotisiert greife ich zum Handy. Aber was soll ich sagen? Vor Aufregung lasse ich es wieder fallen wie ein abgebranntes Streichholz.

Tüdülüdülü.

Tüdülüdülü.

»Gleich wird es aufhören zu klingeln. Jetzt nimm schon all deinen Mut zusammen, und geh ran!«, befehle ich mir selbst. Mein Gott, ich stehe vollkommen neben mir. Es ist kein gutes Zeichen, wenn ich anfange, Selbstgespräche zu führen. Es sei denn, ich gieße gerade Blumen oder erörtere ein paar existenzielle Fragen mit dem Vollmond. Aber das zählt nicht. Ich greife erneut zu und nehme das Gespräch an.

»Jil Schöneberg … Hallo?«

Aufgelegt. Mist!

So ein Mist.

Ich kann es einfach nicht glauben. Ich sollte meinen Kopf nehmen und ihn in das Aquarium von Luisa stecken. Es ist doch wirklich nicht zu fassen, wie bescheuert eine einzige Person …

Tüdülüdülü.

Tüdülüdülü.

Tüdülüdülü.

»Jil Schöneberg.«

…

»Tanguy! Was willst du?« Enttäuscht lasse ich mich auf die Couch fallen.

…

»Der Hochzeitstag? Worauf willst du hinaus? Bitte komm zum Punkt.«

…

»Eine große Party für den Hochzeitstag von Mum und Dad? Das ist eine tolle Idee. Weißt du, ich habe im Moment nur wirklich wenig Zeit. Können wir das später besprechen.«

…

»Ich kümmere mich darum.«

…

»Sagen wir morgen um fünf Uhr bei mir?«

…

»Schnittchen? Na meinetwegen. Also, dann bis morgen.«

Kaum klappe ich mein Handy zu, klingelt es erneut. Mein Herz macht einen kleinen Sprung, um im nächsten Moment über sich selbst zu stolpern.

»Jil Schöneberg.«

…

»Ja, Tanguy, natürlich. Die Schnittchen ohne Lachs, weil du keinen Lachs mehr isst, seit du diese Reportage auf ARTE gesehen hast. Geht klar.«

Hmmm! Diesen Tag kann ich wohl vergessen. Ich beschließe, es mir mit Pasta und Prosecco in der Badewanne gemütlich zu machen und mein Handy keines Blickes mehr zu würdigen. Am liebsten würde ich es direkt im Badewasser qualvoll ertrinken lassen, aber ich sollte bedenken, dass ich es noch zwei Jahre lang abbezahlen muss. »Da hast du aber noch mal Glück gehabt, und jetzt geh mir aus den Augen!«, sage ich und lasse es in meine Kelly-Bag plumpsen.

Ach herrlich! Die drei P (Pasta, Prosecco, Peelingbad) eines entspannenden Abends zeigen langsam ihre Wirkung. Gerade nehme ich einen Schluck Prosecco, strecke meine kleinen Zehen in alle Winde und lasse glitzernde Schaumflocken auf meiner Nase tanzen, als es an der Tür klingelt.

Dingdong!

Hmmm. Ich mache nicht auf. Erneut wende ich mich einer glitzernden Schaumflocke zu, die über meinen Bauch huscht.

Dingdong!

Ich bin völlig entspannt und lasse mich durch nichts stören.

Dingdong!

Häm!?! Wenn ich doch nur nicht so schrecklich neugierig wäre.

Dingdong!

Okay, okay. Ich komme ja schon. Ich klettere also aus der Wanne, türme meine Haare mit einem Frotteehandtuch zu einem Turban auf und schlüpfe in einen Bademantel.

Platsch, platsch, platsch.

Meine Fußspuren verewigen sich im wasserempfindlichen Bodenbelag. Also, wenn das nicht wirklich wichtig ist!

Nach einer kleinen Ewigkeit und 1000 Schmetterlingen später bringe ich die ersten zwei Buchstaben am Stück heraus.

»Hi.«

»Hi. Ich wollte Sie nicht stören.«

»Sie stören nicht. Wie kommen Sie denn darauf?«

Bens Augen wandern an meinem Bademantel auf und ab. O Gott! Ich habe einen Bademantel an! Moment mal. Bin ich eigentlich noch geschminkt?

»Ich wollte Sie nur fragen ...«

Ben zögert einen Moment lang.

»Ja?«

Verlegen fasst er sich an seinen Nacken, wobei der Kragen seines schwarzen Hemdes einen Teil seiner Brust entblößt. Puh! Ich bin erregt! Merken Männer es eigentlich, wenn sie eine Frau erregen? Sicherheitshalber lasse ich meine Augen wie einen Flummi nach rechts und links titschen, um Ben etwas zu verwirren.

»Ist alles in Ordnung?«

»Sicher.« Stelle Augengetitsche umgehend wieder ein. Ben lächelt verunsichert.

»Ich habe einen Artikel gelesen, und da bin ich auf eine Idee gekommen, wie ich Ihnen bei Ihrer Klaustrophobie helfen könnte.«

»Sie interessieren sich für die übersteigerte, zwanghafte Angst vor geschlossenen Räumen?«

»Seit kurzem.«

»Ich verstehe. Und wie können Sie mir da helfen?«

»Haben Sie eine Dachterrasse?«

»Ja.«

»Dann vertrauen Sie mir, und kommen Sie mit mir mit.«

»Okay. Ich brauche nur eine Minute!«

»Möchten Sie in der Wohnung warten?« Mein Gott! Ben in MEINER Wohnung! Schlagartig kommen mir pinke alte Socken, sorgfältig verteilte Spitzenunterwäsche, halbleere Kekspackungen und benutzte Champagnergläser in den Sinn.

»Nein, danke. Es war nicht meine Absicht, Sie zu überfallen. Lassen Sie sich Zeit. Ich werde hier warten.«

Puh! Ich werfe die Tür ins Schloss und lehne mich dagegen. Mein Herz klopft wie wild. Meine Wangen glühen. Was für ein venerabler Mann. Ich bekomme fast keine Luft mehr und merke, wie urplötzlich meine Lippen zucken.

DA IST ES!

Das willkürliche Lächeln der Verliebten! Ich laufe zum Spiegel, ziehe meine Lider auseinander und starre in meine Augen. »Aha! Erweiterte Pupillen. Das ist ganz eindeutig. Ich bin verliebt!«

Begleitet von letzten panischen Zuckungen breche ich im Badezimmer unter einem Berg von Klamotten zusammen. Mit der linken Hand versuche ich, die Bürste, die sich scheinbar bis auf weiteres in meinen Haaren verheddert hat, herauszureißen, und mit der rechten Hand presse ich mein Handy ans Ohr. Meine Güte, wer hätte gedacht, dass Verliebtsein so hidrotisch ist?

»Sarah!!! Du musst mir helfen. Ich finde nichts zum Anziehen.«

…

»Nein. Es geht um KEINEN Mann.«

…

»Okay. Es geht doch um einen Mann. Also, um genau zu sein, es geht um Mister Right!«

…

»Vor der Tür.«

…

»So zirka 10 Minuten?«

…

»Ich weiß, ich weiß. Aber was soll ich machen? Ich bin kurz vorm Verzweifeln. Mein Verstand arbeitet nicht mehr. Meine Hände schwitzen. Meine Finger zittern, und der Lidstrich über meinen Augen sieht aus wie die Skyline von New York!«

…

»Beruhigen? Ja. Ich werde mich beruhigen!«

…

»Make-up-Entferner!«

…

»Gleichfarbige Unterwäsche!«

…

»Jeans und weißes Shirt!«

…

»Pferdeschwanz!«

…

»Lipgloss und Puder!«

…

»Und drei Tropfen Chanel!«

…

»Danke, Sarah! Du bist die Beste.«

»So, da bin ich!« Nachdem ich aus Sicherheitsgründen Sarahs Anweisungen strikt befolgt habe, öffne ich die Türe. Aber Ben ist weg! ER IST WEG! Ich traue meinen Augen nicht. Ich schließe die Tür wieder und öffne sie erneut, schließe sie, öffne sie. Aber Ben bleibt verschwunden. Ich laufe zum Treppengeländer und schaue hinunter.

Kein Ben.

Mein Herz schlägt wie wild.

Ich sehe das Treppengeländer hinauf.

Die Dachterrasse!

Ich steige die Stufen nach oben. Unter mir knarrt das Holz, und mit jedem Schritt, den ich mache, schlägt mein Herz lauter und lauter. Meine Beine werden von Stufe zu Stufe wackeliger, und mit dem Ergreifen der Türklinke beschließe ich, wenn Right nicht auf der Dachterrasse ist, mich von selbiger herunterzustürzen.

»Da sind Sie ja.« Ben dreht sich zu mir um. Hinter ihm versinkt die Sonne in einem roten Himmelsstreifen. Seine Jeans und der Kragen seines Hemdes wehen im Wind, und seine Haare fallen ihm immer wieder in die Stirn, aber es scheint ihn nicht zu stören. Right steht da wie der Fels in der Brandung und lächelt mich an.

»Sehen Sie den höchsten Punkt des Daches da drüben. Ich schätze, der liegt mindestens siebzig Meter über der Straße. Dort müssen wir rauf.«

»Bitte?« Ungläubig blicke ich auf das an die Dachterrasse grenzende Dach des Nachbarhauses.

Right nimmt meine Hand und läuft mit mir auf die Leiter an der Hauswand zu.

»Kommen Sie!«

»Ben, das ist viel zu hoch!«

»Keine Angst, ich bin doch bei Ihnen.«

Er blickt mir eine rasante Ewigkeit lang in die Augen.

»Vertrauen Sie mir!«

Vorsichtig klettern wir die Treppe hoch, bis wir beide die Regenrinne des Daches erreichen.

»Und jetzt die Dachziegel hoch!«

»Aber das ist doch sicher verboten?«

»Ich verspreche Ihnen, dass wir nicht erwischt werden.«

Right zieht mich zu sich auf die ersten Dachziegel und lächelt sanft.

»Sie müssen bis zum Dachfirst hochklettern.«

»Sind Sie sicher, dass Sie das in einem Artikel gelesen haben?«

»Ich erkläre es Ihnen, wenn wir oben sind.«

»Also, gut!« Ich umfasse Ziegel für Ziegel und folge Right nach oben. Ich sehe immer wieder zu Right hinauf, der auch mich nicht aus den Augen lässt.

»Ich sagte Ihnen doch, ich passe schon auf Sie auf!«

Nach mehreren Minuten sitzen wir leicht zitternd auf dem First des Daches. Der Wind bläht das Hemd von Right sanft auf, und seine Wangen röten sich von der Frische der Luft.

»Und jetzt stehen wir auf und balancieren auf dem Dachfirst.«

»Nein! Dieser Dachfirst ist keine zehn Zentimeter breit. Ich kann zwar auf ihm sitzen, aber ich werde mich ganz sicher nicht hinstellen!«

Right beachtet meine Worte nicht. Er steht auf und zieht mich langsam ebenfalls nach oben.

»Ganz schön wackelig!«

»Ich weiß.«

»Wir werden fallen!«

»Kommen Sie ein Stück näher.«

»Ich sage Ihnen, wir stürzen ab.«

»Nein. Wir stehen doch. Ich halte Sie fest, und ich lasse Sie nicht los! … Blicken Sie sich um.«

O mein Gott. Vor mir, über mir, unter mir, um mich herum, wo ich auch hinsehe, erstreckt sich der Himmel. Die

Abendsonne breitet sich wie ein warmer, roter Mantel über den Dächern der Stadt aus, und ich kann bis in die unendliche Weite blicken.

»Das ist ja unbeschreiblich! Ben, ich glaube, ich kann die Wolken berühren!«

»Sie müssen diesen Moment in Ihrem Herzen festhalten und sich immer daran erinnern, wenn Sie sich in Ihrem Leben in einer beengenden Situation befinden. Bewahren Sie sich das Gefühl, das Sie jetzt empfinden, auf ewig, und vergessen Sie niemals den Rausch dieses Augenblicks.«

»Das werde ich nicht.«

Ich blicke hinunter auf die Welt, die mir zu Füßen liegt, und für einen kleinen Augenblick scheint sie stehen zu bleiben, als wolle sie mir allein diesen Moment schenken.

Im nächsten Moment dreht sie sich allerdings schon wieder heftig weiter!

»Ben, ich kann mich nicht mehr halten! Ich …« Mein Körper gerät aus dem Gleichgewicht. O Gott! Ich schwanke zur Seite und finde keinen Halt. Ich sehe schon die Todesanzeige vor meinen Augen: *SELBSTMORD BEI SONNENUNTERGANG! Ihr Therapeut meint, es musste so kommen!* Habe ich eigentlich irgendjemandem gesagt, dass ich weiße Lilien auf meinem Grab haben möchte? Kann dem Gedanken nicht weiter nachgehen, da Right im letzten Moment meinen Arm ergreift und mich an sich heranzieht.

»Keine Angst! Ich habe Sie.«

»Ich … Ich denke, wir sollten uns wieder hinsetzen.«

Langsam sinken wir auf den First des Daches nieder. Ich schließe die Augen und spüre Rights Haut auf meiner. Ich fühle die Wärme seines Körpers und den Schlag seines Herzens, und wir vergessen, dass wir in schwindelnder Höhe auf einem Dach sitzen. Rights Hände gleiten über meinen Körper, und er zieht mich sanft an sich. Im nächsten Moment küsst er mich in ferne Welten, und ein blümeranter Zustand ergreift Besitz von mir.

Aber ich leide nun wirklich nicht unter Höhenangst. Ich leide am Verliebtsein!

»Wovon träumst du gerade?«, fragt Right mich und gibt mir einen Kuss auf die Stirn.

Ich schließe die Augen und denke, dass dies wohl das Wunderbarste ist, was ich je erlebt habe. Wir liegen auf dem Boden der Dachterrasse und zählen die Flugzeuge, die mit ihren blinkenden Flügeln scheinbar die hell glänzenden Sterne streifen, und ich fühle mich, als hätte ich das Sterben übersprungen und wäre direkt im Himmel abgeliefert worden. Tief grabe ich mich in Rights Arme und lege meinen Kopf auf seine Schulter.

Ich weiß weniger über Right, als ein stichwortartiger Lebenslauf verraten würde, aber ich würde ihn auf der Stelle heiraten. Ich meine, wenn er mich fragen würde und wenn ein Standesbeamter hier oben auf dem Dach herumirren würde. Natürlich bräuchten wir auch Ringe und eine Hochzeitstorte, und die Flitterwochen auf die Seychellen sollten wir auch schon gebucht haben.

Na ja, gut. Vielleicht könnten wir nicht auf der Stelle heiraten, aber ich könnte gleich morgen damit beginnen, die Einladungen zu schreiben.

»Ich träume vom großen Glück!«, sage ich schließlich.

Auf einmal zucke ich innerlich zusammen. Moment mal! Ich und das große Glück? Da kann doch was nicht stimmen? Solche Sachen haben immer einen Haken. Meistens ist dieser groß und blond. Ich befreie mich aus Rights Umarmung.

»Was ist los?«

»Ich, ich wollte nur wissen, ich meine, ich, ich bin doch nicht dein Samstagabenddate zwischen dem Freitagabenddate und dem Sonntagabenddate?«

»Jil! Hör mir zu. Ich bin kein Idiot und ich weiß, wie die Welt funktioniert. Zumindest dachte ich das. Aber dann stürzt du auf einmal in mein Leben und stellst alles auf den Kopf. Du zeigst mir Sachen, an die ich vorher nie geglaubt habe, und ich beginne, einige meiner bisherigen Entscheidungen infrage zu stellen. Ich kann dir nicht sagen, wo uns das hinführt. Alles, was ich weiß, ist, dass du das Wunderbarste bist, was mir je in meinem Leben passiert ist.«

Ich blicke Right eine Weile an. »Ben, lass uns testen, ob ich es jetzt endlich kann.«

»Ich verstehe nicht?«

»Ich meine, Aufzug fahren ohne Nebenwirkungen.«

In dieser Nacht ließen mich unglaublich aufregende, anregende und erregende Aufenthalte in den Aufzügen der Münchner Hochhäuser und Edelhotels mein gutes Benehmen, meine Bedenken über das große Glück und meine Angst vor jeglicher Enge vergessen.

*Gelernte Wörter: venerabel = verehrenswürdig;*
*hidrotisch = schweißtreibend;*
*blümerant = schwindelig.*

## 24

## VON SYNDROMEN UND HORMONEN

*Herr Schnüttge.«*

*»Frau Schöneberg.«*

*»Wie viel sollte man über einen Menschen wissen, um sich ihm voll und ganz hingeben zu können?«*

*»Am besten so wenig wie möglich.«*

*»Verstehe.«*

»Hallo, Tanguy. Ich freue mich sehr, dich zu sehen!« Stürmisch schließe ich meinen Bruder in die Arme. Als ich ihn fest an mich drücke, frage ich mich jedoch: WAS MACHE ICH HIER? Das müssen diese Hormone sein, die bei laszivem Liebesglück ausgeschüttet werden. Sarah hat heute Morgen am Telefon zu mir gesagt, ich hätte das »Ich möchte die ganze Welt umarmen«-Syndrom. Bei ihr würde die Umarmungsreichweite im Moment allerdings noch nicht einmal für eine Schreibtischlampe reichen. Viktor hat sie in der Mittagspause einen Ring für seine Frau aussuchen lassen. Ich meine, gibt es etwas Demütigenderes? Dagegen ist die »Ich denke, ich hole Ihnen die Jeans mal zwei Nummern größer«-Erfahrung ein geradezu höflicher Hinweis auf ein Problem.

Sarah meint, noch nicht mal der kleine Shoppingbesuch bei Gucci und Prada in der Maximilianstraße mit Viktors

Kreditkarte hätte sie aufgemuntert (Hallo? Was ist das für ein Mann, der einer Frau seine goldene DINERS CLUB anvertraut und damit in eine Gegend schickt, wo die Boutiquenrate pro Quadratmeter derart hoch ist?).

Ich muss nachher unbedingt bei ihr vorbeigehen und sie etwas aufbauen. Aber ich habe da keine großen Hoffnungen. Ich meine, wenn Gucci und Prada in Kombination mit einer fremden Kreditkarte nicht helfen, werde ich geradezu machtlos sein!

Aber jetzt muss ich mich erst einmal aus Tanguys Umarmung lösen. So weit geht das »Ich möchte die ganze Welt umarmen«-Syndrom nun auch wieder nicht. Ich habe das Gefühl, ich platze gleich vor überschüssiger Energie, und das, obwohl ich vor Lebendigkeit nicht mehr schlafen und vor Aufregung nicht mehr essen kann. Hmmm. So gesehen kann ich das Verliebtsein jedem guten Spitzensportler nur empfehlen!

»Ja, also. Gehen wir in die Küche«, schlage ich vor und schiebe Tanguy in Richtung Schnittchen.

»Eine gute Idee«, freut sich mein Bruder und macht sich über die kleinen, belegten Ciabattas her.

»Hmm, fantastisch, Jil. Hättest du vielleicht auch einen doppelten Espresso und ein Glas Evian für mich. Ich meine natürlich nur, wenn du das dahast. Keine Umstände meinetwegen!« Abwehrend nimmt er die Hände hoch, während er mit seinen Augen schon die nächsten vier Schnittchen für sich beansprucht.

»Das ist doch Butter, oder? Von Margarine wird mir schlecht, wie du weißt!«

»Ja, sicher«, entgegne ich Tanguy und ärgere mich, dass ich schon wieder nicht daran gedacht habe, Margarine zu verwenden.

»Sollen wir dann vielleicht mal über die Feier für den Hochzeitstag sprechen? Wie sind deine Pläne?« Irritiert schaut mich Tanguy an, während er die Petersilie von einem Ciabatta zupft. Von Petersilie bekommt er nämlich Verstopfungen. Also, sein Magen-Darm-Trakt ist empfindlicher als Seide im Vollwaschgang. Ich hingegen kann alles essen. Da bin ich sehr pflegeleicht und im höchsten Maße kompromissbereit. Darum bekam mein Bruder früher auch immer zartes Putenfleisch mit frischen Prinzessböhnchen und Königskroketten, während ich den aufgewärmten Linseneintopf von vorgestern essen durfte. Aber was soll ich machen, ich bin ein großer Verfechter des elften Gebotes!

DU SOLLST GOTT NICHT LANGWEILEN!

Und so kommt es, dass sich immer wieder winzige Petersilienblättchen ins Essen verirren, wenn ich Tanguy bewirte.

»Also, ehrlich gesagt habe ich noch gar keine Pläne. Ich dachte, dass du das machst. Ich bin beruflich viel zu eingespannt. Außerdem muss ich mich um meine liebe Ehefrau kümmern. Du als Single hast doch Zeit für so was! Ich wollte dir nur die Gästeliste vorbeibringen, damit du die Feierlichkeit besser planen kannst. Und hier ist die Adresse vom Partyservice, mit dem ich beruflich zusammenarbeite. Stell dir vor, die verteilen diese Treuepunkte, wenn du bei denen eine Bestellung aufgibst. Also, sei nicht zimperlich bei der Auswahl. Nimm ein Viergangmenü und Champagner und eine überdimensionale Hochzeitstagstorte und so weiter. Na ja, du weißt schon. Wenn wir genug zusammenbekommen, kann ich am Ende meine Treuepunkte gegen eine Digitalkamera eintauschen. Wäre das nicht fantastisch?«

»Ja, wirklich fantastisch.«

»Was soll die Ironie in deiner Stimme? Ich warte auf deine Akklamation!«

»Ja, ja. Ich akklamiere!«

»Schön. Na, dann will ich dich auch nicht länger aufhalten, du hast ja noch einiges zu tun.« Tanguy lenkt seinen Körper zielgerichtet auf die Wohnungstür zu, nicht ohne sich noch die letzten Schnittchen mit auf den Weg zu nehmen.

»Gut, Jil. Dann sehe ich dich am Donnerstag in meinem Büro, und du erzählst mir dann von UNSEREN Plänen. Ich werde mal sehen, ob ich dich irgendwo dazwischenschieben kann. Du weißt, ich bin ein unglaublich beschäftigter Mann!«

»Zu gütig!«

»Ach meinst du, es wäre unpassend, eine zügellose Blondine aus der Torte springen zu lassen?«

»Tanguy, bitte ...«

»Ich kann nichts dafür, Schwesterchen. Du weißt doch, ich bin durch und durch ein Vollblutmacho.«

»Ja, ja. Und wenn du nicht mein Bruder wärst, wäre ich schon lange voller brennender Begierde über dich hergefallen.« Ich schiebe Tanguy die Tür vor der Nase zu und besänftige mich mit dem Gedanken, dass die Überraschungshochzeitstagsfeier meinen Eltern große Freude machen wird.

Ich will mich gerade mit einem Cappuccino und Schreibkram am Küchentisch niederlassen und brillante Pläne für die Überraschungsparty schmieden, als ich eine lange, schwarze Stretchlimousine vor unserem Haus parken sehe.

Ich hab's gewusst!

Bei uns im Haus wohnt also doch ein Promi. Mir kam das schon immer äußerst komisch, ja geradezu opak vor, dass man in der Wohnung im zweiten Stock nie eine Menschenseele in die Wohnung rein- oder aus der Wohnung herauskommen sieht. Wahrscheinlich ist das ein heimliches Liebesnest. Wer könnte sich da wohl eingemietet haben? Vielleicht Bruce Willis? Aber ob der extra aus Amerika anreist, nur um eine heimliche Liebe zu treffen. Obwohl, hier würden ihn weder die Paparazzi noch die Fans vermuten. Und ich würde natürlich absolutes Stillschweigen über Bruce Willis' Anwesenheit in MEINEM Haus bewahren. Das ist doch Ehrensache. Und für zwei Tickets für die VIP-Lounge bei der Oscarverleihung werde ich versprechen, überhaupt nie wieder ein Wort zu sagen.

Mein Gott, ist das aufregend! Im Sprint stelle ich die Tasse und die Schreibsachen auf dem Küchentisch ab, öffne das Fenster und lehne mich so weit wie möglich über die Blumenkästen. Aber als ich die schwarze Stretchlimousine wieder im Blick habe, kann ich meinen kurzsichtigen Augen kaum glauben. Ich kneife sie in der Hoffnung auf ein schärferes Bild zusammen. Dort kann unmöglich Mister Right am Heck der Limo lehnen, über seinen Smoking streichen und erwartungsvoll zu mir hochschauen. Oder?

Wer war doch noch gleich Bruce Willis?

Unwichtig.

»Hast du Hunger?«

»Hmm?« Ich frage mich, ob ich auch wach bin?

»Ich habe einen Tisch im Ritz bestellt.«

»Aber du meinst doch wohl nicht das Ritz in Paris.«

»Doch.« Right öffnet die hintere Tür des Wagens und deutet mir den Weg in die Luxuskarosse.

Ich schnappe mir meine Tod's und stürze aus der Tür, als das Handy in meiner Handtasche klingelt. Auf dem Weg vom dritten ins zweite Stockwerk klappe ich es auf und lese Marks SMS.

SÜSSE JIL SORRY WEGEN DER LETZTEN WOCHEN ICH VERMISSE DICH LG MARK

Auf dem Weg vom zweiten ins erste Stockwerk schreibe ich ihm eine SMS.

SÜSSER MARK ICH HABE DICH AUCH VERMISST RUF MICH SPÄTER AUF MEINEM HANDY AN LG JIL

Auf dem Weg vom ersten Stockwerk bis zur Haustür

klappe ich das Handy zu und lasse es in meinen Briefkasten plumpsen.

Man benötigt mit einem Auto, das die Länge einer fünfköpfigen Elefantenfamilie hat, so ungefähr 93 ½ Stunden von München bis nach Paris. Aber ich will mich nicht beklagen, da ich nicht sagen kann, dass wir die Zeit nicht genutzt hätten.

Wie auch immer. Gerade möchte ich mich etwas in der Limousine aufrichten, als Right mich lächelnd ansieht.

»Was ist?«

»Du siehst süß aus.«

Misstrauisch greife ich nach dem Spiegel in meiner Handtasche. Ach du gute Güte! Mein komplettes Make-up ist geschlossen einen Zentimeter nach unten gerutscht, meine Haare kleben an meinem Hinterkopf, und meine Kleider sind in Champagner getränkt. Na ja, soweit sie noch an meinem Körper hängen.

»So kann ich doch unmöglich ins Ritz!«

Right lächelt. Er greift unter den Sitz und zieht ein silbernes Beautycase hervor, das mit den wunderbarsten Make-up-Produkten von Helena Rubinstein gefüllt ist.

HELENA RUBINSTEIN!

Wie verzaubert nehme ich die Tiegel und Tuben in die Hand. Als ich mir einen Mascara etwas genauer ansehe, hält mir Right auf einmal ein Paar bezaubernde Jimmy-Choo-Pumps mit kleinen Strasssteinchen, zierlichen Lederbändchen und zarten Vogelfedern unter die Nase. Mir stockt der Atem!

»Ich habe gehört, du stirbst für Jimmy Choo. Schuhgröße 36!«, sagt Right und lässt dieses kleine Wunder an Ästhetik vor meinen Augen hin- und herbaumeln.

»Ben, was machst du eigentlich von Beruf? Du bist doch nicht bei der Mafia oder so was?«

»Nein. Ich habe eine kleine Firma, die sich auf Unternehmensberatung spezialisiert hat.«

»Das hat sicher nichts mit der öffentlichen Justiz zu tun, oder?«

»Nein, wieso?«

»Ach, nur so.« Der Mann meiner Träume hat seine eigene Firma und keinerlei Verbindung mit irgendeinem juristischen Amt! – Ich denke, mein Leben hat soeben den akmastischen Punkt erreicht.

»Zu diesen wunderschönen Schuhen brauchst du auch ein neues Kleid.«

Endlich ein Mann, der mich versteht! Neue Schuhe – neues Kleid!

Right reicht mir eine schwarze Box, auf der in silbernen Lettern *Dior* geschrieben steht.

Der Abend ist gerettet!

Huldvoll nehme ich den Deckel der Schachtel ab, streife das Zellophanpapier zur Seite und … aber was ist das?

»Und? Was sagst du?« In einer Mischung aus Skepsis und Ratlosigkeit zieht Right eine seiner Brauen hoch und guckt mich schief an.

»Na ja, es ist etwas … bunt.« Durch meine Hände gleitet ein weicher Seidentaft mit einem psychedelischen Muster in Pink, Orange und Violett. Obwohl, ich bin mir gar nicht sicher, ob es Orange ist. Es könnte auch ein dunkles Gelb sein oder ein helles Rot, aber die Farben springen so wild auf meiner Netzhaut herum, dass ich sie nicht wirklich voneinander trennen kann.

»Gefällt es dir nicht?«

»Also, ehrlich gesagt …« Was soll ich tun? Ich kann eine Beziehung doch nicht auf einer Lüge aufbauen.

»Wärst du enttäuscht, wenn …?«, setze ich vorsichtig an.

»Jil, Paris ist doch voller edler Boutiquen. Wir kaufen dir einfach ein neues.« Er streicht mir mit verständnislosem Blick über die Wange und gibt mir einen Kuss. »Ich verstehe was von Unternehmensstrukturen und Negativbilanzen und Kapitalausschöpfungen, aber von Haute Couture habe ich keinen blassen Schimmer.«

Herr, ich danke dir für einen heterosexuellen Mann, der es sich nicht anmaßt, die Garderobe seiner Freundin zu bestimmen.

Vor Entzückung ziehe ich Right an mich und verhindere alle weiteren Worte mit einem Kuss.

Ich habe Hunger. Diese Erkenntnis ist nichts Neues in meinem Leben, da ich immer und überall Hunger habe. Eine lästige Angewohnheit, die sich jeglichem Abgewöhnungsversuch aggressiv widersetzt. Aber seitdem wir das Ritz betreten haben und diese gut aussehenden befrackten Besenstiele permanent duftende Teller an meiner Nase vorbeitragen, bin ich hungriger denn je. Bis unser Essen kommt, werde ich mich auf die Flasche Moët konzentrieren. Stelle fest, dass Right die besten Manieren der Welt hat, ich mich jedoch überhaupt nicht in der gehobenen Gesellschaft auskenne. Ich frage mich, wann darf man allein zu Tisch gehen und wohin muss man dem Garçon folgen? Wie und wo liegt wann meine Serviette? Warum haben wir fünf Kellner? Wieso flüstern hier alle so? Wann ist es gestattet, auf die Toilette zu gehen, ohne den Ober darum gebeten zu haben, einem den Stuhl unter dem Hintern wegzuziehen? Und warum darf ich meine Tischnachbarn nicht anlächeln? Hilflos blicke ich zu Right und unterbreite ihm meine Bedenken.

»Keine Sorge«, flüstert er mir ins Ohr.

Er ergreift meine Hand und zwinkert mir liebevoll zu. Voller Fürsorge beobachtet er meine Handgriffe und weist mich ohne Worte in die richtigen Richtungen, deutet heimlich auf die passenden Dinge und badet mit einem charmanten Lächeln meine kleinen Patzer aus, während ich hartnäckig damit beschäftigt bin, meine Fehltritte auf ein Minimum zu reduzieren.

Einen großen Schwips und einen gigantischen Hummer später laufen Right und ich Hand in Hand durch Paris. Wir lassen Fotos von uns unter dem glitzernden Eiffelturm machen, sehen Straßenkünstlern bei wilden Stands und verblüffenden Zaubertricks zu (sie scheinen jedoch nur für mich verblüffend zu sein, da Right mir hinterher immer den Trick verrät) und kaufen uns Popcorn, um damit die touristenhungrigen Tauben zu füttern.

Erst nach Stunden lassen wir uns erschöpft am Ufer der Seine nieder, kuscheln uns aneinander und beobachten den Sonnenaufgang. Behutsam legt Right seine Jacke über meine Schultern, zieht mich nahe zu sich heran und liebt mich, bis Paris langsam wieder erwacht.

Fantastisch! Die Sonne geht auf und mit ihr alle gold verzierten, glamourösen Türen, die mir den Zutritt auf die luxuriöseste aller Drogen freigeben. Designerklamotten!

Hektisch ziehe ich an Rights Hand, um mit ihm die Rue Cambon und die Rue du Faubourg-Saint-Honoré und die Avenue Montaigne entlangzuflanieren, nicht ohne ihn bei jedem Taubenschwarm, der über uns hinwegflattert, leidenschaftlich zu küssen.

*O là, là. Paris est très magnifique!*

Ach, das Leben ist wunderbar. Ich laufe mit einem psychedelischen Albtraum in einen Chanel-Laden und komme mit einem mintfarbenen Kaschmirkostüm wieder heraus. Und neuen Schuhen. Ich meine, Jimmy Choo ist unersetzbar, aber in den perlenbestickten Zehensandalen von Miss Coco Chanel läuft es sich einfach besser. Und Right ist geradezu göttlich! Ich wollte zwecks kontoübersteigender Forderungen nur Windowshopping machen, aber Right schiebt mich in jeden zweiten Laden hinein.

»Du bist so bezaubernd, wenn du süß wie ein kleines Mädchen zu lächeln beginnst und deine Augen strahlen, sobald irgendetwas in einem Schaufenster blinkt oder glitzert.«

Tja, was soll ich sagen? Es gibt Momente, da darf man einem Mann einfach nicht widersprechen!

Wie ein Gentleman öffnet Right mir die Türen in die Welt des Stiles und der Dekadenz, lehnt sich in großen Ledersesseln zurück und amüsiert sich über meinen kindlichen Übereifer, während ich mich mit der Verkäuferin über Fashiontrends und Kollektionshighlights unterhalte. Ich habe immer gewusst, dass sich die vier langen Jahre Französisch in der Schule eines Tages einmal auszahlen würden.

Dior, Givenchy, Lacroix, Cloé, Valentino und Balenciaga fließen über meine (Gänse)haut, während Rights DINERS CLUB auf edlen Samtkissen und Silbertabletts in die hinteren Bereiche der Boutiquen wandert.

Nachdem wir eine berauschende Fülle an ästhetischen Kunstwerken erstanden haben, lassen Right und ich uns an einem kleinen Bistrotisch an den Champs-Elysées nieder und bestellen Croissants und Kaffee. Während ich noch akribisch damit beschäftigt bin, zu überprüfen, ob die neu erstandenen Diorschuhe idealerweiser auch zum Lacroix-Top passen, nimmt Right einen Schluck des dampfenden

Kaffees vor ihm und lächelt mich liebevoll über den Rand seiner Kaffeetasse hinweg an. Auf einmal werden Dior und Givenchy und Lacroix das Unwichtigste der Welt. Ich lasse die Designertüten neben den Stuhl sinken und spüre, wie Paris mir seinen wahren Zauber offenbart.

»Diese Stadt ist etwas Besonderes!«, sage ich und streiche Right sanft über die Wange.

»Paris ist einfach eine Stadt. Sie wird erst mit dem richtigen Menschen zu etwas Besonderem.«

»Ja. Ich glaube, da hast du Recht.«

Right stellt seine Kaffeetasse ab, ergreift meine Hand und küsst sie, während er mich lange und eindringlich ansieht.

»Jil, ich …«

Ich lege meinen Finger auf seine Lippen, blicke ihn wortlos an und küsse ihn, bis jeglicher Dampf über unseren Kaffeetassen verflogen ist.

Dieser Mann ist wirklich fantastisch. Mein Leben ist fantastisch. Ich hätte gern ein Abo! Wo muss ich unterschreiben? Ich brauche auch gar nicht das Kleingedruckte zu lesen, obwohl ich mir sicher bin, dass es irgendwo einen großen Haken geben muss. Aber das ist mir im Moment gleichgültig. Ich gehöre nicht zu den Menschen, die sich schon heute darüber sorgen, dass es morgen regnen könnte. Was jedoch leider dazu führt, dass ich immer öfter mal im klatschnassen Regen stehe.

*Gelernte Wörter: Akklamation = Zustimmungsäußerung;*
*opak = undurchsichtig;*
*akmastisch = auf dem Höhepunkt.*

# 25

## LADY ODER LUDER?

*Herr Schnüttge.«*

*»Frau Schöneberg.«*

*»Ich habe Ihnen ein wunderbares Buch aus Paris mitgebracht.«*

*»Vielen Dank. Aber ich hege eine große Abneigung gegen französische Literatur, seit meine Frau mit einer Pariser Schriftstellerin durchgebrannt ist.«*

*»Verstehe.«*

Es ist Donnerstag Nachmittag, und ich marschiere mit, wie ich finde, großartigen Plänen für die Hochzeitstagsfeier meiner Eltern in die Firma meines Bruders.

»Hi Fran«, begrüße ich Tanguys Sekretärin. »Kann ich zu meinem Bruder?«

»Ich glaube, dein Bruder ist noch beschäftigt. Setz dich doch noch einen Moment dort hinten auf die Couch. Ich sage dir dann Bescheid.« Mit einem Kopfnicken deutet Fran in eine Ecke, die mit einem großen, schwarzen Sofa, einer Designerchromlampe, einem schicken Glastisch und einer Plexiglasvase mit zehn weißen Lilien darin eingerichtet ist. Standen hier nicht das letzte Mal noch zwei cognacfarbene Ledersessel mit einem antiken Beistelltisch aus Ahornholz und pinken Orchideen? Mir scheint, einzig der Blick durch das große Glasfenster auf die vorbeirauschende Isar und ihre steinigen, flachen Uferstücke ist gleich geblieben.

Also, mein Bruder ist wirklich sehr sonderbar. Aber das ist ja nichts Neues.

»Okay, aber ich habe wirklich nicht viel Zeit. Ich habe noch einen wichtigen Termin (bei Maggie, meiner Maniküre). Könntest du das meinem Bruder bitte sagen?«

»Ja, klar. Mach ich.« Doch Fran widmet sich erst einmal irgendeinem Geoffrey, der am Telefon ist, während ich widerwillig die Couch ansteuere und mich darauf niederlasse.

Nun gut.

Mein Blick fällt auf einen kunstvoll verbogenen Zeitungsständer. Was haben wir denn hier? Die *brand eins*, den *Manager*, die *Zeit* … Schade, keine *Vogue* oder die *Marie Claire* oder wenigstens die *Gala*. Meine Güte. Und so etwas nennt sich PR-Agentur! Ich sehe etwas ungeduldig auf die Uhr, beuge mich nach vorn und schiebe die Vase auf dem Tisch zurecht. Nun lehne ich mich wieder nach hinten.

Spannend!

Wirklich spannend.

Wenn ich nicht diesen wahnsinnig wichtigen Termin bei Maggie hätte, wäre es mir ja egal, aber so!

Tja, ja.

Ich greife gelangweilt zu einer Zeitschrift und überfliege einen Artikel, der die Überschrift trägt: »Mit der Liquidität flussabwärts schwimmen«. Aha. Verstehe! Ich lese weiter:

*Liquidität als Eigenschaft von Vermögensobjekten zur Rückwandlung in Geld … unter Aufspaltung der zwei Aspekte der* self-liquidating-period *und des zu berücksichtigenden* shiftability …

Gähn.

Sehr, sehr interessant, wirklich.

Achtlos schieben sich die einzelnen Blätter durch meine dringlichst zu manikürenden Finger, bis ich auf einer Seite angelange, von der mir die Headline »BEZIEHUNGS-CHAOS« entgegenspringt.

Plötzlich muss ich an Right denken und spüre mein Herz heftig schlagen. Für einen kurzen Moment wünsche ich mich zurück nach Paris und fange an zu lesen.

*... Lucas schläft mit Olivia. Olivia berichtet das Gabi. Gabi ist sauer auf Olivia, denn Gabi ist in Lucas verliebt. Lucas hört von Gabis Gefühlen gegenüber Emil und hasst deshalb Gabi. Olivia hasst dafür Lucas, denn Emil mag Gabi. Wer wird zusammen glücklich?*

Häm? Ich lese den Abschnitt erneut und komme zu der Erkenntnis, dass diese Wirtschaftsmagazine auch nicht mehr das sind, was sie mal waren.

Etwas verwirrt lege ich die Zeitschrift zurück und tippel ungeduldig mit den Füßen auf dem Boden herum. Ich kann noch nicht einmal Frans Gespräch mit diesem Geoffrey belauschen.

Ich sollte die Vase vielleicht noch ein kleines Stückchen nach rechts rücken.

So, das wäre erledigt.

Minuten später überprüfe ich auf den Bildchen in einem weiteren informationsschweren und spannungsgeladenen Wirtschaftsmagazin die korrekte Krawattenlänge des Top-Managements, als mein Handy brummt.

SÜSSE JIL EGAL WAS ICH MACHE ICH KOMME IMMER WIEDER BEI DIR AN LG MARK

Ich blicke vom Handydisplay auf, als die Eingangstür

mit einem dominanten Schwung die Wirtschaftsmagazine vor mir zum Flattern bringt. Durch sie hindurch schreitet ein in einen perfekt sitzenden, pistazienfarbenen Hosenanzug gehülltes weibliches Wesen. *Maßanfertigung!*, schießt es mir durch den Kopf, und ich erstarre vor Bewunderung. Der Ausschnitt dieser Frau entbehrt einen spitzen, steifen Taftkragen und eine Perlenkette, und ihre Schuhe sind mit champagnerfarbenem Samt überzogen und noch höher als meine!

Grazil bewegt sie sich auf Frans Schreibtisch zu und legt in einer dominanten Geste ihre glitzernde Kuverttasche ab. Ihr dezent dekadenter Goldschmuck klimpert bei jeder Bewegung, und ihre braunen, langen Haare sind mit einer vergoldeten Haarspange, die ihr ihr Vetter dritten Grades bestimmt zum ersten Turniersieg ihres reinrassigen Windhundes geschenkt hat, zu einer Hochsteckfrisur aufgetürmt.

»Cathalina von Ocupenga«, sagt die 1,70 Meter hohe, mit Dekadenz und Hochmut beklebte Litfasssäule mit spitzen Lippen. »Ich habe einen Termin bei Herrn Schöneberg!«

»Tja, es wird wohl noch einen Moment dauern«, entschuldigt sich Fran erneut und bittet Cathalina von Ocupenga in der Sitzecke neben mir Platz zu nehmen.

»Guten Tag. Mein Name ist Jil Schöneberg«, sage ich, ohne ihr meine ungepflegte Hand entgegenzustrecken. »Ich bin die Schwester von Herrn Schöneberg. Sind Sie eine Kundin von ihm?«

»So könnte man es sagen«, entgegnet Cathalina von Ocupenga mir hypertroph und zieht beim Anblick meiner Fingernägel kritisch ihre gezupften Brauen hoch. Frau von Ocupengas Nägel sind perfekt manikürt, und an ihrer rechten Hand prangt ein kaffeebohnengroßer Diamantring.

»Das sind doch mindestens drei Karat! Ist der von Tiffany?«, entfährt es mir.

»180 000 Euro!«, verkündet sie und hält mir den Ring unter die Nase. »Ein Geschenk meines Mannes. Unser Hochzeitsring! Merk dir eins, Schätzchen, wenn du schon einen gottverdammten Mann in dieser gottverdammten Welt heiratest, dann ja wohl nur mit Tiffany am Finger!«

»Und mit Adelstitel?«, frage ich geistesabwesend.

»Ich bitte Sie! Von Ocupenga ist der langjährige Adelstitel MEINER Familie. Mein Mann hat seinen doch eher etwas bürgerlichen Nachnamen behalten.«

»Cathalina von Ocupenga! Welch eine Freude, Sie zu sehen.« Tanguy ist gerade aus seinem Büro gekommen und stürmt nun mit der höchst albern wirkenden Geste eines Handkusses auf Frau von Ocupenga zu.

»Sie sehen wie immer bezaubernd aus. Kommen Sie doch in mein Büro.«

»Sehr gerne, Herr Schöneberg«, entgegnet sie Tanguy mit einem süffisanten Lächeln.

»Tanguy! Sagtest du nicht, dass du um fünf Uhr mit mir reden wolltest? Also, ich habe wirklich nicht viel Zeit …«

Doch mein Versuch, mich zwischen die Arbeitsidylle meines Bruder und Frau von Ocupenga zu schieben, scheitert kläglich.

»Jil, du siehst doch, dass ich hier eine wichtige Kundin habe!« Wie ein schlechter Playboy zwinkert er Cathalina zu. Ich merke, wie mein Magen erste Krämpfe anmeldet.

»Also, ich rufe dich dann an! Auf Wiedersehen, Jil!« Etwas übertrieben und äußerst insolent deutet Tanguy mir mit einer verrenkenden Kopfbewegung den Weg zur Tür. Eine absolut überflüssige Geste, weiß ich doch immer, wenn ich mit Tanguy in einem Raum bin, wo sich unverschlossene Türen und Notausgänge befinden.

Dreißig Minuten später sitze ich mit Sarah bei Maggie, halte zwei bekittelten Damen meine gespreizten Finger entgegen und beschließe, die Hochzeitstagsfeier meiner Eltern einfach allein zu planen. Wir haben beide diese wunderbar entspannenden Kühlpads auf den Augen, die so lecker nach frischen Aprikosen und sonnengefärbten Pfirsichen riechen. Im Hintergrund läuft *What a wonderful world* von Frank Sinatra, und Maggie stellt zwei frisch aufgebrühte Tassen Milchkaffee zwischen Sarah und mich.

»Und was macht eigentlich dein Chef?«, frage ich zwischen einem zarten Nagelhautpeeling und einer matten Grundierung.

»Ach, bitte. Frag nicht. Gestern habe ich in der Mittagspause ein sechsteiliges Kofferset von Bottega Veneta für seine Ehefrau gekauft.«

»Du musst immer noch die Sachen für seine Ehefrau kaufen? Was für eine Maussaderie!« Ich ziehe erstaunt eine Braue hoch, wobei mir ein Kühlpad vom Auge rutscht. Prompt ernte ich einen strengen Blick von Maggie, die mir das Pad wieder auf mein Auge legt.

»Ja, ja. Eine Maussaderie! Was immer das heißen mag … Autsch! Passen Sie doch auf!«, fährt Sarah frustriert eine Kosmetikerin an, die sich wohl mehr auf Sarahs Worte als auf ihre Fingernägel konzentrierte.

»Ich verstehe nicht, warum du dir das antust?«

»Jil, heutzutage braucht man einfach von einem Profi gepflegte Fingernägel.«

»Ich meine die Sache mit Viktor.«

»Ich weiß. Habe gestern ein Dutzend Bewerbungen an alle namhaften Firmen in München geschickt. Eine Kündigung kann ich mir wirklich nicht leisten.«

»Du hast was?« Ungläubig richte ich mich in meinem Stuhl auf, wobei die beiden Kühlpads platschend auf meinen Knien landen. Sarah beugt sich vor und schaut mich mit traurigen Augen an.

»Ich halte das einfach nicht mehr aus, in seiner Nähe zu sein, ohne ihn zu … Ich werde die Sache mit Viktor beenden.«

»Das ist sicher das Vernünftigste. Ich bin wirklich stolz auf dich!« Ich springe von meinem Stuhl auf, schließe Sarah in die Arme und verschmiere dabei den Lack von zwanzig frisch lackierten Fingernägeln.

*Gelernte Wörter: hypertroph = überzogen;*
*insolent = unverschämt;*
*Maussaderie = Abgeschmacktheit.*

# 26

## PUTZTAG!
## NEIN, SCHON WIEDER?

*»Herr Schnüttge.«*

*»Frau Schöneberg.«*

*»Ich würde sehr gerne noch mal auf die unter Hypnose suggerierte Schokoladenallergie zurückkommen.«*

*»Ich kann da wirklich nichts für Sie tun. Sie müssen einfach ein bisschen an Ihrer Disziplinlosigkeit arbeiten.«*

*»Aber wissen Sie, Disziplinlosigkeit ist auch nicht so verkehrt. Stellen Sie sich doch nur mal vor, ich wäre in meiner Disziplinlosigkeit etwas disziplinierter.«*

*»Hmmm. Ich werde das in Ruhe erörtern, und Sie werden währenddessen weniger nachdenken!«*

*»Verstehe.«*

Es gibt nichts Langweiligeres als einen Putztag. Und nichts Ekeligeres. Und nichts Frustrierenderes. Da helfen auch frei gewordene Energien aufgrund von akuten Verliebtheitszuständen nicht wirklich weiter. Ich meine, es wird ja doch wieder dreckig. Das ist ein ewiger Kreislauf, und der Schmutz ist dir immer einen Schritt voraus. Man weiß ja noch nicht einmal, wo er herkommt. Wahrscheinlich schleicht er sich nachts heimlich im Schutze der Dunkelheit in meine Wohnung, um es sich dann auf all meinen Sachen gemütlich zu machen. Und was für uns Touristen die Balearen sind, ist für die hiesige Staubflocke der obere Bilderrahmenrand oder die Ritze hinterm Kleiderschrank. Na, wenigstens weiß man, wo er hingeht: ins Abflussrohr!

Selbiges starre ich gerade an, während ich meine Haare mit einem Tuch zusammenbinde und mir zwei pinke Plastikhandschuhe über die frisch manikürten Hände streife.

Im Radio läuft »*… waiting for some hot stuff, waiting for some hot stuff, waiting for some hot stuff, baby tonight …*«.

Ich beginne, meinen Lappen durch das Putzwasser zu ziehen und wische dann rhythmisch über den Badewannenrand, während ich »*… waiting for some hot stuff …*« um einige Dezibel lauter als das Radio durch das Badezimmer trällere. Eine Gesangskarriere konnte ich schon früh ausschließen. Als ich am Spiegel vorbeikomme, funktioniere ich den Stiel des Mops als Mikrofon um, »*… waiting for some hot stuff, baby tonight …*«, und fuchtle mit einer Hand wie die zugedröhnten Gestalten in Pulp Fiction energisch vor meinen Augen herum.

Hmmm. Stelle fest, dass Putzen doch Spaß machen kann. Dabei wird nur dummerweise die Wohnung gar nicht sauber. In diesem Sinne ist Musik wohl ganz und gar nicht auxiliar!

Gerade wringe ich den mit Schmutz und Haaren und einer toten Fliege verdreckten Putzlappen angewidert im Waschbecken aus und freue mich über die ersten Erfolge meiner hoch anstrengenden Remedur, als …

Tüdülüdülü!

Fantastisch!

Das Telefon klingelt!

Da kann ich ja unmöglich weiterputzen. Beflügelt lasse

ich die Plastikhandschuhe von meinen Händen flitschen und nehme den Hörer ab.

»Schöneberg.«

»Hi Jil, ich bin's.«

»Ben!« Meine Körpertemperatur steigt schlagartig auf Jamaikaniveau. »Was machst du gerade?«

»Ich sitze im Büro und starre eine Abrechnung auf meinem Laptop an. Aber sie erscheint mir wie ein Wirrwarr aus Zahlen, und ich kann mich einfach nicht darauf konzentrieren, sie in einen sinnvollen Zusammenhang zu bringen. Ich gebe mir wirklich Mühe, aber mir kommt einfach immer wieder dein Lächeln in den Sinn.«

»Was können wir denn da nur tun?«

»Tja, ich denke, da hilft nur eines. Ich brauche dich ganz schnell ganz nah bei mir. Sonst kann ich für nichts garantieren. Buchhaltung, Abrechnungen, Verträge, das endet hier sonst ganz schnell in einem Chaos! Ich vermisse dich. Gehst du mit mir an der Isar spazieren?«

»Hmmm. Eigentlich habe ich Luisa hoch und heilig versprochen, die Wohnung zu putzen, weil sie heute Abend Besuch von Jamie bekommt. Ich kann sie auf keinen Fall hängen lassen, zumal ihre Augen bei dem Namen Jamie eigenartig zu glänzen begannen. Aber ich könnte doch heute Abend bei dir vorbeikommen. Ich meine, wenn du mir verrätst, wo du wohnst.«

»Heute Abend? Hmmm. Weißt du was, wenn du putzen musst, dann helfe ich dir. Ich bin gleich da. Bis dann.«

»Ähm, ja also dann bis gleich.«

Nachdem ich mit tatkräftiger Unterstützung eines Gin Tonics und unter athletischen Anstrengungen die Badewanne geschrubbt habe, steht Right vor der Tür.

»Hi Süße.« Er lächelt mich an und reicht mir eine rote Rose. »Wo ist der Putzlappen?«

»Du willst jetzt wirklich mit mir die Wohnung putzen?« Nathan hätte keinen Fuß in meine Wohnung gesetzt, wenn er gewusst hätte, dass ich mich gerade mit Dreck und Fusseln und Staub und Kalk beschäftige, auch wenn er mich deswegen mehrere Tage nicht hätte sehen können. Umso unglaubwürdiger ist es, dass Right sogar vor einem Hausputz nicht zurückschreckt, um den Nachmittag mit mir zu verbringen. Hier kann doch was nicht stimmen! In so einem Fall kommen meist nur drei Möglichkeiten infrage.

1. Omnipotenter Kontrollverlust durch übermäßigen Alkoholkonsum.
2. Unnatürlich realistisch ausgelebte Wahn- und Wunschvorstellung.
3. Völlige geistige und körperliche Abwesenheit, da zwecks akuter Verliebtheit auf Wolke sieben wandelnd.

Hmmm. Ich lehne mich höchst skeptisch in den Türrahmen und ziehe nachdenklich eine Braue hoch.

»Darf ich reinkommen?«

»Das scheint wohl dein Ernst zu sein.«

»Jil! Weißt du es denn nicht? Mein Name ist Bond. Dirty Bond! Man nennt mich auch den tyrannischen, schonungslosen, brutalen Staubmörder.«

»Okay. Dann folgen Sie mir unauffällig, Mister Dirty Bond. Ich mache Sie mit Ihrer Ausrüstung und Ihrem streng vertraulichen und geradezu unmenschlichen Putzauftrag vertraut.«

Ich ziehe Right an mich und küsse ihn. In weiter Ferne höre ich sanft eine Rose auf den Boden fallen und das Schwappen eines Putzeimers, der gerade ins Wanken gekommen sein muss. Komme zu der beflügelnden Erkenntnis, dass einen der richtige Mann in allen Lebenslagen indemnisiert.

Mit einer akribischen Genauigkeit und einem Elan, der in mir allenfalls vom Sommerschlussverkauf geweckt werden kann, schrubbt Right mit einer Zahnbürste die Fugen in der Dusche sauber. An seiner Hand läuft der Schaum herunter und tropft bei jeder Bewegung auf seine Hose, aber es scheint Dirty Bond nicht zu stören. Ich stoppe den Wischmopp, den ich in hausfrauengerechten, kleinen Kreisen über den Boden schleife, und betrachte Right.

Hmmm.

Hätte mich beinahe in einer schwachen Minute dazu hinreißen lassen, ihm einen Heiratsantrag zu machen. Habe aber gerade noch mal die Notbremse gezogen. Für manche Dinge bin ich einfach zu konservativ. Intimpiercings, eine Vokuhilafrisur und Hochzeitsanträge machen sind für mich tabu.

Auf einmal unterbricht Right seine Zahnbürstenschrubbarbeiten, da ich ihn wohl etwas zu fasziniert anzustarren scheine. Er wischt sich mit dem nassen Unterarm über die Stirn und lächelt mich an.

»Was meinst du, Jil? Sauber genug?«

Wir blicken auf ein postkartengroßes Rechteck, dessen Fugen blinken.

»Perfekt.«

»Ich bin mir nicht ganz sicher. Vielleicht solltest du mir hier in der Dusche besser helfen.«

»Ich denke, du hast vollkommen Recht.« Ich ergreife die Hand, in der Right die Zahnbürste hält, und fahre mit ihm die Fugen entlang. »Und jetzt muss der Schaum abgespült werden. Drehst du mal bitte am Hahn.«

Right dreht den Hahn auf, und das Wasser sprudelt nur so aus der Brause.

»Meine Güte, Ben. Bevor du das Wasser aufdrehst, musst du den Regler umstellen, damit das Wasser unten aus dem Hahn und nicht oben aus der Duschbrause kommt. Und vor allen Dingen sollte man nicht direkt unter dem Duschkopf stehen, wenn man so etwas tut!«

Right lächelt bestätigend. Das Wasser fließt an seinem Oberkörper herab und färbt seine Kleidung dunkel. Seine nassen Haare liegen wirr, sein feuchtes Hemd klebt an seinem Oberkörper, und von seinen Lippen perlen Wassertropfen. Als meine Hand seine Jeans streift, fühle ich, dass der Stoff nass und schwer auf seinem Körper liegt. Blind taste ich mich weiter zum Warmwasserhahn, um ihn abzudrehen, als Right mich an sich zieht. Er überdeckt mich mit Küssen, während das Wasser an unseren Körpern herunterfließt. Eng umschlungen spüre ich seinen warmen Atem auf meiner Haut. Right ergreift mit beiden Händen meinen bebenden Körper. Er küsst mich und drückt mich stürmisch gegen das postkartengroße Rechteck, dessen Fugen blinken. Meine Hände gleiten über Rights Hals, seine Schultern, seinen Rücken, seinen Po. Willenlos lassen wir die nasse Kleidung auf den Duschboden fallen und lieben uns, bis nur noch eiskaltes Wasser auf unsere heißen Körper tropft.

Also, im Grunde sind Putztage gar nicht so schlecht wie ihr Ruf.

*Gelernte Wörter: auxiliar = helfend;*
*Remedur = Beseitigung;*
*indemnisieren = entschädigen.*

## 27

## ICH LIEBE ÜBERRASCHUNGEN!

*Herr Schnüttge.«*

*»Frau Schöneberg.«*

*»Bei einer großen Abhängigkeit ist es doch durchaus sinnvoll, den Patienten LANGSAM auf einen Entzug vorzubereiten, wobei die Finanzierung der Drogen bis zur Genesung vollständig von der Krankenkasse zu übernehmen ist.«*

*»Frau Schöneberg, ich sage es Ihnen noch mal. Sie werden Prada niemals auf Rezept bekommen.«*

*»Verstehe.«*

Es ist Samstagmorgen, die Sonne scheint, und ich bin in der Stadt beim Shoppen!

SAMSTAG – SONNE – SHOPPEN. Manchen Wörtern widerfährt in Kombination mit anderen eine derartige Wertsteigerung, es ist unglaublich!

Während ich an den Schaufenstern des Teresas vorbeischlendere und meine Augen über die Mode der Münchner Schickeria wandern, habe ich in Gedanken schon mindestens sieben absolut notwendige und unter ästhetischen Aspekten geradezu verpflichtende Investitionen getätigt. Aber ich habe mir fest vorgenommen, dass ich heute rein gar nichts für mich kaufen werde, sondern meinen vollen

Shoppingverstand auf ein Geschenk für Right konzentrieren werde. Vor einigen Tagen habe ich in seinem Timer gelesen, dass er übermorgen Geburtstag hat! Er war im Übrigen überhaupt nicht erfreut, dass ich in seinem Kalender herumschnüffle. Also, ich will es nicht schnüffeln nennen. Das war lediglich eine beziehungsinterne Recherche. Ich bin vielleicht ein kleines bisschen neugierig, aber deswegen muss man ja nicht gleich so ein Theater machen. Es gibt ja Menschen, die schlicht aus Bescheidenheit anderen nichts von ihrem Geburtstag erzählen. Eine Charaktereigenschaft, die ich durchaus nicht teile. Ich werde daher Right an seinem Geburtstag im Büro überraschen. Ich würde ihn noch lieber zu Hause besuchen, aber Right wohnt seit Tagen wegen Umbauarbeiten seines Badezimmers im Kempinski Hotel Vier Jahreszeiten. Die Büroadresse habe ich ganz zufällig gefunden. Bei einer beziehungsinternen Recherche.

Fantastisch! Ich liebe Überraschungen.

Jetzt muss ich nur noch das passende Geschenk finden. Hmmm. Verträumt stehe ich vor einem Schaufenster von Gucci. Was ist mit einem Paar Seidenstiefelettos, besetzt mit kleinen Glasperlchen, blassen Federn und zart geflochtenen Knöchelbändchen.

Ein Traum!

Ich denke, das wäre genau das Richtige für Right … Äh Right?

Ach ja richtig. Ich brauche ein Geschenk für Right.

Alles klar.

Bin jetzt ganz bei der Sache.

Ich schlendere weiter die Schaufenster entlang, als mein Blick auf ein schwarzes Kofferset von Bottega Veneta fällt. Schlagartig verschwindet meine gute Laune. Ich muss an Sarah und Viktor und seine Ehefrau denken. Herrje, wo sind eigentlich meine Antidepressiva? Ich krame mit trauriger Miene in meiner Tod's nach einer angebrochenen Tafel Lindt-Schokolade. Der süße Kakaogeschmack auf meiner Zunge zaubert mir ein mildes Lächeln auf die Lippen. Ich fingere das Handy aus der Tasche und wähle Sarahs Nummer.

»Halllollolo!«

»Hi Süße, ich bin's. Wie geht es dir?«

»Gut! Nachdem ich die zwei Flaschen Rotwein und die halbe Flasche Bacardi geköhöhöpft habe.«

»Sarah! Bist du wahnsinnig? Wir haben doch gerade mal 11 Uhr. VORMITTAGS!« Meine Güte, das übersteigt jeden zu rechtfertigenden Alkoholmissbrauch. Ich schüttle entrüstet den Kopf und schiebe mir ein weiteres Stück Schokolade in den Mund.

»Ich schreibe gerade meine Kündigung. Viktor ist ab Montag Geschichte!«

»Oh. Ich verstehe.« Andererseits ist gegen einen kleinen gehirn- und herzergreifenden Rausch hier und da auch nichts einzuwenden. »Wenn ich dir irgendwie helfen kann? Ich komme vorbei, und wir betrinken uns, bis wir die Existenz jeglicher Männer vergessen haben. Oder wir bedienen uns des magisch-religiösen Geheimkults Haitis und basteln eine Viktor-Voodoopuppe, oder wir …«

»… Danke Jil. Aber ich möchte lieber alleine sein.«

»Bist du dir sicher? Ich könnte in drei Minuten bei dir sein.«

»Nein. Ich will nicht reden und nicht getröstet werden. Ich möchte mich einfach nur meinem Dasein als Defizient hingeben und in wohl verdientem Selbstmitleid baden!«

»Verstehe.«

»Und … was machst du gerade?«

»Ich suche ein Geburtstagsgeschenk. Für Right.«

»Oh, dann kauf ihm doch einfach eine Armbanduhr. Die

ist zeitlos und zeitreich zugleich! ... Okay, das ist nicht witzig, ich weiß, aber mein Verstand hat seit der ersten Flasche Bacardi völlig neue Höhen erkundet.«

»Trotzdem danke, Süße.«

Hmmm. Ich sollte sicherheitshalber doch noch eine Viktor-Voodoopuppe besorgen. Und ich denke, Sarahs Idee mit der Armbanduhr ist gar nicht so schlecht. Ich war ja schon immer der Meinung, dass sich die besten Gedanken sowieso erst unter Alkoholeinfluss entfalten können. Anders kommen kreative Werbestrategen und hippe Stardesigner auch nicht zu ihren grandiosen, weltbevölkerungsbeeinflussenden Imaginationen.

Gut! Das gefällt mir! Ich liebe es, mir beim Juwelier im Schaufenster einen funkelnden Solitär, der an einer zarten Platinkette baumelt, oder einen schlichten Brillanten, der an einem Ring funkelt, auszusuchen. Ich kaufe ihn nie sofort. Ich stelle zuerst einen Finanzplan auf, der genau beschreibt, wie lange und wie viel ich für einen Zweikaräter sparen müsste, und gebe das Geld dann auf halber Strecke für Schuhe und Taschen aus. Die weiblichen Gene! Ich bin geradezu machtlos. Und das, obwohl es fünf wirklich gute Gründe gibt, die die *»Diamonds are a girl's best friend«*-These eindeutig bestätigen:

1. Diamanten sind schlicht und ergreifend. Sie haben eine direkte biochemische Verbindung zum weiblichen Endorphinproduktionszentrum.
2. Diamanten sind unverwundbar. Du kannst sie mit Strass und Perlen betrügen, sie werden es dir niemals vorhalten.
3. Diamanten sind auf ewig treu. Sie strahlen dich auch

dann noch an, wenn du gerade aus Platzmangel an der sechsten Parklücke vorbeigefahren bist.

4. Diamanten sind unvergänglich. Um sie ein Leben lang an sich zu binden, muss man keinen Ehevertrag unterschreiben und niemals Fußball schauen.
5. Diamanten sind oberflächlich schön und haben doch einen tieferen Wert. Im Übrigen steigt der Wert des Investors in fast allen Fällen proportional zum Wert des Diamanten!

Ich schiebe mich also an all den funkelnden Steinchen und Sternchen vorbei und komme wie geblendet an der Glasvitrine mit den Herrenuhren an.

Schön! Schön! Schön!

Eine Dame, deren Pumps und Bleistiftrock, Baumwollbluse und Nagellack malvenfarben sind, kommt auf mich zu und lehnt sich über die Glasablage.

»Guten Tag. Kann ich Ihnen helfen?«

Hmmm ... Sag ich jetzt »Nein, danke!«, wird mich die Verkäuferin allenfalls mit einem abwertenden Blick abspeisen. Sage ich jedoch »Ja, bitte!«, wird sie vermutlich gestresst die Augen verdrehen.

Im Einzelhandel kann man nur verlieren!

»Ja, bitte!«, antworte ich vorsichtig. »Ich suche eine stilvolle Herrenuhr für meinen, ähm, Verlobten.«

Ja, ich weiß ... aber Übertreibung macht anschaulich. Außerdem muss ich doch Frau Malve die emotionalen Dimensionen dieses Kaufes klar machen.

»Ich verstehe«, würdigt Frau Malve meine Geschenkidee, »eine Uhr ist ja auch zeitlos und zeitreich zugleich.« Das scheint sich wohl zu einem Running Gag zu entwickeln. Mit skeptischem Blick versuche ich den Alkoholpegel von Frau Malve einzuschätzen.

»Ich finde diese dort drüben ganz nett. Könnte ich die vielleicht mal sehen?« Ich deute auf drei edle Herrenuhren mit weißem Zifferblatt und braunem Lederband.

Die Verkäuferin breitet sie huldvoll vor mir aus.

»Ich denke, das ist genau das, was ich gesucht habe«, sage ich, während ich unauffällig versuche, die winzigen Preisschilder zu lesen.

Geschafft!

O mein Gott!

Kaufe ich hier gerade eine Uhr oder einen Kreuzfahrtdampfer?

»Ja, für die wahre Liebe kann es gar nicht exklusiv genug sein, nicht wahr?«, entgegnet mir die Verkäuferin mit einem milden Lächeln, während ich noch wie paralysiert auf das Schildchen starre.

»Diese Preise sind aber ganz schön exklusiv!«, entfährt es mir auf einmal.

»Wenn Sie die Uhren nicht bezahlen können, muss ich sie leider wieder zurücklegen«, sagt Frau Malve mit Genugtuung und greift nach dem Schmuck.

»Oh, nein. Geld spielt keine Rolle! Wissen Sie, für meinen VERLOBTEN ist mir nichts zu teuer!«

Zumindest nicht bis zum nächsten Kontoauszug! Zum Glück ist mein Kreditrahmen dehnbarer als Kaugummi, seit ich meinem Kreditbewilliger von meinen Schweizer Konten erzählt habe.

Und dabei sind diese Konten gar nicht in der Schweiz.

Und auch sonst nirgendwo.

Dennoch befürchte ich, dass mein Kreditrahmen nach diesem Kauf endgültig vor dem Platzen steht.

»Ich nehme diese hier!« Triumphierend halte ich das teuerste und schönste der drei Uhrenmodelle Frau Malve vor die Nase.

»Oh! Natürlich!«

Ich bade mich in ihrer Gefühlsregung aus Respekt und Anerkennung. Früher oder später werden wir ja doch alle Opfer der Hypokrisie des Einzelhandels!

»Und ich hätte gerne noch eine Gravur auf der Rückseite des Zifferblattes.«

»Selbstverständlich. Möchten Sie in der Zwischenzeit vielleicht einen Kaffee oder ein Glas Prosecco? Ich könnte Sie auch mit unserem Juwelierclub für exklusive Kunden vertraut machen.«

»Warum nicht!«

Zwei Gläser Prosecco, einen Milchkaffee, eine silberne Juweliermitgliedskarte, eine gravierte Herrenuhr und ein leeres Bankkonto später verlasse ich das Geschäft.

»Auf Wiedersehen, Frau Malve«, rutscht es mir heraus, als ich höchst zufrieden den Juwelier verlasse. Aber die Verkäuferin lächelt mich nur entzückt an, als wolle sie mir sagen: »Wenn Sie nur kräftig von Ihrer Juweliermitgliedskarte Gebrauch machen, können Sie mich nennen, wie Sie wollen!«

Das ist das beste Geburtstagsgeschenk, das ich je gekauft habe, denke ich mir, als ich mich durch die Touristengruppen auf dem Odeonsplatz dränge und nach einer verrückten Blondine mit Reiseführerschriftzug auf der Brust und neongelber Gruppenerkennungsfahne in der Hand Ausschau halte. Trotz meiner konstanten Kurzsichtigkeit und meines omnipräsenten Orientierungsverlustes entdecke ich Luisa sofort, wie sie mit großen Worten und umschweifenden Handbewegungen die staunenden Blicke der Touristen lenkt. Ich versuche mich möglichst unauffällig unter die Reisegruppe zu mischen. Dieses Unterfangen stellt sich jedoch in einem feuerroten Alexander-McQueen-Kleid unter zwanzig Japanern in schwarzen Anzügen als höchst schwierig heraus!

»*Und hier sehen Sie die Theatinerkirche, in italienischem Hochbarock errichtet und im Rokoko vollendet* … Jil! Was machst du denn hier?« Erstaunt sieht mich Luisa an. Und zwanzig weitere Japaner.

»Ich wollte nur schnell sehen, wie es dir geht.«

»*Die vollblütige Kuppel und die Türme mit den wulstigen Voluten sind ein Wahrzeichen Münchens* … na ja, ich sage mal so, ich lerne die Stadt kennen … *in der Fürstengruft sind 25 Mitglieder des Hauses Wittelsbach beigesetzt* … und ich kann diesen Japanern eh erzählen, was ich will, da sie mich so oder so nicht verstehen.«

Wir blicken in lächelnde Gesichter.

»Lass mir dir doch bitte ein bisschen Geld geben.« Hmmm. Wie hoch stehen eigentlich die Chancen, eine gravierte Herrenuhr umzutauschen? Muss mir wohl etwas wirklich Überzeugendes ausdenken, aber ich habe auch schon ein strassbesetztes Chiffonkleid von Chloé umtauschen lassen, an dem kein Strasssteinchen mehr zu sehen war.

»*Breit gelagert, dennoch vertikal betont, mithin voller schwingender Spannung ist diese Fassade reich, rhythmisch und scharfkantig gegliedert* … Jil, ich habe eh schon genug Probleme. Ich möchte wenigstens meine Finanzen im Griff haben.«

»Was hast du nicht im Griff?«

»*Im Innenraum finden wir ein hohes, tonnengewölbtes Mittelschiff mit überkuppelten Seitenkapellen* … ach, es gibt da vielleicht jemanden, an den ich vielleicht ein kleines bisschen zu oft denke, aber die Person ahnt nicht mal etwas davon. Ich selbst hätte nicht im Traum daran gedacht, dass es einmal so weit kommen würde. Und außerdem gibt es da noch eine andere Person, die ich damit ganz sicher verletzen würde.«

»Luisa, lass dir bitte von niemandem das Gefühl geben, du hättest nicht verdient, was du willst.«

»*Das Altarbild der thronenden Madonna stammt von dem Rubens-Schüler de Crayer ...* das ist alles etwas komplizierter, und in Wahrheit habe ich eh keine Aussicht auf Erfolg.«

»Ach Süße, du weißt doch, die Wahrheit hat meist wenig mit der Realität gemein.«

»Dals stillimmt«, strahlt ein Japaner. »Sil halben weise Fleundin. Dalf ilch Folto von Fleundin machen?«

Keine zwei Sekunden später blitzt es, und die Kamera lichtet zwei verdutzte Fleundinnen ab.

*Gelernte Wörter: Defizient = Dienstunfähiger;*
*paralysiert = wie gelähmt;*
*Hypokrisie = Heuchelei.*

# 28

## ICH HASSE ÜBERRASCHUNGEN!

*»Herr Schnüttge.«*

*»Frau Schöneberg.«*

*»Wie kommt es, dass das Leben immer voller Missverständnisse, Betrug und Ungerechtigkeiten ist?«*

*»Das liegt wohl daran, dass der Mensch für ein unkompliziertes Leben einfach nicht konzipiert ist.«*

*»Verstehe.«*

Mist! Mit einem riesigen Schlag scheint sich eine Gewitterwolke genau über meinem Auto zu entleeren. Und mein Schirm steht natürlich zu Hause neben der Tür. In einem Smart ist ein Regenschirm wie ein Geschäft in der Innenstadt, das sich *Susis Sparparadies* oder *Riccis Resteecke* nennt.

Platzverschwendung!

Obwohl ich in großen Schritten zu Rights Firma haste, komme ich durchnässt in der gläsernen Eingangshalle an.

Verdammt noch mal! Meine Lederschuhe quellen auf, und die transparente Chiffonbluse klebt an meinem Oberkörper, sodass sich der türkisfarbene, mit zarten Blumen bestickte BH darunter abzeichnet. Mit einem Taschentuch versuche ich die Wassertropfen auf meinem Gesicht wegzutupfen. Mein lieber Waterproof-and-long-resistant-Mascara, bitte verlass mich jetzt nicht! Vorsichtig streife ich mir die tropfenden Haare aus dem Gesicht und versuche, auf einer Marmorplatte in der Eingangshalle die Nummer des Stockwerks, in dem sich Rights Büro befindet, herauszufinden.

Sechster Stock! Also prüfe ich kurz darauf die Innenmaße des Aufzugs und stelle fest: Sie liegen außerhalb der klaustrophobischen Grenze.

»Warten Sie! Ich muss in den siebten Stock!«, höre ich eine weibliche Stimme hinter mir sagen, als ich in den Fahrstuhl steige.

»Aber Moment mal. Ich kenne Sie doch. Sie sind doch …«

»… Cathalina von Ocupenga. Und wer sind Sie?«

»Jil Schöneberg. Wir haben uns in der Firma meines Bruders kennen gelernt.«

»Ah, ja richtig.« Ich blicke auf Cathalinas Hosenanzug aus reiner Seide. Ihr Mantel ist aus weichem Lammfell, und ihre Frisur sitzt perfekt. Man könnte meinen, sie kommt gerade von einer Hochzeit oder einer millionenschweren Vertragsunterzeichnung, die als Liveübertragung bei CNN lief oder so was. »Wie ist es Ihnen denn gelungen, bei diesem Wetter trocken zu bleiben?«

Tolle Frage!

»Oh, ich habe einen Chauffeur, der immer direkt vor dem Haus parkt und der selbstverständlich stets einen Regenschirm zur Hand hat.«

»Ich verstehe.«

Noch drei Stockwerke!

»Sie scheinen selber Auto zu fahren«, stellt Cathalina von Ocupenga fest, während ihr Blick in mein Dekolleté fällt.

»Oh. Ähm. Also. Ja.«

»Schicker BH, Kindchen.«

»Oh! Ich …« Verlegen bedecke ich mein Dekolleté mit beiden Handflächen.

Mein Gott. Immer noch ein Stockwerk.

»Was machen Sie doch gleich von Beruf, Frau Schöneberg?«

»Ich bin …« Die Tür zum sechsten Stockwerk geht auf.

Dem Himmel sei Dank!

»Herrje! Leider muss ich hier schon raus.«

Mein Blick fällt auf einen eleganten Tresen, hinter dem ein Mann in geblümter Fliege, gepunkteten Hosenträgern, kariertem Hemd und gestreifter Strickjacke steht.

»Hi, Herr … äh?«

»Schnuck!«

»Hi, Herr Schnuck. Ich würde gerne zu Ben Bayker.«

»Zum Chef? Der hat sein Büro eine Etage höher! Hihi! Im wahrsten Sinne des Wortes. Wenn Sie verstehen …«

»Hmmm. Wie ist die Büronummer?« Ich bin zu aufgeregt für ein höfliches Lachen.

»Nummer 117. Haben Sie denn einen Termin?«

»Nein. Ich möchte ihm zum Geburtstag gratulieren.«

»Na, dann. Nehmen Sie doch die Treppe da drüben.«

»Danke, Herr Schnuck. Ach, Sie haben übrigens eine wunderschöne Strickjacke an.«

»Oh. Danke. Wissen Sie, das hat noch keiner gesagt. Also, wenn ich das meiner Ilse erzähle!«

»Ich wünsche Ihnen noch einen schönen Tag, Herr Schnuck.«

Beschwingt schreite ich in Richtung Treppenaufgang.

Ob Ben sich freuen wird?

Mit jeder Stufe schlägt mein Herz schneller. Als meine Pulsfrequenz auf einem medizinisch bedenklichen Niveau angelangt ist, erreiche ich einen langen Flur mit etlichen Bürotüren. Ich überfliege die Zimmernummern.

117.

Da ist es.

Ich halte die Luft an und suche nach dem Geschenk in meiner Tasche. Vor Aufregung beginnen meine Wangen zu glühen. Mit zitternden Händen drücke ich den Türgriff herunter, stoße die Tür kraftvoll auf und rufe ein fröhliches »HAPPY BIRTHDAY!« in den Raum.

Ein HAPPY BIRTHDAY, das auf der letzten Silbe in sich erstickt.

Was ist das?

Oh, mein Gott. Was ist das?

Träume ich?

Ich träume!

Nein, ich träume NICHT!

Ich bin im falschen Büro?

Verdammt! Ich bin im richtigen Büro.

Aber im falschen Leben!

Ich kann es nicht glauben!

Cathalina von Ocupenga sitzt auf Rights Knien und umschlingt seinen Hals mit ihren Armen!

Meinen Right!

Mein Knie!

Meinen Hals!

Mein Gott, die Frau ist doch verheiratet. Das geht nun wirklich zu weit.

»Jil?« Right erblickt mich.

»Ihr kennt euch? Aber das ist ja wirklich ein Zufall!«, sagt Cathalina und springt auf. »Das ist mein Mann, Ben Bayker. Wir hatten schon über dich gesprochen, mein Schatz!«

M – A – N – N!

Schlagartig beginne ich, die Kontrolle und mein Gleichgewicht zu verlieren.

»Das ist ja wirklich ein Zufall«, sage ich mit letztem Atem. Danach konnte eigentlich nur mein sofortiger Herzstillstand und der akute Ausfall aller lebenswichtiger Organe folgen!

»Wenn ich geahnt hätte, dass ihr euch kennt, dann hätte ich euch schon viel eher vorgestellt!«

Right sieht mir in die Augen, wie er es bei unserer ersten Begegnung auf Rebeccas Party getan hat. Mit diesem Blick hat er mir den Kopf verdreht, mir in die Seele geschaut, mein Herz gebrochen und den Verstand geraubt. Ich denke an den berauschenden Moment auf dem Dach und wie Right mir sagte, ich solle diesen Augenblick auf ewig in meinem Herzen bewahren und mich immer daran erinnern, wenn ich in einer beengenden Situation stecke.

Muss jedoch leider feststellen, dass es Situationen gibt, die weitaus beengender sind als ein Aufzug!

»Das war nicht Ihr einziger Fehler, Herr Bayker«, sage ich und merke, wie Tränen in mir aufsteigen.

»Ihr habt wohl beruflich miteinander zu tun …« Cathalina lächelt erfahren.

»Jil ist meine äh, meine äh …« Ben verliert die Fassung. Er steht kurz davor, seine Ehe zu zerstören.

»… Shoppingberaterin«, falle ich ihm ins Wort.

»Aha, ich verstehe!« Cathalina sieht das Päckchen in meiner Hand. »Du hast sie engagiert, um für mich ein Geschenk zu kaufen, weil du weißt, dass ich es nicht ausstehen kann, wenn ich dir an deinem Geburtstag beim Auspacken der Geschenke zusehen muss, ohne selber beschenkt zu werden. Das ist zu süß von dir, Darling!« Sie schnappt sich das Päckchen und wirft sich ihrem M – A – N – N erneut um den Hals.

Right und ich starren uns an.

Tränen kullern über meine glühenden Wangen.

Ich stehe da wie ein Fisch, den man gerade aus dem Wasser gezogen hat und der sich entschieden hat, nicht im wilden Todeskampf albern hin und her zu zappeln, sondern in Würde zu sterben. Mit anderen Worten, die Akinesie hat voll und ganz Besitz von mir ergriffen. Einzig meine Augenlider reiße ich auf. Der restliche Körper ist wie gelähmt.

So verharre ich und sehe zu, wie Cathalina mein »Hiermit ist Ihr Konto gesperrt«-Geschenk aufreißt.

»Oh, mein Gott! Eine Herrenuhr für Damen. Das ist ja so stylisch. Damit bin ich definitiv absolut en vogue beim nächsten Brunch in unserem Golfclub«, sagt Cathalina vor Glück. Ich wische mir die Tränen von den Wangen, bevor Cathalina sie wahrnimmt, und starre auf die Uhr an ihrem Handgelenk.

Und Right starrt auf mich.

»Die war bestimmt sündhaft teuer! Ich sagte Ihnen ja, Kindchen, man muss sich seinen Ehemann schon gut aussuchen.« Cathalina betrachtet den Schmuck von allen Seiten mit wertendem Blick, bis sie die Gravur auf der Rückseite entdeckt.

*»You are nobody till somebody loves you!«*, liest sie mit ergriffener Stimme vor.

»Das ist ja so romantisch von dir.«

Right und ich sehen uns an.

Die Party.

Der Aufzug.

Der Hauptbahnhof.

Die Dachterrasse.

Der Putztag.

Paris.

Mein Herz explodiert wie ein Feuerwerkskörper an Silvester.

»Sie haben Recht, Frau von Ocupenga. Einen Mann sollte man sich wirklich gut aussuchen, bevor man leichtfertig sein Herz verschenkt.«

»Jil, ich …«

»… ich sollte jetzt besser gehen.«

Mit diesen Worten verlasse ich Rights Büro und sein indisponibles Leben.

Sei tapfer und versuche, erst im Auto anzufangen zu heulen, rede ich mir zu, aber ich schaffe es nicht einmal bis zum Aufzug. Tränen kullern über meine brennenden Wangen, und ich schluchze so laut auf, dass ich in der Eingangshalle damit ein älteres Ehepaar erschrecke.

»Die Welt ist schlecht, und alle Männer sind schlecht, und vor allem Cathalina von Ocupenga ist schlecht«, weine ich und lasse meinen Kopf unter Tränen auf mein Lenkrad fallen. Es ist unfassbar. Es bedarf nur eines kleinen dekuvrierenden Moments, und man muss nur ein paar Buchstaben austauschen, und schon wird aus einem einfach unglaublichen *RIGHT* ein unglaublich einfaches *WRONG*!

*Gelernte Wörter: Akinesie = Bewegungshemmung;*
*indisponibel = nicht verfügbar;*
*dekuvrierend = entlarvend.*

## 29

## ALLES GUTE
## ZUM HOCHZEITSTAG!

*Herr Schnüttge.«*

*»Frau Schöneberg.«*

*»Ich hätte gerne mal die Meinung eines Experten gehört … Ist die Ehe eigentlich noch zeitgemäß?«*

*»Das ist schwer zu sagen. Ich weiß nur, dass ich mehr Frauen in Therapie habe, die sich von ihren Männern trennen wollen, als anders herum.«*

*»Oh. Wie kommt es dazu?«*

*»Der häufigste Scheidungsgrund ist, dass der Mann mehr Sex in der Ehe hatte als die Frau.«*

*»Ich verstehe.«*

Müde und mit aufgequollenen Augen schleppe ich meinen trägen Körper ins Badezimmer. Ich habe die letzte Nacht so viel geweint wie in meinem ganzen Leben noch nicht. Wahrscheinlich dehydriere ich schon.

Beim Blick in den Spiegel wird mir schlecht.

So sieht also eine Geliebte aus: die Haare strähnig, die Augen dick und rot, die Wangen aufgeweicht und auf den Lippen den Geschmack von Demütigung und Lüge. Wenn doch nur heute nicht der Hochzeitstag meiner Eltern wäre, denke ich und beginne mit der Restaurierung meiner Fassade.

Dreißig Minuten später sehe ich jedoch nicht unbedingt besser aus. Im Gegenteil, jetzt ist mir das Elend live und in Farbe ins Gesicht geschrieben. Na, ist im Grunde auch gleichgültig. Die Welt ist nicht perfekt, warum sollte es da ausgerechnet mein Make-up sein!

Auf dem Weg zu einem Saal nahe der Isar, den ich für die Feier gebucht habe, blicke ich die vornehmen Auffahrtsalleen hinauf zu den edlen Luxusvillen in Bogenhausen und frage mich, ob Sie hier wohl wohnen: die glückliche Cathalina von Ocupenga mit ihrem göttlichen EHEMANN. Langsam macht das alles einen Sinn! Umbauarbeiten im Badezimmer und ein Mann, der es sich leisten kann, wochenlang im Kempinski Hotel Vier Jahreszeiten zu wohnen! Mein Verstand ist anscheinend genauso naiv veranlagt wie mein Herz.

Und dennoch frage ich mich wenig später, ob es eigentlich besser ist, die wissende Geliebte oder die betrogene Ehefrau zu sein? Ich meine, hat Ben sich nicht NACH Cathalina in mich verliebt? Und bin ich damit zweite Wahl oder die neuere Nummer eins?

Hmmm.

Nachdenklich weise ich die Männer des Partyveranstalters nach rechts und links zum Tische aufbauen, Schleifen montieren und Blumengestecke platzieren. Als die Torte mit der Aufschrift »Die Ehe ist unser wertvollstes Gut« in rosa Zuckerguss an mir vorbeigetragen wird, kämpfe ich mit den Tränen.

Jetzt reiß dich zusammen, Jil!

Die nächsten zehn Minuten betrachte ich gedankenverloren das Treiben der Arbeiter. Wo ist eigentlich Tanguy? Dieser dämliche Bruder wollte doch schon vor einer Stunde hier sein. Ich wähle seine Nummer mit zusammengebissenen Zähnen. Doch als Tanguy am anderen Ende abhebt, höre ich erst einmal nur ein Rauschen. Na, wenigstens ist er schon auf dem Weg hierher. Dann meldet er sich endlich.

»Hi, Tanguy. Ich bin's, deine Schwester. Du erinnerst dich doch sicher? Wie lange brauchst du noch, bis du endlich hier bist?«

»Oh, hi Jil. Gut, dass du anrufst. Hör mal, ich kann heute bei der Feier nicht dabei sein.«

»WAS? Aber das alles war doch deine Idee! Du willst mich doch jetzt nicht hier sitzen lassen?«

»Jil, bitte hör auf rumzuzicken! Ich bin geschäftlich unterwegs. Ich habe heute Abend noch einen wichtigen Termin in Hamburg und muss jetzt wirklich Gas geben, wenn ich noch rechtzeitig da sein möchte.«

»Ich bin also ein wichtiger Termin?«, höre ich eine Frauenstimme im Hintergrund. »Ich werde schon dafür sorgen, dass du nicht zu spät kommst.«

»Halt den Mund!«, zischt Tanguy dazwischen.

»Nimmst du Indira mit nach Hamburg?«

»Ja!«

»Aber du hast sie doch noch nie mit nach Hamburg genommen?«

»Ich brauche sie aber heute Abend bei einem Geschäftsessen. Und zwar sehr dringend!«

»Ich verstehe. Na dann, viel Erfolg«, sage ich und klappe mein Handy zu.

Dieser Idiot!

Warum fragt man eigentlich nie die Kinder, ob sie sich überhaupt ein Brüderchen oder ein Schwesterchen wünschen? Also ich hätte damals definitiv das Kreuzchen bei NEIN gemacht.

Gerade möchte ich das Handy in meine Tasche stecken, als es vor sich hin brummt.

SÜSSE JIL ICH WÜNSCHE MIR NUR EINES LASS MICH MEIN LEBEN AN DICH VERSCHWENDEN LG MARK

Hmmm. Ich weigere mich, diese SMS und jede weitere männliche Aussage in meinem Leben auf ihren Inhalt hin zu überprüfen. Vielleicht sollte ich meinen Mobilfunkvertrag und den Kontakt mit Männern fristlos kündigen.

Na gut. Was steht als Nächstes an? Die Getränkeliste der Bar überprüfen und dabei den Gin Tonic auf seine Verträglichkeit testen. Kleine Stichproben müssen sein. Da mir auch der Wodka nicht ganz koscher vorkommt, nippe ich auch an einem Gläschen von diesem glasklaren Gesöff.

Hmmm. Schmeckt gut. Warm und beruhigend. Als ich über den Rand des Glases gucke, bemerke ich, wie schön der Saal geworden ist. Die Decke zieren weiße und rote Bänder, und ein Meer von roten Luftballons baumelt dazwischen. Die Tische sind mit langen pastellfarbenen Tischtüchern und Bergen von Blütenblättern dekoriert. Und über der Tür hängt eine riesige rote Schleife. Das Büfett duftet, und durch den Saal erklingen Liebeslieder.

Wunderschön!

Wie bei der Hochzeit meiner Eltern vor 30 Jahren. Ich habe mir heimlich ihr Hochzeitsalbum ausgeliehen, um es genau so dekorieren zu lassen, wie es damals bei ihrer Vermählung war.

Na dann kann die Party ja beginnen!

»Jil, das hast du alles ganz wunderbar gemacht. Wie ihr das geschafft habt, Tanguy und du«, staunt mein Vater und nimmt mich in den Arm.

»Und das, wo der arme Junge ja immer so beschäftigt ist«, bemerkt meine Mutter gerührt.

»Tjaja.«

»Also, unser Tanguy hat immer die schönsten Ideen. Das ist schon ein Prachtsohn, den wir da haben!«

»Ein Prachtsohn???« Ich verschlucke mich beinahe.

»Ja, und heute Abend muss der arme Junge schon wieder arbeiten.« Meine Mutter ist den Tränen nahe.

»Also, einen Toast auf Tanguy!«, sagt mein Vater und reißt dabei sein Champagnerglas in die Höhe.

»Einen Tost auf Tanguy!«, ertönt das Echo der Partygäste.

»Ja, ja. Einen Tost auf Tanguy«, stimme ich mit ein und schütte den Champagner herunter, in der Hoffnung, dass mich das vor Handgreiflichkeiten oder unschönen Worten über meinen seit Monaten BESCHÄFTIGTEN Bruder abhält.

»Darf ich um diesen Tanz bitten?« Mein Vater zwinkert mir zu und zieht mich auf die Tanzfläche. Ich lege meinen Kopf auf seine Schulter und lausche den Klängen von *If you leave me now*. Und schon spukt Ben wieder in meinem Kopf herum. Alkohol ist anscheinend doch kein nachhaltiger Kummerkiller. Mein Gott, warum verliebt man sich auch immer in die Mistkerle? Wahrscheinlich hätte ich doch lieber Maxi aus der vierten Klasse heiraten sollen. Der ist jetzt Schuhverkäufer, Antifremdgeher, vierfacher Vater und fährt einen Ford Kombi. Wegen der Kinder.

Und was habe ich? Ein gebrochenes Herz und einen Berg zerplatzter Illusionen. Tränen kullern mir über die Wangen.

Ich schätze, das Schicksal hat mal wieder großen Spaß daran, mich in allerhöchster Kunst zu torquieren.

Aber Moment mal.

Als ich über die Schultern meines Vaters blicke, entdecke ich Indira, die etwas hilflos und verunsichert unter der riesigen roten Schleife am Eingang steht. Ich wische meine Tränen von den Wangen und löse mich aus den Armen meines Vaters.

»Hallo, Indira. Schön, dass du gekommen bist.«

»Danke. Ich wusste erst nicht so recht, ob ich alleine ...«

»Heißt das, Tanguy ist nicht mitgekommen?«

»Nein. Tanguy ist auf Geschäftsreise nach Hamburg. Hat er dir das nicht gesagt?«

»Doch, aber ich dachte, du wärst bei ihm?«

»Mit Tanguy in Hamburg? Nein, ich wollte ja eigentlich noch nicht mal zur Feier eurer Eltern kommen, weil ich schreckliche Bauchschmerzen hatte. Das habe ich Tanguy auch gesagt. Vielleicht hat er mich deshalb gar nicht erst gefragt, ob ich ihn auf seiner Geschäftsreise begleiten soll.«

»Wahrscheinlich«, entgegne ich etwas verunsichert.

»Wieso schaust du denn so? Ist etwas nicht in Ordnung?«

Ich kann es nicht glauben. Was soll ich tun? Ihr verraten, dass mein »Einen Toast auf Tanguy«-Bruder eine Affäre hat? Ich meine, ich weiß es ja selber nicht genau. Mein Gott! Diese Welt ist verrückt. Scheinbar ziemt es sich, heutzutage eine Geliebte zu haben? Was mich wieder zu meiner Frage bringt, auf welche Seite ich mich jetzt stellen soll?

Geliebte oder Ehefrau?

Mal überlegen. Ich bin eine Geliebte, meine beste Freundin Sarah wäre gerne eine Geliebte, und Luisa zählt nicht, obwohl sie bestimmt auch schon mal etwas mit einer verheirateten Frau hatte. Das heißt, ich decke Tanguy und SEINE Geliebte?

Auf keinen Fall!

»Ja, weißt du, Indira. Ich glaube, ich glaube, Tanguy ...« Ihre großen stahlblauen Augen blicken mich an, und auf ihren Lippen liegt ihr zartes, besänftigendes Lächeln. »... Tanguy wäre jetzt bestimmt auch gerne bei uns!«

Ich kann es ihr nicht sagen. Das wäre, wie Bambi zu erklären, dass Klopfer nicht mehr sein Freund sein möchte. Stattdessen flüchte ich aus dem Saal.

Nachdem ich eine kleine Ewigkeit in den Mond gestarrt habe, setze ich mich auf eine Bank an der Isar. Langsam fließt das Wasser über die weißen Kieselsteine am Flussufer, und durch die Baumkronen weht von Zeit zu Zeit ein sanfter Windstoß. Frustriert und verwirrt blicke ich hinauf zur Statue des goldenen Friedensengels, der in weiter Ferne erhaben über den Dingen zu schweben scheint, und wünsche mir einen Schicksalswink, der die bevorstehende Umerziehung meines Herzens revozieren würde. Warum muss nach dem Verlieben denn auch immer das Entlieben kommen?

Und warum können meine Gedanken nicht mal für eine Minute still stehen? GELIEBTE, GELIEBTE, GELIEBTE, schießt es mir immer wieder durch den Kopf. Ist es denn wirklich so schrecklich naiv, an die große, einzig wahre Liebe zu glauben? In einer Zeit, in der sich sogar die mächtigsten Männer der Welt doppelt einzudecken pflegen. Sind Männer so konzipiert, dass sie das Wort Treue inhaltlich nicht verstehen, so wie wir ihre Affinität zu Fußball nicht verstehen können? Das würde bedeuten, die Liebe ist ein Auslaufmodell, ähnlich wie die Dampflokomotive und der Videorekorder.

So weit, so kompliziert.

Aber was ist, wenn wir nun auf einmal wieder mit Dampflokomotiven fahren wollen, aber alle Züge sind schon abgefahren? Außerdem müssten wir doppelt so viele Frauen wie Männer haben, wenn jeder Mann eine Ehefrau und eine Geliebte hat. Oder gibt es dieses Modell auch anders herum? Hmmm. Und wenn ja, warum bin ich dann eine *von* zweien und nicht eine *mit* zweien?

An diesem Punkt steigt mein in Schampus schwimmendes Gehirn aus, und ich beobachte die Lichtstrahlen des Mondes, die auf dem Wasser der Isar tanzen.

»Jil?« Oh, nein. Das werden doch nicht schon wieder Inge und Bernd sein? Sie sind ein Paar, bei dem man auf den ersten Blick nicht genau weiß, wer von ihnen Inge und wer Bernd ist.

Ungünstigerweise sind sie auch noch die Trauzeugen meiner Eltern und überschütten mich den ganzen Abend schon mit rührseligen Geschichten aus der Jugend meines Vaters und meiner Mutter. Ich kann ja verstehen, dass sie mir das alles gern erzählen, aber dass sie mich jetzt schon in der dunklen Nacht bis auf diese Bank hier verfolgen, geht doch ein bisschen zu weit. Ich drehe mich resignierend um und –

»Was machst du hier?«

»Ich muss mit dir reden, bitte.«

»Worüber? Du bist verheiratet. Ein neues und nicht ganz unwichtiges Detail! Aber ich kann das nicht, Ben! Ich kann dich nicht teilen. Erst recht nicht mit Cathalina von Ocupenga.«

Ben versucht, nach meiner Hand zu greifen.

»Ich kann mich bei allem mit der zweiten Wahl zufrieden geben. Ich kaufe Kleider aus zweiter Hand und fliege zweiter Klasse, und ich kann Nudeln essen, wenn sie schon zweimal aufgewärmt wurden, aber in der Liebe ertrage ich die zweite Wahl nicht. Und ich glaube auch nicht, dass es sie da geben sollte.«

»Jil, bitte hör mir zu.«

»Warum sollte ich?«

»Weil du keine zweite Wahl bist. Im Gegenteil.«

Mein Herz schlägt schneller.

»Sag mir, warum musste ich mich in dich verlieben? Ich verfluche diesen Tag!«

»Nein. Bitte Jil!«

»Doch, das tue ich. Du hast gesagt, ich solle dir vertrauen. Du hast gesagt, du würdest auf mich aufpassen. Und du hast gesagt, du würdest mich nicht mehr loslassen! Aber weißt du was, ich brauche gar keinen, der auf mich aufpasst und mich festhält! Und ich brauche auch keinen, der mir erzählt, dass sein Badezimmer umgebaut wird und er deswegen seit Wochen im Hotel wohnt. So ein Quatsch! Ich stehe wirklich schon nicht mehr am Rande des Wahnsinns. Mittlerweile stecke ich MITTENDRIN! Na, wie gut, dass ich schon einen Psychiater habe!«

»Aber ich wohne wirklich im Kempinski! Jil, ich wusste einfach nicht, wie ich dir das alles sagen sollte. Ich meine, hättest du mir geglaubt, wenn ich dir gesagt hätte, dass ich Cathalina nur geheiratet habe, weil wir gut miteinander auskommen? Hättest du mir geglaubt, wenn ich dir gesagt hätte, dass mir die Bedeutung von Liebe nie wirklich klar war und dass wir nur geheiratet haben, weil Cathalina einen Mann und ich eine Familie und Kinder wollte?«

»Ich will das nicht hören!«

Ich weine. Ich weine unaufhörlich und schlage voller Wut auf Bens Brust ein. Ich kann seine Worte und seine Blicke nicht ertragen. Und der Verlauf der Dinge versetzt mir wieder und wieder einen Stich ins Herz. In meinem Kopf hüpft nur noch das Wort GELIEBTE, GELIEBTE, GELIEBTE auf und ab. Ben greift nach meinen Handgelenken und hält mich fest.

»Ich habe Cathalina schon vor einiger Zeit um eine Pause gebeten. Darum wohne ich im Hotel. Ich weiß, dass sie eine Scheidung schon aus gesellschaftlichen Gründen verhindern möchte, aber ich werde mich von ihr trennen.« Er blickt mich an, um sich zu vergewissern, ob ich ihn verstanden habe.

»Hörst du, Jil? Ich werde mich von Cathalina trennen. Gleich am Montag werde ich die Scheidung einreichen. Es war ein Fehler, sie zu heiraten. Auch wenn du nie mehr wieder mit mir sprichst, hat es keinen Sinn mehr, mit ihr verheiratet zu bleiben.« Bens Blick wird sanfter. »Ich habe so vieles falsch gemacht. Aber ich wollte dir diese Dinge wirklich niemals antun. Es tut mir unendlich Leid, dass ich dich verletzt habe, und ich weiß nicht, wie ich jeden weiteren Tag damit leben soll. Ich verstehe, wenn du mich jetzt hasst, und ich akzeptiere es, wenn du mich nie wieder sehen möchtest. Aber bevor du gehst, möchte ich, dass du weißt, dass ich einen Grund für mich gefunden habe, die Art, wie ich bin und wer ich bin, zu ändern. Einen Grund, um neu anzufangen. Einen Grund für alles, was ich tue. Jil, du bist der Grund!«

Mein Herz ist meinem Verstand hunderte Schläge voraus. Wenn ich doch nur nicht unter dieser unsäglichen Deifikation leiden würde! Ich appelliere an meinen Stolz, sich jetzt bitte zu melden, aber mehr als ein in sich erstickendes Würgen bringt er nicht hervor. Das ist wie mit dem Willen, eine Diät durchzuhalten. Der meldet sich auch nur in Schluckaufform und hickst immer nur dann, wenn man gerade vor dem Spiegel steht.

»Ich liebe dich, Jil.« Mit diesen Worten nimmt mich Ben in seine Arme und zieht mich fest an sich. Sein Duft betört mich auf der Stelle, und mein Körper beginnt zu beben.

»Lass mich nicht mehr los, versprich es!«, höre ich mich willenlos sagen.

»Ich verspreche es.«

*Gelernte Wörter: torquieren = foltern;*
*revozieren = widerrufen;*
*Deifikation = Vergötterung einer Person oder Sache.*

# 30

# RICHTIGE MÄNNER IN FALSCHEN BETTEN!

*Herr Schnüttge.«*

*»Frau Schöneberg.«*

*»Stellen Sie sich vor, ich wäre nicht Ihre Patientin und Sie wären nicht mein Psychiater. Was würden Sie mir dann antworten, wenn ich Sie fragen würde, ob Sie sich rein theoretisch – und wenn das Schicksal es so wollte – auf eine sexy Geliebte einlassen würden?«*

*»Ich? Ähm? Also, wissen Sie. Ich! Äh!«*

*»Verstehe.«*

Nachdem Right und ich den Sonntag ausschließlich mit schlafen, Sex und Schokoladencreme verbracht haben, bedauere ich es doch sehr, dass heute die neue Woche anfängt. Und dennoch wandert ein prickelndes Gefühl durch meinen Bauch, als ich meine Augen aufschlage. Right steht mit einem Handtuch um den Lenden und einem Frühstückstablett in der Hand vor mir. Von seinen gebräunten Schultern perlen kleine Wassertropfen über seine Brust. Ich richte mich auf und ziehe ihn zu mir ins Bett.

»Danke, dass du bei mir geblieben bist«, sage ich und trockne seine Schulter mit meiner Wange.

»Ich danke dir, dass du mir vertraust.« Right küsst mich und hält mir eine Tasse Cappuccino unter die Nase.

»Ich muss erst um zehn Uhr im Büro sein. Komm zurück ins Bett.«

»Ich würde ja gerne, aber in einer halben Stunde kommt ein wichtiger Kunde aus Dubai in die Firma. Diesen Termin kann ich unmöglich absagen. Wenn ich ihn nicht für uns gewinnen kann, bleibt mir nichts, als die Firma zu liquidieren!«

»Das hört sich aber gar nicht gut an.«

»So schlimm wird es schon nicht werden. Ich habe mich mit Kajan Paradiso bis jetzt immer geeinigt, auch wenn ich mit seiner Geschäftspolitik nicht wirklich einverstanden bin.«

»Was pflegt er denn für eine Geschäftspolitik, dieser Kajan Paradiso?«

»Er gehört zu den Menschen, die sich an den Dingen, die sie haben, langweilen und immer nur nach dem streben, was sie nicht haben können.«

»Das gilt bestimmt nicht nur für geschäftliche Dinge.«

»Als er das letzte Mal in der Firma war, hat er die Praktikantin meines Kollegen belästigt. Ich hätte ihn am liebsten angezeigt, aber die ganze Geschichte war nicht nur Herrn Paradiso äußerst unangenehm. Du kannst dir nicht vorstellen, wie unglaublich blasiert, respektlos und geistig unbeweglich ein Mensch sein kann.«

»Hmmm. Du solltest mit diesem Mann nicht mehr zusammenarbeiten.«

»Wahrscheinlich hast du Recht. Ich werde mich bald nach Alternativen umsehen, aber für den Moment bleibt mir keine Wahl.«

»Sicher?«

»Ja, aber das sollen nicht deine Sorgen sein, meine Süße. Sobald die Verträge unterzeichnet sind, spreche ich mit Cathalina. Sie kommt heute von ihrer Geschäftsreise wieder.«

»Ich liebe dich.«

Right küsst mich zärtlich, und wir fallen zurück in mein Bett.

»Ich liebe dich auch. Und es tut mir Leid, dass ich schon gehen muss. Ich rufe dich an, sobald ich mit Cathalina gesprochen habe.«

Hoffentlich geht das gut, denke ich und lasse mich erst mal wieder in die Kissen sinken. Bekanntermaßen kann das Warten auf einen Anruf zuweilen sehr zermürbend sein! Da fällt mir ein, ist Luisa eigentlich zu Hause? Ja, sicher. Ihre pinken Pumps stehen doch neben der Eingangstür. Ich muss ihr unbedingt von Right und Cathalina erzählen. Obwohl sie sich mit Männern nicht wirklich auskennt, ist ihre Meinung immer sehr unparteiisch und neutral. Sie ist meine kleine Schweiz.

Ich tapse leise zu ihrer Zimmertür und klopfe. Keine Antwort! Hmmm. Ich öffne die Tür und begebe mich auf die Suche nach Luisas wuscheligem Wollschal mit den bunten Fransen, um mich mit ihm aufs Sofa zu kuscheln. Ich werde ihm einfach die Sache von Right und Cathalina erzählen.

Doch in dem Moment, in dem ich den Wollschal entdecke, entdecke ich auch Luisa. Und Mark! Neben ihr! Im Bett!

Ich schreie!

Luisa schreit!

Mark schreit!

O Gott, das ist doch nicht möglich. In einem Anfall von Panik knalle ich die Tür wieder zu und flüchte in die Küche. Ich kann nicht glauben, was ich da gerade gesehen habe. Und das an einem Montagmorgen! Ich brauche einen Kaffee. Nein, keinen Kaffee. Ich muss mich beruhigen. Tief durchatmen. Ich brauche ein Glas Champagner.

Drei Minuten später steht Luisa in einem Bademantel und mit zerzausten Haaren in der Küchentür.

»Was war das denn? Dein Coming-in?«, frage ich.

»Ich bin mir nicht ganz sicher.«

»Aha.«

»Es tut mir Leid.«

»Ich verstehe dich nicht. Was tut dir Leid?«

»Ich meine, ich bin mir nicht ganz sicher, ob da irgendetwas zwischen Mark und dir läuft. Ich wollte dich nicht verletzen.«

»Mich verletzen? Du weißt doch, dass ich nur Ben liebe und dass ich mir nichts mehr auf der Welt wünsche, als mit ihm zusammen zu sein. Außerdem habe ich dir gesagt, du sollst dir von niemandem das Gefühl geben lassen, du hättest nicht verdient, was du willst. Ich wünsche mir nur, dass du glücklich bist. Aber ich kann dich nur warnen, Luisa! Sich mit Männern einzulassen ist hochkompliziert und höchst gefährlich. Da wird die Liebe im Handumdrehen zu Poker mit größtmöglichem Einsatz.«

»Bist du dir sicher, dass das mit Mark kein Problem für dich ist?«

»Sicher bin ich sicher.«

Im nächsten Moment steht Mark mit einem viel zu kleinen Bademantel von Luisa bekleidet in der Küche.

»Jil. Es tut mir Leid.«

»Was soll denn diese Anteilnahme? Komm mit in mein Zimmer! Ich will mit dir reden!«

»Jil. Ich ...«

»KOMM MIT!«

»Ja.«

»Mach schon.«

»Ja.«

»Und schließ die Tür.«

»Okay.«

»Und jetzt sag mir, was dieser Scheiß soll! Wenn du vorhast, Luisa das Herz zu brechen, nur um mich eifersüchtig zu machen, dann werde ich …«

»So wie du dich aufregst, scheine ich ja schon Erfolg zu haben.«

»Nein, Mark. Hier geht es um Luisa und nicht um mich!«

»Das glaube ich nicht.«

»Das ist mir verdammt noch mal egal. Ist dir schon mal aufgefallen, dass du mich immer nur dann willst, wenn du mich nicht haben kannst. Aber wenn ich frei bin, triffst du dich mit Lana und Sandy und der ganzen Welt. Und jetzt gehst du auch noch mit meiner lesbischen Freundin ins Bett!«

»Und wenn ich dir sage, dass ich mich in Luisa verliebt habe, regst du dich dann wieder ab?«

»Du hast dich in Luisa verliebt? Du hast doch den Verstand verloren!«

»Das mag schon sein, Jil. Aber wer fragt schon nach Verstand, wenn es um die Liebe geht.« Wie Recht er damit hat. Verdammt!

Mark greift nach meinem Arm und zieht mich zu sich heran. »Jil, sieh mir in die Augen, und sag mir, dass du nichts für mich empfindest, und ich lasse dich für immer zufrieden.«

»Mark, ich …« Ich blicke hinter ihm auf die durchwirbelten Bettdecken von Right und mir.

Ach!

Du!

Meine!

Güte!

Neben dem Bett liegt Rights Ordner. Als ich meine Augen schärfe, lese ich »Kajan Paradiso«!

So ein Mist!

»Mark, ich muss gehen.« Hektisch löse ich mich aus seinem Griff, schlüpfe in Jeans und Bluse und verlasse verwirrt die Wohnung.

Nach Luft japsend und von Seitenstichen geplagt, rausche ich in die gläserne Eingangshalle von Rights Firma. Mein Gott, wenn es nicht um die Existenz dieses ganzen Ladens gehen würde, wäre ich unter keinen Umständen ungeschminkt aus dem Haus gegangen. Beim Blick in den Fahrstuhlspiegel fällt mir auf, dass meine Haare unwirsch in alle Richtungen stehen, und meine Bluse ist falsch zugeknöpft. Verlegen drücke ich den Ordner an meine Brust und betrachte den Mann, der mit mir im Aufzug steht, voller Unschuld. Sein Blick fällt auf die äußere Aufschrift des Ordners.

»Kajan Paradiso? Mit dem führe ich gleich die Verhandlungen über ein großes Projekt. Kennen Sie diesen Mann?«

»Oh, nein. Ich bin die Freun …, ich meine, eine Freundin von Herrn Bayker.«

»Wir hatten ja einige Schwierigkeiten mit Herrn Paradiso. Was sagen Sie denn als EINE Freundin von Herrn Bayker dazu?«

»Tja, wissen Sie, ich finde, Sie sollten keine Geschäfte mit blasierten, respektlosen und geistig unbeweglichen Menschen machen, die denken, dass ihnen die ganze Welt gehört und deswegen einfach mal so Praktikantinnen belästigen können!«

»Soso.«

»Aber Sie werden diesen Kajan Paradiso ja sicher besser kennen. Ich sollte mich da wahrscheinlich gar nicht einmischen.«

Im nächsten Moment öffnet sich die Fahrstuhltür. Ich blicke den langen Flur zu Rights Büro hinunter und sehe, wie er sich gerade zu einem kleinen Mädchen in einem rosa Kleidchen und zwei schiefen Schleifen in den Haaren hinunterbeugt.

»Tja, meine Süße, wenn ich nur zwanzig Jahre jünger

wäre, dann könnte aus uns ein wirklich schönes Paar werden. Aber weißt du, ich bin schon mit dieser bezaubernden Frau da drüben zusammen.« Right nimmt das Mädchen auf den Arm und geht auf mich zu.

»Jil, was machst du denn hier?«

»Dein Ordner. Du hattest ihn vergessen.« Ich will Right den Ordner reichen, als sein Blick an mir vorbei zu seinem Kollegen geht. Langsam lässt Right das kleine Mädchen von seinem Arm sinken und reicht seinem Kollegen die Hand.

»Herr Paradiso. Es freut mich, dass Sie es so schnell geschafft haben.«

»Moment mal. Sie sind …«

»… der blasierte, respektlose, geistig unbewegliche Herr Paradiso!«

Ach du meine Güte. Mein Herz stockt. Meine Finger zittern. Mit einem Knall fällt der Ordner zu Boden.

»Und Sie, Mädel, sind wohl das Unverschämteste, was mir je begegnet ist.«

»Ich denke, das reicht jetzt wohl, Herr Paradiso!«

»Lass doch, Ben. Ich werde einfach die Papiere des Ordners zusammensuchen und gehen und Sie …«

»Oh, nein. Ich werde gehen. Und Ihren Vertrag können Sie sich an den, wie sagt man, Kopf schmieren, Herr Bayker.« Wutentbrannt stapft er von dannen.

Ich traue mich kaum, in Rights Augen zu blicken. »Ben, ich …«

»Ach, Jil. Komm her, und gib mir einen Kuss. Ich weiß nicht, was du da gerade angestellt hast, aber mach dir keine Sorgen. Ich kriege das schon irgendwie wieder hin.«

»Aber Ben, ich habe gerade deine Firma ruiniert!«

»Ich weiß.«

»Und? Ben, ich sehe doch in deinen Augen, dass hier was nicht stimmt.«

Right blickt zum Fenster.

»Ich habe vorhin mit Cathalina gesprochen.«

»Ja.«

»Jil, es ist so. Weißt du …«

»Was es ist, es wird schon nicht so schlimm sein, dass es uns auseinander bringt.«

Right sieht mich eindringlich an.

»Sag es mir, Ben.«

»Cathalina.«

»Was ist mit Cathalina?«

»Sie ist schwanger.«

»Schwanger?«

»Sie hat es mir vorhin gesagt.«

»Ich verstehe.« Cathalina ist eine Primipara! Mein Gott, ich wünschte, dieses Wort hätte ich nie gelernt.

»Jil, ich habe keine Ahnung, was ich jetzt tun soll. Ich weiß nur, dass ich dich unter keinen Umständen verlieren möchte.« Ich blicke in seine verzweifelten Augen.

»Aber ich habe auch eine Verantwortung.«

»Ich verstehe.« – Mein Gott, ich verstehe nicht! Warum jetzt! Warum Right! Warum Cathalina? Warum kann sich die Welt nicht endlich aufhören zu drehen?

»Ich werde jetzt Herrn Paradiso nach Dubai nachfliegen und dort versuchen, einige Geschäfte abzuwickeln. Ich werde die Zeit zum Nachdenken nutzen und danach eine Entscheidung treffen.« Ein letztes Mal küsst er meine Hände und weicht von mir zurück.

Zeit zum Nachdenken? Eine Entscheidung?

»Okay.«

Ich sehe in seinen Augen, dass nichts mehr so ist, wie es war. Das ist das Ende von allem, und ich merke, dass uns jede weitere Sekunde unendlich dirimiert.

»Es tut mir Leid.«

»Ich weiß.«

Sagte ich, die Liebe ist wie Poker mit größtmöglichem Einsatz?

Ich bin bankrott.

Ich blicke so ungefähr drei Stunden lang verloren den leeren Flur hinunter, in der Hoffnung, Right kommt doch noch mal zu mir zurück. Mürrisch fährt die Putzfrau mit ihrem Wischmopp über meine Slingpumps.

»Wissen Sie was …«, heule ich sie an, »das sind echte Jimmimimimimyyy Chouhuhuhuhuhus …« Tränen kullern mir über die Wangen. »In Schuhuhuhugrößeße sechshuhuhunddreieieißig …« Ich schniefe und schluchze laut auf. »Eieieieine echechechechte Seltenheiheiheit.«

Wortlos blickt mich die Putzfrau an, fährt mit dem Wischmopp von meinen Schuhen und bearbeitet desinteressiert einen Mülleimer.

Ich denke, das ist der Moment, in dem von mir Protest verlangt wird. Ein mahnendes Wort. Ein drohender Brief an die Chefetage über unfähiges Hygienepersonal. Aber ich bin zu schwach. Nein, ich bin nicht zu schwach, es ist mir egal! Es ist mir egal, wenn meine Jimmy Choos in Putzwasser schwimmen. Alles ist mir egal. Ich steige aus den Pumps und beginne zu weinen.

Auf dem Weg nach Hause laufe ich barfuß durch den Regen und heule.

Ich heule, als ich über die Straße laufe. Ich heule, als ich meine Nachbarn grüße. Ich heule, als ich mich das Treppenhaus hinaufschleiche, und ich heule, als ich die Wohnungstüre öffne.

»Jil, ich habe mich so in dir getäuscht. Ich kann nicht glauben, dass du so eiskalt sein kannst.«

»Ach, hör doch auf, Mark. Du bist mit mir ins Bett gegangen, um Jil eifersüchtig zu machen?« Luisa und Mark stehen im Flur und schreien sich an.

»Ihr Männer seit so dämlich. Und du, liebe Jil, hast das wahrscheinlich alles gewusst, nicht wahr? Aber anstatt mich aufzuklären, lässt du mich ins offene Messer laufen. Am besten gehe ich wieder zurück zu Rebecca. Ihr zwei könnt mich nämlich mal!« Luisa schnappt sich wutentbrannt ihren Rucksack, stapft an Mark und mir vorbei und knallt die Wohnungstüre hinter uns zu.

»Toll, Jil! Du kriegst wohl alles kaputt. Es ist unglaublich, wie du das immer machst!« Mark sieht mich mit einem vernichtenden Blick an, läuft an mir vorbei und schmeißt ebenfalls die Wohnungstür hinter mir zu.

Ich. Äh. Moment. Ich blicke ungläubig zur Tür. Sogleich steigen neue Tränen in mir auf. Dieses Mal noch ergreifender und heftiger als zuvor. Mutlos lehne ich mich an die Wand und rutsche unter Tränen an ihr zu Boden.

»Iiiiiiichchchch hahahahahahahbebebe maaaal wiewiewiewieder alalalalalles falfalfalsch gegegegemacht!«, weine ich bitterlich. Ich versuche noch, mit Mühe zu verstehen, was hier gerade passiert ist, als mein Heulen in lauthalses Schluchzen mit unregelmäßigen Atemattacken übergeht und ich auf dem kalten Fußboden vollends zusammenbreche.

Vier Stunden später kauere ich immer noch am Boden und weine. Um mich herum haben sich Berge von Taschentüchern, eine kleine halbe Schokoladencremetorte und eine sich im wasserempfindlichen Bodenbelag verewigende Weinpfütze angesammelt. Habe vorhin meinen müden Körper in den Keller geschickt, um Alkohol zu holen. Leider sind mir –

wieder im Flur angekommen – die vier Flaschen aus der Hand gerutscht. War aber halb so schlimm. Nachdem ich unter Tränen den Verlust betrauert hatte, habe ich noch drei weitere im Keller gefunden. Und später getrunken. Wollte die Scherben und den vergossenen Wein auch wegwischen, war aber zu deprimiert. Mit verheulten Augen betrachte ich die Lache, die langsam in die Fugen zwischen dem Parkett sickert und die äußeren Ränder zum Quellen bringt. Ich wische mir die Haare aus dem Gesicht und entdecke ein letztes Stück Schokoladencremekuchen auf meiner Chanel-Bluse. Mit etwas Mühe kratze ich das Zeug ab und schluchze erneut. Puh. Taschentücher, ich brauche noch mehr Taschentücher. Und Alkohol. Unter Tränen und lautem Schluchzen greife ich nach einer der drei Flaschen und trinke den letzten Schluck, als mein Blick auf das Etikett fällt. Ein wirklich schönes Etikett. Ich lese die Aufschrift. Ich lese sie erneut. Und erneut.

Im nächsten Moment spucke ich prustend den Alkohol über meine Jeans. Petrus. Merlot. Jahrgang 2000. Aus französischem Exklusivanbaugebiet. Zu je 1450 Euro pro 0,75 Liter. Eine risikoneutrale, gewinnmaximierende und absolut todsichere Kapitalanlage!

*Gelernte Wörter: liquidieren = eine Gesellschaft, ein Geschäft auflösen und die damit verbundenen Rechtsgeschäfte abwickeln;*
*Primipara = eine Frau, die ihr erstes Kind erwartet;*
*dirimieren = trennen, sich entfremden, lösen.*

31

## BABYS SIND DIE BESSEREN MÄNNER!

*Herr Schnüttge.«*

*»Frau Schöneberg.«*

*»Es gibt Menschen, die behaupten, das Leben sei wie eine Schachtel Pralinen.«*

*»Ich habe davon gehört.«*

*»Wissen Sie, ich teile diese Meinung. Ich hasse Pralinen!«*

*»Verstehe.«*

»... ähm, Jil. Hast du mir überhaupt zugehört?« Ich sitze an meinem Schreibtisch und versuche, meine Gedanken von Right weg zu Vinzenz zu lenken.

»Ja, sicher ...« Nun ist er schon sechs Tage fort. Ohne eine Nachricht für mich. Ich fühle mich schrecklich. Heute Morgen war es mir sogar egal, was ich ins Büro anziehe. Luisa redet immer noch nicht mit Mark, aber wenigstens konnte ich sie davon überzeugen, dass ich in dieser Sache absolut unschuldig bin. Ein wirklich irreales und absolut beängstigendes Gefühl. »Was hast du noch mal gesagt, Vinzenz?«

»Möchtest du einen Fahrer, oder fährst du selbst?« Vinzenz' Stimme dringt erneut zu mir hervor.

»Einen Fahrer? Wofür?« Wahllos habe ich in den Schrank

gegriffen und ein paar Klamotten übergestreift. Aber jetzt, wo ich so an mir hinunterschaue, denke ich, das ist gar nicht so schlecht: Eine beige Wickeljacke aus Kaschmir mit einem cognacfarbenen Bleistiftrock und spitzen Slingbacks. Mein Styling-Gen scheint intuitiv zu arbeiten.

»Du hast heute Nachmittag einen Termin bei unserem »Windelkunden«. Heute findet das Fotoshooting für die neue Werbekampagne statt, und du sollst dort hingehen, um dir beim Shooting ein Bild von der Firmenphilosophie, der gewünschten Werbesprache, der Unternehmenswerte und -grundsätze und so weiter zu machen.«

»Ich verstehe!« Sich ein Bild machen bedeutet, den ganzen Tag nicht wirklich arbeiten zu müssen, sondern am Set herumzuhängen, umsonst Kaffee zu trinken und mit Werbeleuten über die Hinterteile der männliche Models zu schwärmen. Das ist eine der angenehmen und viel zu seltenen Aufgaben meiner Arbeit.

»Ich fahre selbst.« Damit kann ich dem Büro noch mindestens eine Stunde länger fernbleiben, ohne dass es Ärger gibt. Vielleicht schaue ich auf dem Rückweg noch schnell bei ein oder zwei Boutiquen in den Fünf Höfen vorbei. So als Frustkauf und um mich etwas abzulenken vom Ende meiner Welt.

Mist. Das geht nicht. Mein Konto ist gesperrt! Zum ersten Mal in meinem ganzen Leben ist mein Konto gesperrt. Und das alles nur wegen einer Herrenuhr, die jetzt am Handgelenk der schwangeren Cathalina von Ocupenga baumelt.

Hatte ich erwähnt, dass mein Leben zuweilen ein deutliches Gerechtigkeitsdefizit aufweist?

Wo sind die knackigen Modelhinterteile, wo ist der Kaffee, wo sind die Visagisten, die immer irgendwen mit dicken

Quasten von Chanel abpudern? Und wo ist der hippe Werbefotograf, der dich am Ende des Shootings fragt, ob du mit ihm ins Bett gehen willst?

Ich bin umringt von Babys. Lauter schreienden Babys mit ihren Müttern, die hektisch in die Hände klatschen oder mit Süßigkeiten und buntem, quietschendem Plastik locken, um ihre Lieblinge zu besänftigen. Dazwischen wuseln vereinzelt ein paar Werbeleute, ein Fotograf und eine Stylistin durch den Raum.

Mein Gott, natürlich. Was soll ich auch anderes erwarten von einem Werbeshooting eines Windelherstellers. Scheine nicht nur Right, sondern langsam auch schon meinen Verstand verloren zu haben! Ich sollte mich mal wieder dianoetischen Aktivitäten widmen.

Puh, hier stinkt es entsetzlich. Diese Windeln könnten ruhig ein bisschen geruchskompensierender sein. Ich mache mir erste kritische Notizen auf einen Block. Morgen bleibe ich in meinem Büro und werde alle Außentermine absagen, das steht fest.

»Hi, ich bin Jil Schöneberg. Ich komme von der PR-Agentur Eckhard P. Besörski, PR vom anderen Stern«, stelle ich mich der einzigen Dame, die kein schreiendes Baby auf dem Arm hält, vor. Sie trägt eine Jeans und eine weiße Bluse. Ihre Haare sind etwas zerzaust in einem Pferdeschwanz zusammengehalten, und ihre Brille sitzt auf der vorderen Spitze ihrer Nase.

»Mein Name ist Carrie Borrow, ich bin von der Marketingabteilung. Entschuldige das Chaos. Glaube mir, hätte ich das vorher gewusst, wäre ich bei der Briefpapierfirma geblieben. Diese Kinder machen mich wahnsinnig.« Carrie schenkt mir ein kurzes Lächeln, bevor sie sich daranmacht, vier widersinnige Babys auf einer giftgrünen Decke zu platzieren und ihnen pinke Sonnenbrillen aufzusetzen. Ich mag

Carrie, beschließe ich. Wahrscheinlich, weil ich alle Menschen mag, die mich duzen, seit ich über 25 bin.

»Ach übrigens, da drüben steht der Kaffee.« Ja, ich mag sie wirklich. Vielleicht wird dieses Shooting ja doch noch ganz nett. Ich laufe zum Kaffeespender und wähle Milchkaffee mit extra Zucker. Während ich warte, lächle ich ein Baby an, das in einem Kinderwagen liegt und zufrieden an seinen Zehen nuckelt. Doch in dem Moment, wo es mich erblickt, fängt es schrecklich an zu schreien. Oje. Was habe ich getan?

Schhhhhh!

Ich scheine Babys schlimmsten Albtraum visuell ziemlich gut zu treffen.

Ich schnappe mir den Kaffeebecher und flüchte auf eine Couch am anderen Ende des Raumes. Doch als ich mich erleichtert fallen lasse, quietscht es unter mir.

»Hihi, du hast dich auf unseren Plastikgoofie gesetzt.« Zwei kleine Jungen in Latzhose, Baseballcap und laufender Nase stehen vor mir und verbiegen sich vor Lachen.

»Oh, Entschuldigung. Seid ihr beiden Geschwister?«, frage ich sie und reiche ihnen den zerknautschten Plastikgoofie.

»Nein, wir sind Brüder«, quietscht Rotznase eins vor Vergnügen, während Rotznase zwei mir unter Tränen in den Schoß fällt.

»Du hast Goofie kaputtgemacht.« Etwas hilflos betrachte ich das weinende Kind auf mir.

»Ähm, kleiner Mann, das ist Roberto Cavalli, den du da gerade unter dir begräbst.«

»Mmmm-aaaa-mmmm-aaaaahhh! Die Frau hat Goofie kaputtgemacht!«, brüllt der Junge jetzt durch den Raum und läuft mit dem Beweisstück in der Hand zu seiner Mutter.

»Ich … also? Ich …«

»Sie haben wohl noch nicht so viel Erfahrung mit Kindern?«

Als ich hochblicke, sehe ich einen Mann mit einem Baby auf dem Arm vor mir stehen.

»Nein, nicht wirklich.«

»Das ist alles eine Frage der Übung, glauben Sie mir.«

»Nein. Ich kann mit Kindern genauso wenig anfangen wie ein Playboyhase mit Klamotten.«

»Sie müssen nur sich selbst vertrauen. Versuchen Sie es. Ich bin Jeremy.« Jeremy nimmt meine Arme und legt das Babybündel, das er auf seinem Arm hält, hinein.

»Und das ist Paul.« Mit verknirschtem Gesicht halte ich das Kind und warte darauf, dass es anfängt zu schreien.

Aber nichts.

Ruhe.

Absolute Ruhe.

Stattdessen lacht mich der kleine Paul zufrieden an.

»Ich lasse Sie dann mal kurz alleine. Ich habe noch etwas zu erledigen«, sagt Jeremy. Noch ehe ich widersprechen kann, ist er verschwunden.

Puh! Ich allein mit einem Baby. Mir wird warm. Das geht nicht lange gut. Nervös blicke ich mich im Raum nach einem Erwachsenen um, an den ich das Kind weitergeben könnte. Nach erfolgloser Suche sehe ich vorsichtig zurück zu Paul in meinem Arm.

Hmmm. Eigentlich ist er ja ganz süß. Er hat so niedliche kleine Finger. Ob er schon Kraft hat? Ich drücke sanft meinen Finger in Pauls Hand und sehe zu, wie sich seine langsam darumlegen.

»Du bist ein ganz starker kleiner Paul. Aus dir wird sicher einmal ein berühmter Boxer oder Gewichtheber.«

Paul lächelt mich an, als hätte er mich verstanden.

»Oder ein Supermodel. Mit diesem süßen Lächeln machst

du wahrscheinlich mehr Frauen schwach als Brad Pitt.« Ich gebe Paul einen kleinen Kuss auf die Nase und drücke ihn leicht an mich.

Hmmm. So schnell hat noch keiner mein Herz erobert.

Kinder sind einfach sakrosankt.

Und plötzlich weiß ich, was ich tun muss.

»Ich muss mich von Right trennen. Ich meine, Cathalina wird bald sein Baby auf die Welt bringen, das so süß und unschuldig lachen wird wie du. Und dieses Baby hat einen Vater verdient. Den besten Vater der Welt. Und Right hat sein Kind verdient. Das darf ich einfach nicht zerstören. Das siehst du doch genauso, Paul?«

Er strahlt mich an und quietscht laut auf.

Nun gut. Um die Divulsion meines Herzens kümmere ich mich später.

»Das betrachte ich als ein JA.«

*Gelernte Wörter: dianoetisch = denkend;*
*sakrosankt = unantastbar, heilig;*
*Divulsion = gewaltsame Trennung, Zerreißung.*

# 32

## LOSLASSEN

*Herr Schnüttge.«*

*»Frau Schöneberg.«*

*»Wie sicher kann man sich bei einer Entscheidung sein?«*

*»Sicherlich gibt es die sichere Sicherheit nie mit Sicherheit, weil Sie sicherlich nie sicher sind, ob Sie mit Sicherheit von Sicherheit sprechen können.«*

*»Verstehe.«*

*Lieber Ben,*
*ich habe beschlossen, einen Schlussstrich zu ziehen und unser Verhältnis zu beenden. Ich habe Paul kennen gelernt, und er hat mein Leben verändert. Es tut mir schrecklich Leid, aber ich weiß, dass ich das Richtige tue. Bitte versuche nicht, meine Meinung zu ändern. Mein Entschluss steht fest, und ich war mir noch nie so sicher bei einer Entscheidung wie bei dieser.*
*Ich wünsche dir viel Glück und Liebe in deinem Leben.*

*Lebe wohl,*
*deine Jil*

Entschlossen stecke ich den Brief in einen Umschlag und klebe ihn zu, nicht ohne noch eine kleine, halbstündige

Schluchzpause einzulegen. Ich schlüpfe in meine Jacke, wickle mir Luisas Wollschal um den Hals und mache mich auf den Weg zum Briefkasten. Es ist nach Mitternacht, und die Nächte werden langsam wieder kälter. Ich hätte den Brief vielleicht erst morgen einwerfen sollen. Hmmm, jetzt bin ich unterwegs, jetzt kann ich das auch schnell erledigen.

»Ich war mir noch nie so sicher bei einer Entscheidung«, erkläre ich dem Mond unter Tränen. Ich kann den Briefkasten schon erspähen und drossele aus unerfindlichen Gründen mein Tempo.

»Ich war mir noch nie so sicher«, sage ich bestimmt.

Sicher?

Bin ich mir überhaupt sicher?

Jetzt sind es nur noch zehn Meter bis zum Briefkasten, und meine Beine schleichen eher, als dass sie gehen.

Mein Entschluss steht fest!, denke ich noch einmal beschwörend und stoppe vor dem Briefkasten. Mit zitternden Händen öffne ich den Schlitz und schiebe den Brief hindurch.

»So, Jil. Jetzt musst du loslassen!«, erkläre ich mir selbst. Aber meine Finger wollen sich nicht von dem Umschlag lösen.

»LOSLASSEN!«, befehle ich, schließe die Augen und lasse den Brief in den Kasten fallen. Fassungslos starre ich den gelben Kasten an. Oh, mein Gott! Was habe ich getan?

»Ich war mir noch nie so unsicher«, sage ich wütend und schleppe mich schweren Herzens und unendlich verloren nach Hause.

Die Nacht war schrecklich! Ich habe geträumt, dass Right und ich vor dem Traualtar stehen, und in dem Moment, als

Right JA zu mir sagen möchte, stürmt Cathalina in die Kirche und schreit: »Das Baby kommt. Bei mir haben die Wehen eingesetzt!«

Ich schlurfe mit gekrümmtem Rücken in die Küche und setze Kaffeewasser auf, als mein Blick auf einen Putzlappen in der Spüle fällt.

Unbegreiflicherweise breche ich in Tränen aus! Hmmm. Ich falle bei dem Anblick eines verdreckten Lappens in tiefe Depressionen, weil er mich an Right erinnert. Ich werde nie mehr nach Paris fahren können, und die Designerklamotten, die Right mir dort gekauft hat, muss ich wegschmeißen. O Gott, ich ertrage den Anblick von Balenciaga, Givenchy und Chanel nicht mehr!

Mein Leben ist zu Ende!

Ich bin obsolet.

Niedergeschlagen lehne ich mich an das Küchenfenster und starre auf einen Müllmann, der gerade die Tonnen vor unserem Haus leert. *Game over*, denke ich. Man darf halt nie irgendwelche Spiele ohne Continue-Taste spielen!

Auf einmal höre ich Celine Dion aus der Wohnung unter uns, wie sie *Because you loved me* in die Welt hinausschmettert.

»*... for all the joy you brought to my life ...*«

Schluchz!

»*... for every dream you made come true ...*«

Dieses Lied ...

»*... I'll be forever thankful baby ...*«

deprimiert mich ...

»*... you saw the best there was in me ...*«

so sehr ...

»*... I'm everything I am because you loved me ...*«

dass ich ...

»... *you said no star was out of reach* ...«
keine Möglichkeit sehe ...
»... *I had your love I had it all* ...«
meine Mascara ...
»... *I'm grateful for each day you gave me* ...«
vom ...
»... *I was blessed because I was loved by you* ...«
Weglaufen ...
»... *My world is a better place because of you* ...«
abzuhalten.
»... *I'm everything I am because you loved me* ...«

Na, wenigstens kurble ich die Taschentuchindustrie ein wenig an. Ich schleiche mit einem Paket Taschentüchern und einem Pullover von Right unter dem Arm zurück ins Bett. So sitze ich nun da, die nächsten drei Stunden. Heulend und schniefend und mit der Erkenntnis, dass mein Leben noch nie so perniziös war wie jetzt.

Ich verstehe nicht, warum die Leute immer sagen, man solle sich ruhig mal so richtig ausheulen. Danach fehlt einem doch immer noch das, was einem davor gefehlt hat.

Man sieht nur zusätzlich aufgequollen aus. Ich fühle mich so schrecklich einsam. Vielleicht sollte ich mir eine Calzone machen? Ich bin schon ganz geschwächt von dem vielen Trauern.

So ein Mist! Jetzt habe ich die Calzone in den Mülleimer geworfen und die Verpackung in den Ofen geschoben. Ach, ich hatte sowieso keinen Hunger. Ich denke, ich werde nie wieder Hunger haben! Wo ist die Wodkaflasche? Es hat ja doch keinen Sinn, gegen eine Kachexie anzukämpfen! Beschließe, mich zu betrinken in der Hoffnung, dass es mich für einen kurzen Moment zurück zu Right bringt.

Ich durchsuche die Wohnung und den Keller. Ohne Erfolg.

Hmmm.

Jetzt haben wir noch nicht einmal mehr Alkohol im Haus. Ach ja, richtig. Ich hatte ja erst neulich meine langfristige Kapitalanlage versoffen. Aber das ist wirklich nicht der Moment für uneingeschränkte Selbstkritik. Werde mich wohl oder übel in eine Bar schleppen müssen.

Ich danke dem Herrn und Jim an der Bar für das Recht auf öffentlichen Alkoholausschank. Nachdem ich dreieinhalb Gläser Champagner getrunken habe, geht es mir erheblich besser. Der Alkohol bringt zwar Right nicht in mein Leben zurück, dafür entdecke ich zufällig Mark, als ich über den Rand des Glases auf die Straße blicke. Gedankenverloren kramt er in seiner Arzttasche, während sein Mantel von einem kräftigen Wind umhergewirbelt wird. Ich tippe mit dem Finger gegen die Scheibe und winke ihm zu. Er lächelt über das ganze Gesicht und betritt kurz darauf die Bar.

»Jil! Wie geht es dir?«

»Irgendetwas zwischen manisch depressiv und selbstmordgefährdet. Ich muss das noch mit meinem Psychiater besprechen.«

»Ach, so schlecht siehst du gar nicht aus.«

»Sehr witzig.«

»Ich meine es ernst.«

»Na, dann sterbe ich wenigstens wahnsinnig gut aussehend. Das ist doch auch was.«

»Sag so etwas doch nicht. Dann müsste ich ja die Hauptrolle in meinem Leben ganz neu besetzen.«

Mark lächelt mich an, wie er es seit mehr als vier Jahren schon macht. Er ergreift meine Hand, wie er es seit mehr als vier Jahren schon macht. Und er lässt mein Herz ein wenig schneller schlagen, wie er es seit mehr als vier Jahren schon schafft.

»Verdammt! Das muss jetzt endlich ein Ende haben. Die Rechnung, bitte!«, rufe ich durch das Restaurant.

»Mark, komm mit. Wir gehen Aufzug fahren!«

Auf dem Weg in das nächste Wohnhaus mit Fahrstuhl folgt Mark mir schweigend. Ich hätte ja wenigstens mit ein paar klärenden Fragen gerechnet, aber Mark läuft einfach nur hinter mir her und lächelt mich von Zeit zu Zeit vertrauensvoll an. Er scheint sich an meine eigenwilligen Lebenstheorien gewöhnt zu haben.

»Dann wollen wir mal«, sage ich und drücke den Knopf des Aufzugs.

»Was immer du willst.«

Wir betreten den Fahrstuhl, und Sekunden später schließen sich die Türen. Ich reiche Mark die Hand, halte den Atem an und kneife meine Augen zusammen.

Einundzwanzig.

Zweiundzwanzig.

Dreiundzwanzig.

Nichts.

Kein rasender Puls. Keine zitternden Knie. Kein hyperventilierender Atem. Langsam öffne ich die Augen und lächle Mark an.

»Geht es dir gut, Jil?«

»Sicher. Es ging mir nie besser.«

Auf einmal zieht Mark mich zu sich heran. Er blickt mir in die Augen. Langsam beugt er sich zu mir herunter und … auf einmal rast mein Herz davon. Meine Beine zittern. Meine Hände glühen. Hhhhe. Ich hyperventiliere. Hhhhe. Ich ersticke. Hhhhe. Ich zucke. Verflucht!

»Mark!«

»Mein Gott, Jil. Du hast einen klaustrophobischen Anfall!«

»Hhhhe.«

»Warte. Ganz ruhig. Du musst deine Atmung kontrollieren.«

»Ach was? Hhhhe.« Mit letzter Kraft drücke ich die Knöpfe für die Stockwerke, während Mark in seine Arzttasche greift und eine Flasche Wasser hervorzieht. Im nächsten Moment klatscht er mir das Wasser ins Gesicht.

Toll! Ich hyperventiliere, meine Beine knicken in sich zusammen, mein Herz steht kurz vorm Explodieren, und der Inhalt einer eiskalten Flasche Mineralwasser läuft an mir herunter. Ich kapituliere und gebe mich einer, wie mir scheint, wohl verdienten Ohnmacht hin.

»Jil – Jil – Jil?«

»Ist ja schon gut, Mark.« Vorsichtig lasse ich meine Augen schweifen und merke, dass ich in einem fremden Wohnhaus neben einer Wohnungstür sitze, während Mark meinen Puls misst und mir die nassen Haare aus dem Gesicht streicht.

»Was machst du, Jil?«

»Ich verschaffe mir Klarheit.«

»Indem du deinen Körper an den Rand der Kapitulation treibst.«

»Vollkommen richtig. Das hätte ich schon viel früher

tun sollen. Jetzt weiß ich endlich, was ich nicht will. Der Verstand kann nämlich manchmal auch das Herz austricksen«

»Mmmm. Jil, ich denke, du stehst unter Schock!«

»Ja!« Ich lächle wehmütig. »Sicher, Herr Doktor!«

*Gelernte Wörter: obsolet = nicht mehr zu gebrauchen;*
*perniziös = unheilvoll;*
*Kachexie = durch schwere Krankheit bedingter völliger Verfall der körperlichen Kräfte.*

## 33

## HERZ AUS – SPOT AN!

*Herr Schnüttge.«*

*»Frau Schöneberg.«*

*»Warum fühlt sich das Richtige so falsch an?«*

*»Sie sprechen von Ben und dem Baby. Horchen Sie in sich hinein, und fragen Sie sich, ob das Richtige wirklich richtig ist, wenn es sich doch so falsch anfühlt.«*

*»Natürlich ist es das. Ich fühle mich nur so elend, weil ich diese Entscheidung mit dem Verstand und nicht mit dem Herzen getroffen habe.«*

*»Da liegen Sie falsch. In dieser Sache haben Sie eindeutig mit dem Herzen entschieden.«*

*»Verstehe.«*

Nun ist es schon über vier Monate her, seit ich Right das letzte Mal gesehen habe. Auf meinen Brief hat er nicht geantwortet. Ich fühle mich schrecklich! Wie das Fernsehprogramm von gestern. Für einen kurzen Moment sehr wertvoll, aber jetzt nur noch alt und nutzlos.

Ich habe wieder angefangen zu essen (eigentlich habe ich damit auch nur für ein paar Tage aufgehört), und Designerklamotten habe ich auch recht schnell wieder in mein Herz geschlossen. Nur diese Empfindlichkeit beim Anblick von

Putzlappen besteht nach wie vor. Was soll ich machen? Reinigungsutensilien machen mich wahnsinnig depressiv. Und da ich nicht ausschließen kann, dass das an Right liegt, hat Luisa vorübergehend den Wohnungsputz übernommen.

Außerdem habe ich beschlossen, nach einer mehrwöchigen Einswerdung mit meinem Bett wieder unter Menschen zu gehen.

Luisa ist wieder dem weiblichen Geschlecht zugetan und hat beschlossen, von nun an nur noch mit Frauen zu schlafen. Mark hat beschlossen, nicht mehr mit Luisa zu schlafen, ich habe beschlossen, niemals mit Luisa zu schlafen, und Mark und ich haben beschlossen, niemals wieder miteinander zu schlafen, und alle sind wieder Freunde. Wunderbar. Mein Leben ist perfekt. Und da sich der Mann meines Lebens aus selbigem komplett entfernt hat, nehme ich mir vor, meine Freiheit endlich zu genießen. Im Grunde hat das Singleleben seinen schlechten Ruf gar nicht verdient. Ich meine, es ist ja nicht so, dass man als Single einsam wäre. Ich würde das mal eher ungestört nennen. Gut, verdammt noch mal! ICH BIN EINSAM. Ich brauche einen Mann. Ich brauche Sex. Ich brauche endlich wieder Probleme. Und darum habe ich beschlossen, die Flucht nach vorn anzutreten. Das Ziel heißt Bora Bora.

Da stehe ich also nun zwischen den Pappkulissen der Bavaria Filmstudios und steuere die heiligen Hallen von TV DIREKT an. Ehrlich gesagt hatte ich mir das Showbiz etwas glamouröser vorgestellt. Die Büros befinden sich in einem Zellhaufen aus aneinander gereihten Containern, die mich an grausame Campingtage in meiner Jugend erinnern. Hier gibt es Hausfassaden ohne echte Häuser, Türen ohne dahinter befindliche Räume und Straßenlaternen ohne Stromanschluss. Hoffentlich benutze ich hier nicht auch noch aus Versehen eine Papptoilettenattrappe! Ich bin gerade im Begriff, das Showbiz an den Nagel zu hängen und wieder umzudrehen, um mir zu Hause vielleicht doch lieber eine Wiederholung von *Friends* anzusehen, als eine Frau in Baggypants und T-Shirt auf mich zukommt. Um ihren Hals hängt eines dieser Bändchen, die alle tragen, die zur Crew gehören, und dir direkt sagen, ich bin wahnsinnig wichtig!

»Hi, ich bin Lucy, deine Redakteurin. Du musst Jil sein. Wir kennen uns vom Casting. Ich nehme dich jetzt mit zum Briefing.« Ich habe diese Frau noch nie in meinem Leben gesehen, ich schwöre. Aber so ist das wohl beim Fernsehen. Dein Bekanntheitsgrad steigt Schwindel erregend schnell.

Ich folge Lucy in einen spartanisch eingerichteten Raum. In der Mitte steht ein Tisch, um den vier Frauen in knappen Bikinis sitzen: meine Mitstreiterinnen! Ich finde das ja ein bisschen zu siegessicher, direkt im Bora-Bora-Strandoutfit hier anzutanzen, aber Lucy erklärt mir, die Damen wären schon im Fundus gewesen, und für mich würde sich da bestimmt auch noch das Passende finden.

»Ich soll im Bikini auf die Bühne?«, bringe ich nervös hervor. Oh, nein! Meine Unterlippe fängt an zu beben, und der Angstschweiß läuft mir den Nacken hinunter. Ob ich einfach schnell wegrennen soll? Ich erspähe auf dem Tisch einige Gläser Sekt, schnappe mir eins und stürze die perlende Flüssigkeit herunter.

Hmmm?

TV-Alkohol schmeckt billig und abgestanden, zeigt aber dennoch seine Wirkung. Sichtlich entspannter lasse ich mich auf einen Stuhl neben Becky Busenwunder und Susi

Sexgranate plumpsen und versuche, Lucys Briefing zu folgen. Ich im Bikini im Fernsehen – das ist zu quotenschädigend!

»Egal, was ihr macht oder sagt, Hauptsache, ihr seid dabei natürlich …«

Ich fahre mit einer Hand über meine Beine. Na, wenigstens sind sie rasiert!

»… und verhaltet euch immer kameragerecht …«

Und ein bisschen abgenommen habe ich auch. Hmmm. Na gut, na gut. Ich habe kein bisschen abgenommen. Zu solchen Äußerungen bringt mich immer nur der Teil in mir, der das Überleben meiner Psyche in der sich epilierenden, frisierenden und schönheitsoperierenden Zivilisation sichern soll.

»… und keine wilden Gesten, sonst fallt ihr aus dem Kamerabild …«

Aber meine Haare glänzen ganz toll, seitdem ich dieses neue Shampoo aus Beverly Hills benutze. Das ist seine 45 Dollar plus Versandkosten aber nun wirklich wert.

»Na, dann viel Spaß!«

Am Ende des Briefings genehmige ich mir noch ein Gläschen Sekt und begebe mich mit Lucy in den Fundus. Man kann sich diese Bikinis ja mal ansehen, obwohl ich kaschierungsneutralen Kleidungsstücken im Grunde keine große Bedeutung schenke.

Nachdem ich sechzehn Bikinimodelle anprobiert habe, betrachte ich zufrieden mein Spiegelbild. Ich sehe aus wie das Fotonegativ von Halle Berry als Jinx in *Stirb an einem anderen Tag*. Nur nicht so schlank. Und mit weniger glatter Haut. Und gekürzten Beinen. Aber ich liebe mein Spiegelbild. So schlimm ist es gar nicht, obwohl ich zugeben muss, dass meine Wahrnehmung nach dem dritten Glas Sekt schon ein wenig getrübt ist. Hmmm. Sollte mich vielleicht öfter in bacchantische Zustände versetzen, wenn ich wieder einmal von depressiven Figurproblemen überrollt werde.

Ich stolziere wie ein Unterwäschemodel in die Maske. Doch als ich dort ankomme, verschlägt es mir den Atem. Hier liegen tausende Lipliner und Eyeshadows und Glosspuder und Creme-Make-ups, dass mein Herz einen Sprung macht. Ich muss im Himmel sein! Wer hätte gedacht, dass es zweiundsiebzig verschieden changierende Lidschattierungen gibt und dass man flüssige Grundierung, mattierende Creme, loses Puder, deckendes Make-up und zart zerstäubtes Rouge gleichzeitig benutzen kann!

»Setz dich hierhin, Sweetheart«, sagt Cal, ein Typ mit geschminkten Augen und nassen, pechschwarzen Haaren, zu mir.

»Die sind nicht nass, das ist der Wetlook«, erklärt Cal mir später sichtlich beleidigt, während er meine Haare toupiert und beim Anblick meiner Spitzen regelmäßig in ein tiefes depressives Stöhnen verfällt.

Nachdem sich meine Haare in einer Höhe von gut zehn Zentimetern auf meinem Kopf aufbäumen, macht sich Cal ans Make-up.

»Ich möchte so natürlich wie möglich wirken«, versuche ich, den Maestro zu beeinflussen. Jedoch mit wenig Erfolg.

»Honey, das Make-up muss kameragerecht sein!«

»Verstehe, kameragerecht.«

»Und bitte halte die Lippen still, Sweetheart. Sonst kann ich nicht arbeiten. Gegen Nervosität hilft am besten ein Schlückchen Prosecco!« Cal zaubert eine Flasche Asti und zwei Gläser aus einer Schublade.

»Komm, wir haben noch Zeit, bis die Show aufgezeichnet wird. Lass uns anstoßen, Cookie!«

Sichtlich angeschickert, sonderbar geschminkt und mit einer Turmfrisur, die sich langsam, aber sicher zur Seite neigt, falle ich Stevie, dem Tontechniker, in die Arme.

»Halloli, ich bin Jilli«, grüße ich kichernd, während Stevie eine kleine Box an meiner Bikinihose anbringt und ein Kabel über den Rücken zu meinem Busen verlegt. Er nestelt an meinem Ausschnitt, um das Mikrofon zu befestigen.

»Kein schlechter Job, was?«, frage ich und beobachte vergnügt, dass Stevies Finger immer nervöser zappeln.

»Sie sind wohl gar nicht aufgeregt?«, bemerkt Stevie, und da stelle ich selber fest, dass meine Nervosität verflogen ist.

Schwankend laufe ich auf ein gelbes Kreuzchen auf dem Boden hinter der Bühne zu.

»Hier warten Sie, bis Sie ein Zeichen von mir kriegen«, sagt ein Mann in Anzug und Krawatte zu mir.

»Oh là, là, sind Sie einer der Singlekandidaten, die ich heute Abend gewinnen kann?«, frage ich fröhlich. Ich fingere so lange an dem Kärtchen um seinen Hals, bis ich die Buchstaben darauf lesen kann: *»Regie«* steht darauf.

»Oh, wie schade.« Der Regisseur lächelt und dreht sich um mit den Worten: »Und denken Sie daran, egal was Sie sagen oder tun, Hauptsache, es ist kameragerecht!«

»Kameragerecht! Alles klal-lal-lal-lar.«

Als ich am Set stehe, beginnt auch sogleich die Show. Spotlights wuseln über die Bühne und streifen dabei gelegentlich den sexy Showmaster Larry Lasch. Nachdem der Titelsong zu LONELY HEARTS nach zehn langen Sekunden endlich zu Ende geht, beginnt Larry von überdimensionalen Karten, die die Aufnahmeleiterin hochhält, seine Witze abzulesen.

»So, Jil, jetzt sind Sie dran«, flüstert mir der Regisseur

ins Ohr, »und falls Sie nicht den geeigneten Partner in der Show finden, nehme ich Sie heute Abend einfach mit nach Hause.« Er zwinkert mir zu und schubst mich mit einem zaghaften Stoß in Richtung Bühne.

Langsam schwanke ich auf die Bühne, direkt in die Arme von Larry Lasch. Mein Verstand hört auf zu arbeiten. Mein Körper macht sich selbstständig, und mein Mund redet ohne vorherige Absprache mit dem Kopf oder dem Verstand. Als Nächstes wird es dunkel.

Was ist passiert? Die Show ist im Kasten? Hab ich gewonnen? Mit aller Kraft konzentriere ich mich auf die Geschehnisse der letzten Stunden. Aber alles, woran ich mich erinnere, sind die Lichtspots auf meinem Körper und die Kameras, die Mühe hatten, mir zu folgen, weil ich quer durch das Fernsehstudio getanzt war. Mit Larry. Der Alkohol hat mich wohl etwas ungestüm gemacht. Bekomme jetzt schon Trost spendende Schokoladengelüste bei dem Gedanken, dass die Sendung im ganzen Land zu sehen sein wird. Hoffe nur nicht, dass ich nach der Ausstrahlung ernsthafte Überlegungen über eine Auswanderung nach Simbabwe oder die ewige Einswerdung mit meinem Bett durchführen muss.

»Sie waren wundervoll, absolut dantesk, ein echtes Showtalent und so kameragerecht«, jubelt mir der Regisseur zu, als er mich hinter der Bühne entdeckt. »Hier ist meine Karte, vielleicht haben Sie ja Interesse. Ich meine an weiteren Auftritten. Wissen Sie, von Ihrem scheinbar angeborenen Aplomb träumen selbst die ganz Großen in der Filmbranche!«

»Ach, ja? Also, wenn Sie meinen.«

»Und machen Sie sich nichts draus, dass aus Bora Bora

nichts geworden ist. Ich meine, der letzte Platz ist auch nicht verkehrt. Ich wünsche Ihnen auf jeden Fall jede Menge Spaß bei einer emotionalen Selbstfindung beim Bikram-Yoga in Bad Salzdetfurth.«

*Gelernte Wörter: bacchantisch = (be)trunken;*
*dantesk = sehr beeindruckend;*
*Aplomb = sicheres Auftreten.*

## 34

## ALKOHOL BEIM WEIBLICHEN GESCHLECHT MACHT KAMERAGERECHT!

*Herr Schnüttge.«*

*»Frau Schöneberg.«*

*»Sollte ich irgendetwas während meines Aufenthalts beim Bikram-Yoga in Bad Salzdetfurth beachten?«*

*»Ich dachte, Sie wollten nach Bora Bora?«*

*»Fragen Sie nicht!«*

*»Okay. Mal sehen. Wenn Sie in Bad Salzdetfurth sind, dann achten Sie bitte darauf, dass Sie erstens KEINE therapiegefährdenden Liebesbeziehungen eingehen, zweitens KEINE kontomordenden Modeaktivitäten starten und drittens KEINE längerfristigen Aufenthalte in geschlossenen Räumen vornehmen. Das ist das Grobe. Den Rest schreibe ich Ihnen auf.«*

*»Verstehe.«*

Eine Woche später sitzen Luisa, Mark, Sarah und ich gespannt vor dem Fernseher, essen parallel Lasagne und Schokoladenbonbons, trinken Chardonnay und warten auf meinen Auftritt in LONELY HEARTS. Ich bin nervöser als bei der Aufzeichnung und stopfe mir willensschwach Bonbons in den Mund.

»Gleich komme ich! Guck, da bin ich! Aber was mache

ich denn da?« Fassungslos starre ich auf die Mattscheibe, als die Titelmelodie zu LONELY HEARTS ertönt. Das ist doch nicht zu glauben. Ich desavouiere mich selbst? Meine Güte. Hier muss eine Verwechslung vorliegen. Bastle innerlich an einer glaubwürdigen Darstellung von »Meine Zwillingsschwester aus Mogadischu«-Gerüchten, als das Schicksal in den Wohnzimmern der Nation seinen Lauf nimmt. Ahasverisch durchkreuze ich den Raum und richte immer wieder einen ungläubigen Blick auf den Bildschirm. Das ist doch einfach nicht zu glauben. Diese Frau sieht gar nicht nach mir aus. Sehr gut! Ich werde eine Verwechslung vortäuschen und jegliche Kenntnis über diese Verrückte konsequent leugnen.

»Mein verehrtes Publikum. Unsere nächste Singlekandidatin. Jil Schöneberg. PR-Agentin bei Eckhard P. Besörski, PR vom anderen Stern. Wohnhaft in München. Modesüchtig und in Therapie.«

Gut. Verwechslungsvortäuschung wäre damit dann wohl erledigt! Aber das ist wahrscheinlich kein Grund sich aufzuregen. Ich meine, so schlimm wird es schon nicht werden. Im Wissen, dass man bei mir leider nie wissen kann, starre ich auf die Mattscheibe. Ich tanze auf Larry Lasch zu, schnappe mir sein Mikrofon und halte eine brennende Rede über die Männerwelt. Ich höre Worte wie »Frauen wehrt euch, nehmt den Männern das Wahlrecht und führt die kostenlose Kastration ein«.

O Gott, wie peinlich!

Als Nächstes biegt sich Larry mit Becky Busenwunder und Susi Sexgranate vor Lachen über meine Aussagen. Selbst die drei männlichen Singles, die sich durch die albernen Spiele von LONELY HEARTS kämpfen, kichern wie kleine Jungs. Die Spiele, deren kreativer Höhepunkt in einer Negerkussschlammschlacht endet, decken das Repertoire eines jeden guten Kindergeburtstages ab. Von Blindekuh über Eierlauf bis zu Topfschlagen ist alles dabei. Und ich mittendrin, strahlend, quietschend und ohne Unterbrechung so etwas von kameragerecht! Als Nächstes tänzele ich auf den Lügendetektor zu und blicke verklärt in Larrys Augen.

»Frau Schöneberg! Schwören Sie, die Wahrheit zu sagen und nichts als die Wahrheit, so wahr Ihnen Larry Lasch helfe!«

»Ich schwöre!«

»Gut! Ich stelle Ihnen nun vier Fragen. Wenn Sie alle wahrheitsgemäß beantworten und der Lügendetektor nicht aktiv wird, fliegen SIE nach Bora Bora.«

»Okay, Larry Lasch. Fangen wir an«, sage ich geschäftig und lehne mich zurück.

»Sagen Sie uns, Jil, welcher der drei Singlekandidaten hat den knackigsten Hintern?«

»Kandidat Nummer zwei!«

»Und welcher Kandidat hat die erotischsten Augen?«

»Kandidat Nummer zwei!«

»Und bei welchem Kandidaten kommen Ihnen unaussprechbare Gedanken in den Sinn?«

»Kandidat Nummer zwei?«

»Jil, der Lügendetektor ist immer noch inaktiv. Wenn Sie auch die letzte Frage wahrheitsgemäß beantworten, geht es ab nach Bora Bora.«

»Verstehe!« Siegessicher stelle ich im Geiste schon mal meine Bikinikollektion für heiße Sommernächte zusammen.

»Jil Schöneberg, besteht die Möglichkeit, dass Sie Ihr Herz auf Bora Bora an Kandidat Nummer zwei verschenken?« Larry Lasch zwinkert mich an, Kandidat zwei schickt mir einen Luftkuss zu, und Becky Busenwunder und Susi Sexgranate starren gebannt auf den Lügendetektor.

»Ähm …«

Ein Dröhnen geht durch das Studio, und ein Meer aus roten Warnleuchten springt an.

»Ich. Äh. Ich. Äh. Also gut. Nein, diese Möglichkeit besteht anscheinend nicht!«

Der Lügendetektor stellt sich wieder ab.

»WAS?«, fragt Larry.

»WAS?«, japst Kandidat Nummer zwei.

»Ich habe mein Herz bereits verschenkt. Auch wenn es scheinbar nicht gebraucht wird. Es tut mir Leid, Kandidat Nummer zwei, ich kann nicht mit dir nach Bora Bora fliegen, auch wenn dein Hintern wirklich sexy ist.«

»Ahuuu!« Theatralisch bricht Kandidat Nummer zwei auf seinem Stuhl zusammen. Susi Sexgranate schnappt sich Kandidat Nummer eins und hüpft mit ihm auf die Gewinnerplastikinsel, und Larry Lasch überreicht mir sichtlich verwirrt eine Yoga-Fuß-und-Nackenreflexzonenrolle und einen Gutschein für zwei Wochen emotionale Selbstfindung mit Bikram-Yoga in Bad Salzdetfurth. Ich bin gerührt. Am Ende streiten sich Becky und Susi um einen aufblasbaren Schwimmring, Kandidat Nummer zwei rennt heulend aus dem Studio, Larry Lasch verheddert sich in einem Kabel, und ich schwenke lächelnd eine Yoga-Fuß-und-Nackenreflexzonenrolle wie ein Nummerngirl beim Boxen über meinem Kopf hin und her.

Also kameragerechter geht's nicht!

»Mein Gott, das war ja wirklich eine Wahnsinnsshow«, valutiert Luisa.

»Was hast du denn da gewonnen? Ein kaputtes lila Knautschkissen?«

»Mein Gott, ich war wohl etwas betrunken.«

»Ich fand dich bezaubernd wie immer, Jil.« Mark lächelt mich verlegen an, und seine Augen leuchten. Ich flüchte vor seinem Blick und erhebe halbherzig das Glas.

»Na dann auf die emotionale Selbstfindung! Beim Bikram-Yoga! In Bad Salzdetfurth!«

Einen beruhigenden Schluck Champagner später denke ich, dass diese Sache mit der emotionalen Selbstfindung und dem inneren Frieden vielleicht gar nicht so verkehrt ist, als es plötzlich an der Tür klingelt.

»Ich gehe«, sage ich und schlendere nicht ohne mir noch ein, zwei Schokoladenbonbons in den Mund zu schieben zur Tür.

»Hallo Jil.«

»Vinzenz, was machst du denn hier?«

»Ich wollte mich nur bei dir bedanken. Für deinen Einsatz beim Chef. Vor dir steht dein neuer Assistent.«

»Das ist ja unglaublich. Aber die Beförderung hast du deiner guten Arbeit und nicht meinem Einsatz bei Herrn Besörski zu verdanken.«

»Hmmm. Wer weiß.«

»Hast du Lust auf Champagner?«

»Ich habe nicht viel Zeit. Ich wollte nur Danke sagen für deine Hilfe und dir einen aufregenden Urlaub in Bad Salzdetfurth wünschen. Und komm ja in zwei Wochen wieder, alleine schaffe ich das nämlich ganz bestimmt nicht in dieser verrückten PR-Agentur.«

»Keine Sorge. Weißt du, ich habe da einen ganz wunderbaren neuen Assistenten.«

»Sag es bitte nicht weiter, aber ich habe gehört, er sei ein anonymer SALK!«

»Nein, der doch nicht. Du musst wissen, er ist der Beste!«

»Ich danke dir, Jil.«

Glücklich lehne ich mich gegen die Tür und blicke Vinzenz einen Moment lang nach. Hmmm. Wenn er keinen Champagner will, werde ich wohl seinen trinken müssen.

*Gelernte Wörter: desavouieren = in der Öffentlichkeit bloßstellen;*
*ahasverisch = ruhelos umherirrend;*
*valutieren = bewerten.*

# 35

## BIKRAM-YOGA-TAGEBUCH

1. Tag

Die Bahnfahrt war nervenaufreibend. Ich frage mich, was soll ich mit einer Hutablage für mein ganzes Gepäck, wenn ich für VIERZEHN lange Tage verreise? Außerdem verpacken die hier Nudelsalat in verschweißter Folie. Habe beim Aufreißen den Salat auf meinem weißen Leinenkleid und der Glatze des Fahrgastes neben mir verteilt. Erhielt sogar einen neuen Salat, den ich aber nicht essen durfte. Hat Fahrgast mit Glatze mir verboten! Er scheint etwas gereizt zu sein. Na ja, sind ja nur noch fünfeinhalb Stunden neben ihm.

Habe weitere Nahrungsaufnahme vorsichtshalber verweigert und bin auf Martini umgestiegen.

2. Tag

Habe mich heute zum ersten Mal zum Bikram-Yoga begeben. Wir lagen aber nur auf unseren Matten herum und haben das spirituelle Ziel des Yoga erörtert. Muss feststellen, dass Yoga weniger mit Entspannung als mit der Vorantreibung meiner seelischen Entwicklung zu tun hat. Mein Geist darf nicht länger den Niederungen der Materie verhaftet sein und sollte auf die Suche nach innerem Frieden gehen.

Yoga scheint sich langsam zu jeder Menge Arbeit zu entwickeln. Seltsamerweise stellt sich innerer Frieden bei mir nämlich immer ganz hervorragend im Zusammenhang mit den Niederungen der Materie ein.

3. Tag

Liege auf weicher Yogamatte und lausche sanften indischen Klängen. Beginne gerade den Zustand zu genießen, als Yogalehrerin anfängt, guruähnlich zu unserer Seele vorzudringen.

»Begrüßen Sie den Tag mit einem wohltuenden Räkeln auf Ihrer Matte.«

Ich räkle.

»Stellen Sie sich dabei vor, dass die nächtlichen Schatten einfach von Ihnen abfallen.«

Schatten? Was für Schatten? Konzentriere mich lieber weiter aufs Räkeln.

»Dehnen Sie sich über die Fersen weit in den Raum hinein. Fühlen Sie sich wohlig wie eine Katze, die sich auf dem Rücken langsam hin- und herrollt.«

Ich rolle also.

»Lassen Sie Ihren Atem frei fließen, und machen Sie alle Geräusche, die Ihnen gut tun.«

Ich fragte mich, was für Geräusche? Der Mann neben mir beantwortet meine Frage mit leidenschaftlich befreitem Grunzen und Stöhnen in meine Richtung. Mein Gott, wer braucht eigentlich Bora Bora, wenn er Bikram-Yoga in Bad Salzdetfurth haben kann?

4. Tag

Haben nun Übungslevel erreicht, an dem Bikram mit Yoga verbunden wird. War eben im Drehsitz und dehnte mich ausatmend konzentriert aus meiner rechten Flanke heraus, als ich intensiv zu schwitzen begann. Dehnen und entspannen ist wirklich ziemlich anstrengend. Ich dachte irgendwann, ich bekomme keine Luft mehr. Der Schweiß lief mir zwischen der Brust über den Bauch, und meine Haare klebten schließlich am Hinterkopf fest. Ich hechelte und keuchte, als ich einen wirbelsäulenwachen Wechsel in den Langsitz praktizierte. Was sagte unser Guru noch?

»Der Unterschied zum klassischen Yoga im Gegensatz zu Bikram ist, dass wir unsere Übungen in einem mindestens um 32 Grad angeheizten Raum vornehmen! Das Immunsystem, Herz und Kreislauf erhalten so einen besonderen Kick. Ich sehe es in Ihren Augen, Frau Schöneberg, Sie lieben Schwitz-Yoga schon jetzt, was?« Schwitz-Yoga? Es gibt Worte, die hören sich in der Theorie schon schlecht an, aber in der Praxis sind tatsächlich noch Steigerungen möglich.

5. Tag

Heute haben wir den Reinigungsatem gelernt, mit dem man Müdigkeit und Anspannung einfach wegatmen kann. Freute mich sehr, habe nämlich Reinigungsatem nach halber Woche Yoga bitter nötig. Musste Arme gedehnt über oben nach hinten in die Verlängerung des Körpers führen, gähnen wie eine Löwin und einfach Atem kommen lassen. Konnte jedoch Müdigkeit und Anspannung trotz intensiver Bemühung nicht wegatmen, da mein Mattennachbar anscheinend nicht wirklich viel von Zahnpasta hält.

6. Tag

Ekliger, verschwitzter, zahnpastaverweigernder Mattennachbar zwinkerte mir bei Stand in den Hund immer so seltsam zu. Hoffte erst, er leide unter nervösen Zuckungen. Musste aber bei seiner Hilfestellung in den Fersensitz feststellen, dass Angst vor sexuellen Übergriffen durchaus berechtigt war. Habe erste selbstverteidigende Maßnahmen ergriffen und mich beim Abendessen durch alle Desserts vom Büfett durchgegessen. Hoffe, dass meine VORGETÄUSCHTE! Fresssucht ekligen, verschwitzten, zahnpastaverweigernden Mattennachbarn von weiteren sexuellen Übergriffen abhält.

7. Tag

Muss dringlichst aufhören zu essen! Habe festgestellt, dass vorgetäuschte Fresssucht schneller ihre Wirkung zeigt, als ich dachte. Meine Dolce-&-Gabbana-Dessous legen sich um meinen Körper wie der Bindfaden um die Kohlroulade. Und wer hat eigentlich Leggings erfunden?

8. Tag

Habe versucht, mich für andere selbstfindende Maßnahme anzumelden, um nerviger Guru-Yogatrainerin zu entkommen. Wollte Aromatherapie, Lomi Lomi Nui, Pizzichilli oder Wambo Mambo machen. War aber leider nur noch Cardio Striptease, Darmreinigung und Eigenblutbehandlung frei. Habe abgelehnt. Freu mich jetzt schon wieder auf Bikram-Yoga.

Ich vermisse Right.

Musste mir abends Schnulz-TV-Verbot erteilen, um meine labile Seele keinen unnötigen Schwankungen auszusetzen.

9. Tag

Guru hat herausbekommen, dass ich mich für neue selbstfindende Maßnahme anmelden wollte. Jetzt ist Guru sauer. Sie meinte, ich hätte keine gefestigte Persönlichkeit und mir fehle noch eine gewisse tiefere Reife und ein Mindestmaß an Erfahrung im Umgang mit anderen Menschen, um für die unerschöpflichen Einflüsse des Bikram-Yoga auf meine Seele empfänglicher zu sein. Habe natürlich sofort wild protestiert und umgehend meine selbstfindenden Stundenzahlen erhöht!

10. Tag

Muss endlich meine Seele dekontaminieren. Da emotionale Selbstfindung und inneres Gleichgewicht noch unauffindbar sind, habe ich beschlossen, zusätzlich zu Schwitz-Yoga noch einen Spinningkurs zu belegen. Könnte aber auch daran liegen, dass mein Spiegelbild immer unerträglicher wird.

11. Tag

Habe mich nach Schwitz-Yoga hoch motiviert in mein Juicy-Couture-Outfit geschmissen und bin mit gigantischen Fettbergen vor dem inneren Auge zum Spinningkurs gegangen. Musste aber nach zehn Minuten vor Erschöpfung schon wieder vom Rad steigen. Der Trainer sagte, wir seien gerade erst in der Lockerungsphase, worauf ich erwidert habe, ich habe ganz vergessen, dass ich dringend zu einem Termin für eine Selbstbräunungsbehandlung müsste. Braune Haut macht ja bekanntlich auch schlank.

Bin beim Spinningkurs fürs Erste absent, da ich nie wieder ein Spinningrad besteigen werde! Nein, ich werde nie wieder ein Spinningrad auch nur angucken! Am besten, ich streiche den Begriff aus meinem Wortschatz.

12. Tag

Habe mich bei Standwaage veratmet und ernsthafte Zerrung im Beckenboden zugezogen. An inneren Frieden und weitere Bikram-Yoga-Stunden ist heute nicht mehr zu denken. Überlege mir, ob ich Guru verklagen soll.

Später gehe ich noch zum hoteleigenen Hair-Stylisten. Habe in einer Zeitschrift eine Frisur gefunden, die angeblich fünf Kilo schlanker macht. Na bitte, wer braucht da noch Spinning?

13. Tag

Stelle mich dem Tag in der Heldenhaltung aus dem Sonnengruß. Ich schwitze. Ich dehne. Ich atme. Emotionale Selbstfindung scheint jetzt greifbar nahe. Habe mit Guru Frieden geschlossen, nachdem Guru begonnen hat, mich liebevoll mit »Tachinierer« anzusprechen. Hierbei handelt es sich wahrscheinlich um eine okkulte Yoga-Gottheit, aber ich habe mein Lexikon der Fremdwörter nicht dabei.

14. Tag

Rückfahrt. Habe den folienverschweißten Salat nicht einmal angeguckt! Der Fleck auf meinem weißen Leinenkleid ist zwar schon wieder rausgewaschen, aber jetzt geht der Reißverschluss nicht mehr zu. Emotionale Selbstfindung und innerer Frieden bleiben weiterhin verschollen. Muss mich dringlichst wieder den Niederungen der Materie widmen. Ich schlage Gucci vor.

Auf Wiedersehen Bad Salzdetfurth, und willkommen im Alltag!

*Gelernte Wörter: dekontaminieren = entgiften;*
*absent = abwesend;*
*Tachinierer = Faulenzer.*

# 36

## DAS SCHICKSAL UND SEINE LAUNEN

*Herr Schnüttge.«*

*»Frau Schöneberg.«*

*»Meinen Sie nicht auch, dass mich meine neue Frisur mindestens fünf Kilo leichter aussehen lässt.«*

*»Aber sicher.«*

*»Sie flunkern!«*

*»Wissen Sie, die Wahrheit ist nicht immer gerade therapiefördernd.«*

*»Verstehe.«*

Samstag, 20 Uhr, Spice & Rice und vier Freunde, die etwas zu feiern haben: das offiziell erklärte Ende der Suche nach dem großen Glück und die damit zusammenhängende Abiose.

Sarah, Luisa, Mark und ich sitzen zwischen Bergen von TOM KHA GEI, BAMI GO RENG, PLA PAD PON GARIE und vier Gläsern Champagner.

»Jetzt sag schon, was ist passiert?« Wir starren Sarah an, die seit einer halben Stunde strahlt wie das Supermodel einer L'ORÉAL-Reklame.

»Also, gut. Aber ich brauche vorher noch ein Schlückchen Champagner!« Sarah nimmt ihr Glas und verschluckt sich fast vor Freude, worüber auch immer.

»Ihr wisst doch, dass ich für Viktor immer wieder irgendwelche Sachen einkaufen sollte.«

»Ja, also besser gesagt für seine Ehefrau!«

»Und deswegen bin ich wochenlang mit meiner Kündigung in der Tasche herumgelaufen, habe mich aber nie getraut, sie abzugeben.«

»Richtig!«, sagen wir im Chor und kleben dabei an Sarahs Lippen.

»Bis gestern! Ich habe meinen ganzen Mut zusammengenommen, bin wild entschlossen in Viktors Büro gestapft und habe ihm meine Kündigung auf den Tisch geknallt!« Sarahs Augen blitzen. Wir halten den Atem an.

»Ich habe gedacht, jetzt rastet Viktor aus, schreit mich an, macht mir eine Szene oder so was.«

»Szenen machen doch nur Frauen«, unterbricht Mark sie, der postwendend mit strafenden Blicken von Luisa und mir wieder zum Schweigen gebracht wird.

»Aber stattdessen blickte Viktor mich mit großen Augen an und sagte, er könne nicht glauben, dass ich ihn verlassen wolle. Er wüsste nicht, was er ohne mich machen solle und wo er so schnell eine neue Buchhalterin/assistentin FÜR ALLES! hernehmen solle.«

»Das ist doch nicht zu fassen!«

»Und was hast du ihm geantwortet?«

»Nichts. Ich habe mich auf meinen Absätzen umgedreht und bin gegangen. Mein Gott, war das ein Gefühl! Ich habe zwar einen Mann verloren, aber ich habe endlich meine Ehre wieder.«

»Ich bin wirklich stolz auf dich.«

»Aber das Beste kommt noch. Ich habe mich selbstständig gemacht. Ab jetzt bin ich mein eigener Chef, ich habe mein eigenes Büro, und am Montag kommt mein erster Kunde!«

Ich bin wirklich erstaunt. Ich meine, ich war auch erstaunt, als Marc Jacobs Chefdesigner von Louis Vuitton wurde, aber das ist wirklich unglaublich. Also, Sarah ist wirklich eine Superfrau, und das ganz ohne Mann. Oder vielleicht gerade deswegen?

»Seit ich mich von alledem, was mich beherrscht hat, befreit habe, geht es mir so gut wie nie in meinem Leben!« Sarahs Augen füllen sich mit dem Glanz eines Feuerwerks.

»Also, darauf trinken wir«, sagt Luisa und bestellt eine weitere Magnumflasche Champagner.

Nachdem sich Unmengen von Champagner mit TOM YAM GUNG in meinem Magen vereinigt haben, torkle ich zur Toilette, immer noch überrascht über das, was ich da gerade gehört habe. Emotionale Beziehungen im 21. Jahrhundert sind anscheinend wie Männer mit Vokuhilafrisuren: fehlerhaft – missverständlich – und dringlichst überarbeitungswürdig! Mein Gott, am Ende muss das noch ganz abgeschafft werden. Na ja, so schlimm sind Vokuhilas nun auch wieder nicht.

Ich fixiere die schon etwas verschwommene Toilettentür, als ich plötzlich eine penetrant bekannte Stimme höre.

Wer ist das? Hmmm. Nachdenken. Nachdenken. Nachdenken. Ich kenne diese Stimme doch. Mein Gehirn durchsucht alle Dateien. Ohne Erfolg.

Doch als ich mich umdrehe, stockt mir der Atem. Mein Herz hört für Sekunden auf zu schlagen, und mein Gesicht nimmt vornehme Blässe an.

An einem Tisch am anderen Ende des Restaurants sitzt Cathalina von Ocupenga, und ihr gegenüber ihr ebenbürtiges, aber um zwanzig Jahre älteres Spiegelbild.

Die beiden diskutieren mit affektierten Gesten und gedämpfter Stimme.

Ich stehe wie angewurzelt da! Wahrscheinlich eine kurzzeitige Lähmungserscheinung. Könnte bitte irgendjemand kommen und mich einfach wegschieben?

Cathalina unterbricht ihre rege Diskussion und greift neben ihren Tisch.

Das BABY!

Sie nimmt ein Baby aus einer Kinderschale.

Rights Baby!

Meine Haare beginnen gegen die Schwerkraft zu arbeiten!

Cathalina hält ein winziges quiekendes Kind in einem Schlafsack in ihrem Arm. Kleine Babyfäuste gucken rechts und links hervor, und als Cathalina den Zipfel des Schlafsackes zur Seite nimmt, lacht mich ein verschlafenes Gesicht an.

Schlägt mein Herz noch? Ich höre es gar nicht mehr.

Mir wird schwindelig.

Herrje, ich muss mich setzen.

Ich meine, ich habe ja schon einiges getrunken heute Abend, aber dieses Baby, dieses Baby ... Mir stockt der Atem, meine Füße fangen an zu kribbeln, Hitzewellen überschwemmen meinen Körper.

Geistesabwesend nehme ich einem Gast die Speisekarte aus der Hand, fächere mir Luft zu und schleiche mich zurück an unseren Tisch.

»Ihr glaubt es nicht!« Ich kann kaum sprechen und stürze ein Glas Champagner herunter.

»Jil, was ist denn los?«

»Ich, ich, ich war gerade auf dem Weg zur Toilette, da habe ich, ich, ich meine, Cathalina ist hier. Mit ihrer Mutter.«

»Was, hier im Spice & Rice?« Luisa und Sarah recken neugierig die Köpfe und inspizieren das Restaurant.

»Sie ist hier mit ihrer Mutter und dem Baby.«

»Oh, mein Gott! Das reicht. Jil, wir gehen!«

»Als ich vorbeikam, hat Cathalina es auf ihren Arm genommen, und dann hat mich das Baby mit verschlafenem Gesicht angelacht. Ich konnte mich nicht bewegen, so unfassbar war das.«

»Du darfst dir das nicht so zu Herzen nehmen, Süße. Wir alle bewundern dich für deine Entscheidung, dem Baby seinen Vater nicht wegzunehmen.«

»Es hat mich angelacht!«

»Lass uns nach Hause gehen und …«

»… einfach so angelacht!«

»Jil, du wirkst ein kleines bisschen apathisch.«

»Es war ein chinesisches Gesicht!«, sage ich, als hätte ich gerade dauerhafte Frenchmaniküre erfunden.

»Was?«

»Mich hat ein verschlafenes, chinesisches Gesicht angelacht!«

Meine drei Freunde starren mich an.

»Das heißt, dass Cathalinas Baby unmöglich von Right sein kann!« Verzweifelt winke ich den Kellner her und bestelle Martini. Mein Scharfsinn erstaunt mich selber immer wieder.

»Ich habe mich von Right getrennt wegen eines Babys, das nicht Rights Baby ist. Und diese aufgetakelte, bigotte Schlange von Ocupenga hat meinen Right auch noch betrogen und ihm ein Kind untergejubelt. Hat in diesem Land denn kein Mensch mehr Sex mit seinem festen Partner?«

»Du musst sofort mit Right darüber reden!«

»NEIN. Das kann ich nicht. Ich habe ihm nie gesagt, dass ich wegen des Babys mit ihm Schluss gemacht habe.« Und wieder einmal schlägt das Schicksal wild um sich, und ich stehe in der Schusslinie. Ich greife nach meinem Martini und widme mich dem Deszendieren, während Sarah zur Toilette geht, um sich das Unheil aus der Nähe anzusehen.

Drei Minuten später kommt sie mit hektischer Handbewegung und verzerrtem Gesicht zurück.

»Jil, es gibt da etwas, das du noch wissen solltest!« Sarahs Dekolletee färbt sich dunkelrot.

»Cathalina und ihre Mutter haben gerade Besuch bekommen.«

Right ist hier!

Mein Herz arbeitet am Anschlag.

»Wie konntest du das meiner Familie nur antun, du Playboy!«, schreit Cathalinas Mutter auf einmal durch das Lokal. Die Gäste halten inne. Kein Gespräch, kein Besteckgeklimper, kein Atemzug ist mehr zu hören.

»Und du kleines Flittchen wirst enterbt! Das ist so erbärmlich. Du ruinierst den ehrenhaften Ruf von Ocupenga, für den ich jahrelang so hart gearbeitet habe.« Sie japst nach Luft. Wahrscheinlich wird sie gleich einen Schwächeanfall erleiden. Das Einzige, was sie und ich im Moment gemeinsam haben. Ich neige mich so unauffällig wie möglich auf meinem Stuhl zur Seite, um Right sehen zu können.

»Aber Mama, das kannst du mir doch nicht antun. Ich liebe ihn, und Ben hat doch schon lange die Scheidung eingereicht!« In diesem Moment nimmt meine Neigung einen Winkel an, der keine Stabilität mehr zulässt. Mit einem Knall lande ich auf dem Boden.

Als ich mich wieder aufrappele, habe ich die ganzheitliche Aufmerksamkeit der Gäste einschließlich des Debütantentrios. Ich spüre, wie Cathalinas strafender Blick auf mir liegt, ich höre, wie das Baby zu weinen beginnt, und ich merke, wie Luisa mich heftig am Arm zieht, aber alles, was ich mache, ist regungslos in die Augen meines Bruders zu starren.

Das ist zu viel! Ich schnappe mir die Magnumflasche Champagner und flüchte aus dem Spice & Rice.

Mein Schicksalsbeauftragter ist gefeuert! Fristlos! Ohne Abfindung und Arbeitszeugnis!

*Gelernte Wörter: Abiose = Lebensunfähigkeit;*
*bigott = scheinheilig;*
*deszendieren = untergehen.*

37

## DIE ZUKUNFT BEGINNT MORGEN!

*Herr Schnüttge.«*

*»Frau Schöneberg.«*

*»Ich bin heute zu schlapp zum Reden.«*

*»Vielleicht möchten Sie lieber etwas lesen. Habe ich Ihnen eigentlich schon das neue Buch von J. J. Jaihny empfohlen?«*

*»Nein. Wie heißt es denn?«*

*»Die Depression als Chance.«*

*»Verstehe.«*

Wer stört mich? Es gibt Zeiten, da zieht man es einfach vor, so viel zu schlafen, wie man kann. Das sind die Phasen im Leben, in denen du dich während der Albträume der Nacht von denen des Tages erholst.

Müde schlurfe ich zur Tür, um von einem der besagten Albträume des Tages getroffen zu werden.

Meine Eltern!

»Hallo Mum, hallo Dad. Es ist sieben Uhr an einem Sonntagmorgen, aber ich heiße euch natürlich herzlich willkommen. Wollt ihr Frühstück? Vielleicht ein paar Eier, frische Brötchen, Kaffee?« Wortlos schiebt sich meine Mutter an mir vorbei.

»Also, ich nehme die Eier«, meint mein Vater kleinlaut und marschiert meiner Mutter hinterher.

»Ach Richard, wie kannst du jetzt nur an Essen denken.« Stöhnend lässt sich meine Mutter auf einen Küchenstuhl sinken.

»Was ist denn passiert?« Gleichmütig blicke ich in die erregten Gesichter meiner Eltern.

»Jil, dein Bruder hat eine, na ja eine, ach, Richard erkläre du das.«

»Er hat eine Affäre!«

»Was?« Ich fange an, diesen Sonntagmorgen zu genießen. »Das kann doch nicht wahr sein? Mein Bruder ist doch immer so gewissenhaft und fleißig und korrekt. Er war doch stets ein Vorbild für mich.« So, das reicht an übertriebener Anteilnahme. Ich wende mich dem Milchaufschäumen zu.

»Aber das ist noch lange nicht alles!«

»Nein!« Von tiefster Zufriedenheit erfüllt lasse ich den aufgebrühten Cappuccino in eine Tasse laufen.

»Tanguy hat diese Dame, mit der er eine Affäre hat, geschwängert. Sie hat das Baby vor zwei Wochen bekommen, und wir haben noch nicht einmal etwas davon gewusst.«

»Grundgütiger!« Kleine Schokoladenflocken fallen auf die Milchhaube des dampfenden Kaffees.

»Er wird sich von Indira trennen und dieses Flittchen heiraten müssen. Mein Gott, wie soll ich das nur Tante Isolde und Onkel Arno erklären?«

»Und was Scheidungen heutzutage alles kosten. Geschweige denn ein Kind«, werfe ich unterstützend zwischen zwei Schlucken zuckersüßem Cappuccino ein.

»Es ist eine Schande. Wie kann Tanguy uns das nur antun? Unser erstes Enkelkind unehelich!«

Meine Mutter kommt aus dem Seufzen nicht mehr heraus.

Es würde mich nicht wundern, wenn sie nach Simbabwe auswandern würde, nur um der Schmach der Verwandten aus dem Weg zu gehen.

»Das wird eine harte Zeit!«, bestätige ich und fühle mich zum ersten Mal in meinem Leben, wenn es um meinen Bruder geht, wie von tausend Engeln geküsst.

Einige Tage später komme ich erschöpft von der Arbeit an meinem Briefkasten vorbei, und wieder blitzt mir ein großer weißer Umschlag entgegen.

Eine Rechnung. Na und? Habe beschlossen, das Leben in Zukunft mit dem Blick auf meinen inneren Frieden anzugehen. Muss jedoch zugeben, dass meine Gehaltserhöhung erheblich zum inneren Frieden beiträgt! Außerdem ist der Umschlag zu groß und zu dick für eine Rechnung. Ich nehme also fast schon gelangweilt den Brief aus dem Kasten, gehe in die Wohnung und lasse mir ein heißes Bad ein. Als das Wasser in die Wanne läuft, öffne ich den Umschlag. Im nächsten Moment rutscht mir ein Brief und ein kirschrotes Jojo in die Hände.

*Sehr geehrte Frau Schöneberg,*
*ich bedanke mich bei Ihnen für Ihre Bewerbung als Partner in meinem Leben. Ich bin mir nicht sicher, ob Sie die Stelle noch brauchen und Ihre Meinung über mich emendieren, aber ich denke, dass Sie die bestmöglichen Qualifikationen für diesen Job mitbringen. Ich befürchte sogar, dass die Firma ohne Sie vor dem sicheren Ende steht. Ich möchte Ihnen daher eine Festanstellung in aeternum anbieten.*
*Kommen Sie bei bestehendem Interesse zur Vertragsabschließung am Donnerstagabend um 18 Uhr ins Café Glo-*

*ckenspiel. Ich würde mich über eine baldige Zusammenarbeit sehr freuen.*

*In Liebe Ihr Ben Bayker*

Wie ist das möglich? Ich habe meinen Bewerbungsbrief doch nie weggeschickt. Das kann doch gar nicht …

»LUISA!«

»Was ist denn?« Luisa steht im nächsten Moment in der Tür. »Oh, du hast Post bekommen. Von wem denn?«

»Du weißt genau von wem. Wie konntest du nur Right diesen Brief von mir schicken!« Ich stemme die Arme in die Taille und blase mir einige Haare aus dem Gesicht.

»Ja, also, ich habe deinen wunderschönen Brief vor Monaten mal in deiner Vase gefunden, weil Mark mir Blumen geschenkt hat. Und als das alles mit Cathalina und Tanguy herausgekommen ist, da musste ich wieder an den Brief denken. Ich wusste doch, dass du dich nie wieder bei Right melden würdest, und deswegen habe ich ihm den Brief geschickt. So einfach ist das. Und nur in deinem Sinne!«

»In meinem Sinne?« Empörung und Erregung mischen sich und explodieren in einer umschweifenden Handbewegung, die Luisa in das Badewannenwasser klatschen lässt. Das Wasser schwappt gegen die Badezimmerkacheln, und der Badeschaum fliegt in kleinen, glitzernden Flocken durch die Luft.

»Hmmm. Das war auch in meinem Sinne!« Luisa wischt sich das Wasser aus dem Gesicht und greift zur Badewannenbrause. Ich bin gezwungen, sie mit Waschlappen und Seifestückchen zu attackieren. Oje, ich rutsche und taumle und …

Es macht einen Platsch, und ich lande neben Luisa in der Badewanne. Wir lachen und quietschen, bis wir Seifenblasen blubbern und der Badeschaum uns Tränen in die Augen treibt.

»Und, wirst du hingehen?«

»Wohin?«

»Na, zu deinem Bewerbungsgespräch.«

»Mal sehen.«

»Also, bei so einem Job würde ich zugreifen!«

»Weiß du, was ich nicht verstehe? Warum schickt Right mir dieses Jojo?«

»Hmmm.« Luisa bläst ein paar Schaumflocken durchs Badezimmer und lächelt mich an.

»Ach Jil, weißt du denn nicht, was Jojo auf Deutsch heißt?«

»Hmmm? Nein, was denn?«

*»Komm zurück!«*

Es ist 18 Uhr, und ich husche so schnell es in Manolos geht über den Marienplatz. Ich kann vor Aufregung kaum gerade laufen. Mein Gefühlszentrum scheint mich gerade auf eine andere Bewusstseinsebene zu befördern, und mein Herz hat die apodiktische Grenze schon seit einiger Zeit deutlich überschritten. Ich schwebe unter Ausschaltung der Schwerkraft auf die Tür des Aufzuges zum Café Glockenspiel zu. Meine Wangen glühen, und meine Lippen zucken ständig unkontrolliert und willkürlich hin und her. Hmmm. Für einen Moment überlege ich die Treppe zu nehmen, als sich plötzlich die Tür zum Fahrstuhl öffnet.

Da steht er. Ben Bayker. Mein Mister Right. Ohne Frau, ohne Geliebte und ohne Baby. Mein Herz schlägt heftig, als unsere Blicke sich treffen. Right fährt sich mit einer Hand vornehm über seine karamellfarbene Krawatte, und mit der anderen zieht er mich sanft in den Fahrstuhl.

Mein Gott, das ist der Job meines Lebens!

»Hi. Tja, ich bin hier wegen Ihres Angebots.« Mein Bauch fängt an, eine Schmetterlingsplantage zu eröffnen.

»Danke, dass du gekommen bist.«

Langsam fährt der Aufzug in den ersten Stock.

»Habe ich denn irgendwelche Verpflichtungen bei diesem Job?«

»Nein. Du kannst tun, was du willst.«

Zweiter Stock.

»Hmmm?« Ich warte auf den Haken. Das Schicksal wird doch wohl heute nicht seinen freien Tag haben.

»Unter einer Bedingung!«

»Ja?« Ich hab's ja gewusst. Mein Schicksal ist halt immer für mich da. Das ist ein Rundumservice!

Dritter Stock.

»Die einzige Bedingung, die ich stelle ...« Ben hebt meine Hand und küsst sie. Gleich einer Täuschung kann ich seine Berührung auf meinem ganzen Körper spüren. Ich lebe Wunschvorstellungen zum Teil sehr realistisch aus!

»Die einzige Bedingung, die ich stelle, ist, dass du mir immer vertraust. Dann habe ich Vertrauen in das Projekt Jil & Ben.«

»Bist du dir sicher?« Meine Wangen glühen unaufhörlich, und meine Finger zittern.

Vierter Stock.

»Jil, seit ich dich das erste Mal gesehen habe, dreht meine Welt sich nur noch um dich, und mein Herz schlägt schneller und schneller. Du bist alles, was ich will und brauche. Du kannst dich auf mich verlassen. Jil, bitte komm zurück zu mir. Für immer, denn ohne dich ist mein Leben so leer wie ein Himmel ohne Sterne!«

Mein Herz flattert vor Glück davon.

Fünfter Stock.

»Wo soll ich unterschreiben?«

Right zieht mich nah an sich heran. Meine Hände gleiten über seine Schultern, seine Arme umschließen meine Taille. Ich schließe die Augen und fühle Rights Körper unter meinen Fingern. Ich rieche seine Haut, ich spüre seine Wärme, und ich höre unsere Herzen gleichzeitig schlagen.

Sechster Stock.

»Ich liebe dich, Jil.« Ich öffne meine Augen und weiß, dass ich mein großes Glück jetzt festhalten muss.

»Ich liebe dich auch, Ben. Mehr, als du dir denken kannst.«

Right berührt zärtlich meine Wangen und küsst mich so leidenschaftlich, dass es mich in andere Sphären wirft.

Siebter Stock.

Er ist so wunderbar, sagt mir mein Herz, und ich versuche vor Erregung nicht aus meinen Manolo Blahniks zu kippen. Right küsst zärtlich meine Stirn und meine Schläfe und meinen Hals und meine Schulter, während er eine kleine Schachtel aus seiner Hosentasche zieht.

Achter Stock.

»Bvlgari. Du schenkst mir Bvlgari?«

»Ich wusste nicht … Ist das nicht richtig?«

»Bvlgari ist ganz ausgezeichnet.« Right klappt die Schachtel auf, und im nächsten Moment blitzt mir ein wunderschöner, diamantenbesetzter Platinring entgegen.

»Jil, du bist die große Liebe meines Lebens …«

Mmmm. Ich bin mir sicher, dass dieses Gebäude nicht mehr als vier Stockwerke hat.

»… Und darum möchte ich mit diesem Ring mein Leben auf immer mit deinem verbinden.«

Tränen kullern mir über die Wangen, und meine Finger zittern beim Anprobieren des Ringes.

Aber er passt.

Er passt so wunderbar zu mir, dass ich ihn nie wieder hergeben werde.

Und ich spreche hier gerade nicht von einem diamantenbesetzten Platinring!

*Gelernte Wörter: emendieren = korrigieren;*
*in aeternum = auf ewig;*
*apodiktisch = keinen Widerspruch akzeptieren.*

38

## FESTHALTEN!

*Herr Schnüttge.«*

*»Frau Schöneberg.«*

*»Ich denke, dass ich heute das letzte Mal komme. Ich fühle mich so unbeschreiblich erfüllt wie noch nie in meinem Leben, und ich glaube, ich habe nun endlich meinen inneren Frieden gefunden. Wir können die Therapie beenden.«*

*»Beenden? Nein, das halte ich für ausgeschlossen.«*

*»Warum?«*

*»Ist Ihnen das auch schon mal passiert, dass Sie dachten, Sie hätten das große Glück gefunden? Aber dann passiert etwas, das alles Bisherige in den Schatten stellt, und Sie haben zum ersten Mal das Gefühl, dass das wahre Glück weitaus berauschender ist als alles, was Sie jemals erlebt oder gefühlt haben? Dass es Sie in Ihren Bann zieht und nicht wieder loslässt? Und dass dieser Zustand unglaublicher ist, als Sie jemals gewagt hätten zu vermuten?«*

*»Tja, ja, ich denke schon.«*

*»Wissen Sie, ich dachte, die wahre Liebe gebe es nur in Kinofilmen und Romanen und in der Musik. In der Realität sterbe sie jedoch spätestens mit der Entwicklung von Erfahrung und Verstand. Aber jetzt bin ich mir da gar nicht mehr so sicher! Ich werde noch verrückt. Mein Gott. Ein verrück-*

*ter, verliebter Psychiater. Das ist doch grotesk. Bitte, Frau Schöneberg, sagen Sie mir, was ich tun soll?«*

*»Herr Schnüttge, die meisten denken, die Liebe sei nur etwas für Träumer. Für Menschen, die Sterne anbeten, die schon lange erloschen sind, für Menschen, die von Zeit zu Zeit den Himmel mit ihren bloßen Händen berühren, und für Menschen, die niemals die Suche nach dem anderen Ende des Regenbogens aufgeben. Aber den Glauben an die Liebe darf man wirklich niemals verlieren. Denn irgendwann und irgendwo und irgendwie wird man sie doch finden. Und wenn es so weit ist, dann sollte man nichts weiter tun als sie auf ewig festhalten.«*

*»Verstehe.«*

*»Kommen Sie, ich erkläre es Ihnen bei einem Essen genauer. Mögen Sie eigentlich Chinesisch?«*

*Gelerntes Wort: Champagner = frz. Schaumwein aus der Champagne, mit dem Stars ihre Erfolge und Weltmeister ihre Siege, die Herrschenden der Länder ihre Macht und die Glücklichsten dieser Welt ihre Liebe feiern.*

*Wirf keinen Mann weg, den du noch gebrauchen kannst ...*

Michaela Möller
MEHRWEGMÄNNER
Roman
320 Seiten
ISBN 978-3-404-15860-7

Mia stellt ihren Freund Dominik, der beruflich als Islandforscher unterwegs ist, auch privat kalt, als sie mit seinem Bruder Florian eine Nacht verbringt – natürlich ohne Gefühle. Während Mia in Dominiks Arme flüchtet, landet Florian zwecks Neuorientierung bei seiner Fitnesstrainerin. Und damit sind alle Probleme gelöst. Oder fangen sie vielleicht erst an?

Bastei Lübbe Taschenbuch